中國古典愛情詩歌

중 국 고 전 애 정 시 가

朱代瓏 編著
朴鐘赫 譯

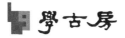

● 앞에 쓰는 말 ●

사랑이란 인류생활의 중요한 알맹이인 동시에 사회의 유기적인 창조이기에, 예로부터 문학예술의 영역에서 국내외를 막론하고 모두가 사랑을 중요한 제재로 간주하여 펴고 읊조리고 찬미하였다.

그것은 이미 객관적으로 영원히 존속되고 역사적으로 영원한 것이었다. 그래서 수천 년 이전에도 희랍의 대철학가 소크라테스, 플라톤, 아리스토텔레스가 모두 일찍이 사랑의 문제를 전문적인 학술 테마로 여겨 탐구하였다. 중국 최초의 시집인 『시경』의 첫 편에서도 "징징우는 징경이새, 황하의 모래톱에 있네. 아리따운 아가씨는, 군자의 좋은 짝이라."고 읊은 사랑의 노래가 쓰여 있다.

우리가 사랑을 문학예술 창작의 영원한 주제라고 말하는 것은 그것이 언제나 순결하고 아름다운 것이기 때문이다. 그것은 순결을 추구하고, 순결을 오염시키지 않는다. "아름다움을 추구하고, 아름다움을 더럽히지 않는 것, 그것만이 올바른 사랑이다(데모크라트)" 이는 바로 플라톤이 이렇게 말한 것과도 같다. "다른 사람을 부리면서도 오직 서로 고상하게 사랑하는 마음으로 할 수 있을 때라야 비로소 아름답고 칭송될 가치가 있다."

노신 선생이 일찍이 말한 것으로 기억되는데, "참과 아름다움을 발양시켜 사람의 심정을 즐겁게 하기" 위해서 이 작은 책자를 편찬하였다. 이러한 고전 애정시편을 통해서 인간의 심령을 미화하고 인간의 생각을 세척하며, 인간의 향상을 격동하여 일으키고 진·선·미를 빛내며, 거짓·악·더러움이 번식되지 않기를 희망한다.

아울러 이러한 시를 통해 우리는 더욱 역사를 형상적으로 재인식하고 인생을 이해하여 진선미의 인간적 가치를 지니고 영원한 삶과 떨쳐 드러냄의 경지에 이를 수 있다. 그리하여 사랑의 추구와 미적인 감화, 그리고 진지한 감정의 잉태를 획득할 수 있을 것이다.

중국의 고대 시인 가운데 다수는 정치적으로 실의에 빠지고 생활도 기구한 중상층의 지식인이다. 그들이 쓴 애정시편은 이별의 한과 처량한 작품이 적지 않다. 이는 그러한 시대, 그러한 사회의 굴절된 빛의 반사였다. 우리가 오늘날 애정을 대하는 입장에서 본다면 본받을만한 것은 못 된다. 이는 마치 루만·루란이 이렇게 말했던 것과 흡사하다. "애정 때문에 일체의 생활의 의미를 고갈시키고 훼손한다면, 이것을 취해서는 안 된다. 뜻밖에도 큰 나무가 한번 넘어지면 넝쿨 같은 애정도 의지할 곳을 상실하게 된다. 이렇듯이 두 사람은 애정속에서 서로를 훼손하는 것이다." 이것이 중국 고전 애정시가의 한 단면이다.

또 다른 한 측면으로, 애정 시가 가운데 정조가 굳세어 변치 않는 애정을 노래하거나, 암흑의 세력이 아름답고 순결한 애정을 손상하는 행위를 견책하는 작품도 적지 않다. 또 나라의 안위나 개인의 애정을 다룬 작품도 있다. 이러한 시편은 오늘날 우리의 젊은 독자 입장에서 본다면 어느 정도 긍정적인 의미가 있다. 이러한 의미는 바로 기타의 국내외 우수한 작품과 마찬가지로 그것들은 "한 시기에 국한된 것이 아니라, 어떠한 시대에도 공유될 수 있는 것이다."

왜냐하면 그것들은 모두 일정한 건강, 순결 ,명랑, 순박이라는 숭고

한 정서와 깊숙한 의경을 갖추고 있기 때문이다.

예를 들면 유명한 애정 비극시편인 <고시·위초중경처작 古詩·爲焦仲卿妻作>과 <고시·염염고생죽 古詩·冉冉孤生竹> 가운데 "당신은 진실로 높은 절개를 지니고 있으니, 천첩은 또 어찌 하오리까?"

<고시·객종원방래 古詩·客從遠方來> 가운데 "아교를 칠 속에 던지니, 누가 이를 떨어지게 할 수 있으리오?"

두보(杜甫)의 <신혼별 新婚別>에서 "신혼 생각 말고, 힘써 군대 일에 종사 하소서"

맹교(孟郊)의 <열녀조 列女操>에서 "물결은 맹세코 일지 않으리니, 첩의 마음은 옛 우물 물 입니다"

백거이(白居易)의 <장한가 長恨歌>에서 "하늘에서는 비익조로, 땅에서는 연리지로 되고 싶네"

소식(蘇軾)의 <수조두가 水調頭歌>에서 "사람은 슬픔과 기쁨 헤어짐과 만남이 있고, 달은 어두움과 밝음 원만함과 이지러짐이 있는데, 이런 일은 옛부터 온전하기 어려웠네. 다만 사람이 오래도록 지내며, 천리 멀리서도 달빛을 함께 하길 바랄 뿐"

진관(秦觀)의 <작교선 鵲橋仙>에서 "둘의 정은 이처럼 영원한 시간이건만, 또 어찌 아침과 저녁에만 있어야 하는가"

유극장(劉克莊)의 <옥루춘 玉樓春>에서 "남아는 서북의 중원 땅을 되찾아야 하니, 기생 머물던 곳에 눈물 흘리지 마라" 등등은 이러한 유형에 속하는 작품으로서 아름다운 애정의 결정품이다.

원래 "미와 추는 상호 전환할 수 없을 뿐만이 아니라 서로 돋보이게 하는 작용을 통해서 아름다움은 더욱 아름답고 추함은 더욱 추하게 되는데(주광잠 朱光潛)" 여기서 선별하여 번역한 시로부터 이러한 확증에 도달할 수 있었다.

이 때문에 우리는 이러한 시를 통해 이 같은 믿음을 이렇게 확인할 수 있다, "사랑은 그 생명의 긴 강에서 부단히 터뜨리는 아름다운 물보라다. 긴 강은 아름다운 물보라를 감상할 수 없다고 해서 물결을 되돌려 나아가지는 않는다."

한편 중국의 고전시가에서 제재나 표면적으로는 남녀지간의 정을 면면히 묘사한 연가가 있지만, 실은 따로 지칭하는 바가 있거나 달리 뜻을 가탁한 것이 있다. 이러한 시가의 경우 우리는 번역에 착수하면서 단지 표면의 제재에만 착안했으며 그것의 또 다른 함의를 탐색하지는 않았다. 이것이 본서에서 말하고자 하는 첫 번째 요점이다.

다음으로, 본서에 수록된 약간편의 선역(주로 백거이의 『비파행』 같은 작품) 가운데 그것이 비록 순수한 애정시가 아닐지라도 광의의 사랑에 입각해서 그것이 아주 진지하게 사람을 감동시키고 남녀지간의 정감을 같이하는 사랑에 속하는 작품이라면 파격적으로 본 번역시의 범주에 삽입시켰다.

다만 본 번역시 가운데는 편역자가 지닌 수준의 한계 때문에 많은 착오와 누락을 피할 수 없다. 이에 대하여 우리는 독자와 동학들께서 비판과 질정을 해주실 것을 간절히 바랄 뿐이다.

1986년 8월
주대총(朱代璁)

살펴보기

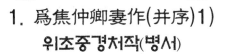

1. 爲焦仲卿妻作(幷序)1)
위초중경처작(병서)

고시(古詩)

序曰

漢末建安中,2) 廬江府小吏,3) 焦仲卿妻劉氏, 爲仲卿母所遣, 自誓不嫁.
其家逼之, 乃投水而死.仲卿聞之, 亦自縊于庭樹.4) 時人傷之, 爲詩云爾.5)

서문에서 말한다.

한(漢)나라 말엽 건안(建安) 때에 여강군(廬江郡)의 하급 관리로 있던
초중경의 처 유씨(劉氏)가 시어머니에게 내쫓겼으나 스스로 굳게 맹세
하며 재가하지 않았다. 친정 집에서 그녀에게 재가하기를 독촉하자 마
침내 물에 빠져 자살하였다. 중경이 그 소식을 듣고 그도 뜰에 있는 나
무에 스스로 목매 죽었다. 그 당시 사람들이 그것을 슬퍼하여 시로 지
어 이렇게 읊었다.

1.

孔雀東南飛6)	공작새 동남쪽으로 날다가
五里一徘徊	오리마다 한번 씩 배회하네
十三能織素	"열세살에 흰명주를 짜고
十四學裁衣	열네살에 바느질을 배우고

十五彈箜篌7)	열다섯살에 공후를 켜고
十六誦詩書	열여섯살에 시·서를 외우고
十七爲君婦	일곱살에 당신 아내 되어
心中常苦悲	마음은 언제나 슬프고 괴로웠죠
君旣爲府吏	님께서는 하급관리로 가 있을 적에도
守節情不移8)	직책에 충실하느라 감정조차 움직이지 않으셨죠
鷄鳴入機織	닭 우는 새벽에 베틀에 들어가 베를 짜고
夜夜不得息	밤이면 밤마다 쉬지도 못하면서
三日斷五匹9)	사흘에 다섯필이나 끊건만
大人故嫌遲	어머님께선 일부로 늦는다 트집이셨고
非爲織作遲	베짜기 더디어서가 아니라
君家婦難爲	당신집 며느리 노릇하기가 어렵죠
妾不堪驅使10)	저는 닥달을 견딜 수가 없고
徒留無所施	하릴없이 머물러 보았자 소용없으니
便可白公姥11)	그만 시어머님께 사뢰고
及時相遣歸	때를 봐서 물러나리오"

府吏得聞之	남편인 관리 이 말을 듣고
堂上啓阿母	대청 위에서 어머님께 아뢰었네
兒已薄祿相12)	"소자는 이미 박복한 팔자
幸復得此婦	다행히도 이런 아내를 맞아
結髮同枕席13)	머리 얹고 잠자리 같이하여
黃泉共爲友14)	황천길도 같이 갈 벗이 되어
共事二三年	함께 지낸 지 겨우 두 세해로
始爾未爲久	시작한지 오래지도 않습니다
女行無偏斜	여자 몸가짐도 잘못됨이 없었는데
何意致不厚	어인 뜻으로 후대해 주시지 않으신지요"
阿母謂府吏	어머니가 관리에게 이르신다
何乃太區區	"어쩌면 이리도 곧이 듣고 정색하느냐
此婦無禮節	그 며느리 예절이 없고

擧動自專由	거동은 제멋대로여서
吾意久懷忿	내 오래전부터 속으로 미워했거늘
汝豈得自由	네 어찌 멋대로 말하는가
東家有賢女	동쪽 동네에 어진 여자가 있는데
自名秦羅敷15)	저절로 진라부라고 불린다
可憐體無比	귀여운 자태가 비할 바가 없어
阿母爲汝求	어미가 너를 위해 구해 놓았다
便可速遣之	그러니 어서 그 계집 버리고
遣去愼莫留	내 보내어 절대 머물지 못하게 하라"
府吏長跪告	관리는 길게 무릎을 꿇고 말하고
伏惟啓阿母	삼가 엎드려 어머니께 아뢰었다
今若遣此婦	"이제 이 사람을 버린다면
終身不復取	평생토록 다시는 장가들지 않겠나이다"
阿母得聞之	어머니 그 말 듣고
搥床便大怒16)	상을 치며 크게 노하여
小子無所畏	"어린 자식이 무서운 줄 모르는구나
何敢助婦語	어디다 감히 계집을 치키느냐
吾已失恩義	나는 이왕 은혜와 의리를 끊었으니
會不相從許	결코 상종을 허용할 수 없다"

주 석

1) 원래 이 시는 건안(建安) 말년의 민간 가곡이다. 점차 시간이 바뀜에 따라 후대 사람들이 덧붙였을 가능성이 있으며 남조 진(陳)나라 사람 서릉(徐陵)에 의해 편찬된 ≪옥대신영 玉臺新永≫에 <고시위 초중경처작 古詩爲焦仲卿妻作>이란 편명으로 수록되었다. ≪악부시집 樂府詩集≫에서는 잡곡가사(雜曲歌辭)에 수록되었는데 제목은 <초중경처 焦仲卿妻>로 되어 있다. 후대에 또한 시 첫 구를 따서 편명을 삼아 제목을 <동남공작비 東南孔雀飛>라고 하였다.

시 전체는 350여구 1700여자로 구성되어 있으며 이것은 고대에 보기 드문 장편 서사시이다. 내용은 한말(漢末) 여강(廬江)[지금의 안휘성(安徽省) 잠산(潛山)]의 하급관리 초중경(焦仲卿)과 그의 처 유란지(劉蘭芝)가 봉건예교와 그 세력의 압박을 받아 결국 함께 죽는 비극을 그린 것이며 아울러 그들의 반항정신을 노래한 것이다. 작품의 언어가 소박하고 형상이 선명하여 한악부(漢樂府) 민가 가운데 걸작으로 꼽힌다.

2) 건안(建安): 동한(東漢) 헌제(獻帝) 유협(劉協)의 연호(196-220)

3) 려강(廬江): 한나라 군의 이름. 처음에는 지금의 안휘성 여강현 서쪽을 다스렸으나 나중에는 안휘성 잠삼현으로 옮겨갔다.

4) 애(縊): 목을 메어 죽다.

5) 운이(云爾): 문장 끝의 어조사이다.

6) 공작(孔雀): 새의 이름으로 원산지는 인도이다. 고시에서는 부부의 이별을 말할 때 쌍조를 많이 사용하여 흥(興)을 일으켜 시 전체의 기조를 암시하는 작용을 한다. 한악부 <염가하상행 艶歌何嘗行>의 처음부분의 "쌍쌍이 날아오는 흰 비둘기 서북쪽에서 날아온다. …5리(五里)에 한번 뒤돌아 보고 6리(六里)에 한번 배회한다."는 구절이 본 시편의 흥(興)을 일으킨 두 구(句)의 기원이다.

7) 공후(箜篌): 고대 현악기의 일종으로 모두 23줄이다. 참고로 공후에는 23줄의 수공후. 4-6줄의 와공후. 10여줄의 공수공후 등 세 가지가 있다.

8) 어떤 책에는 이 구 밑에 "저는 빈 방에 남겨져, 서로 볼 날도 거의 없었지요 賤妾留空房, 相見常日稀"라는 두 句가 더 있다.

9) 단(斷): 베틀 위에서 나는 이왕 은혜와 의리를 끊었으니자르다.

10) 첩(妾): 고대에 부녀자들이 자기 자신을 일컫던 겸어.

11) 공로(公姥): 할머니. 이것은 편의복사(偏義復詞)이다. 초중경의 어머니를 가리킨다.

12) 박록상(薄祿相): 고대 사람들의 미신인 관상 술법에서 관상이 좋지 않고 부귀영화를 이루기 어려운 운명을 가리킨다.

13) 결발(結髮): 고대에 남자가 20세 되면 머리를 묶고 관을 썼으며 여자는 15세가 되면 머리를 묶고 비녀를 꽂아 성년이 되었음을 표시하였다. 이것을 통칭하여 결발이라 한다.

15) 진라부(秦羅敷): 당시 일반적으로 미녀한테 관용적으로 사용한 이름이다.
16) (床): 앉는 도구. 좌상(坐床)은 당시에 바닥에 앉는 것으로부터 의자를 사용하는 것 까지의 과도기적 도구였다. 연장자나 존귀한 사람들은 나무걸상보다 조금 넓은 평상 위에 앉았다.

이상은 아내 유씨가 남편 중경에게 자기의 고통을 말하고 친정으로 돌아가기를 스스로 청한 것이다. 중경이 유씨를 위하여 어머니에게 간청하지만 어머니는 결단코 허락하지 않는다.

2.

府吏默無聲	관리는 아무 소리도 못한 채
再拜還入戶	두번 절하고 다시 방으로 들어와
擧言謂新婦	큰소리로 신부에게 말을 하려다가
哽咽不能語1)	목이 메여 말을 못하네
我自不驅卿2)	"내가 그대를 내쫓는 것이 아니요
逼迫有阿母	어머니에게 몰리어 그런걸
卿但暫還家	그대는 잠시만 친정집에 돌아가요
吾今且赴府	내 이제 관가로 올라가 봐야 하오
不久當還歸	머지 않아 반드시 집으로 돌아오리다
還必相迎取	돌아오면 반드시 그대를 맞이하겠소
以此下心意	그러니 당신은 마음을 놓고
愼勿違吾語	제발 내 말을 어기지 마오"
新婦謂府吏	신부가 관리에게 말하기를
勿復重紛紜	"다시는 분란을 거듭하지 마세요
往昔初陽歲3)	지난번 동짓달에

謝家來貴門	친정 떠나 당신의 집으로 시집 와서
奉事循公姥	시어머니 받들어 섬기고 따르고자
進止敢自專	행동하나 내 어찌 맘대로 할 수 있었나요
晝夜勤作息	자나깨나 부지런히 일하고
伶俜縈苦辛4)	외롭게 괴로움에 시달렸지요
謂言無罪過	생각하자니 이렇다 할 잘못 없이
供養卒大恩	큰 은혜에 효경하며 봉양을 다 했건만
乃更被驅遣	도리어 이렇게 쫓겨 나거늘
何言復來還	어찌 다시 돌아온다 말할 수 있겠어요
妾有繡腰襦	저에게 수놓은 속옷이 있는데
葳蕤自生光	도드라진 무늬 저절로 빛을 내어 아름답고
紅羅復斗帳	붉은 비단의 작은 겹 장막
四角垂香囊	네모로 드리워진 향 주머니
箱簾六七十	수많은 크고 작은 상자위에
綠碧青絲繩	녹색과 벽색 그리고 청색의 실들이 묶여 있고
物物各自異	물건마다 제각기 저절로 다르고
種種在其中	가지 가지 그 안에 있지만
人賤物亦鄙	사람이 천하고 물건 역시 비루하니
不足迎後人	새 사람을 맞이하기엔 부족하지요
留待作遺施6)	남겼다가 남들에게나 나누어 주세요
於今無會因	이제 만날 인연 없을테니
時時爲安慰	언제나 편안하시고
久久莫相忘	영원히 저를 잊지 말아 주세요

주 석

1) 경열(哽咽): 너무나 슬퍼서 숨이 막히고 소리를 내기가 힘든 상태.
2) 경(卿): 고대의 호칭어로서 임금이 신하를 부를 때 손위사람과 아 랫사람지간 혹은 친구나 부자지간에 경을 부름으로써 친숙함을 나 타낸다.

3) 초양(初陽): 음력 11 월을 가리킨다. 옛날에 동지에 양기가 처음 시
작되었음을 말한다.
4) 영빙(伶俜): 끊어지지 않는 모양. 일설에는 외롭고 고독한 모양.
영(縈): 얽매다. 에워싸다.
5) 위(葳): 초목이 무성하고 가지가 늘어진 것을 나타낸다. 여기서는
옷 위에 수 놓은 꽃처럼 도드라진 무늬가 매우 아름다운 것을 나
타낸다.
6) 유시(遺施): 주다. 증여하다.

이상은 관리가 어머니의 뜻을 아내 유씨에게 전하는 것을 서술하였
다. 관리가 어느 정도 시간이 지난 후 다시 아내로 맞이하겠다고 말하
지만 아내 유씨는 결코 가능하지 않다고 여긴다.

3.

鷄鳴外欲曙	닭이 울고 밖은 밝아 오려니
新婦起嚴妝	신부 일어나 성대하게 단장하기 시작하네
著我繡裌裙	자기가 수놓은 두겹 치마를 입는데
事事四五通1)	매사를 너 댓번씩 반복하네
足下躡絲履2)	발에는 실로 짠 신발 신고
頭上玳瑁光3)	머리에는 대모 장식을 단 비녀가 빛나네
腰若流紈素4)	허리에 맨 흰 깁은 광채가 흘러내리는 듯
耳著明月璫5)	귀에는 명월주로 만든 귀걸이
指如削蔥根	손 마디는 다듬은 파뿌리 같고
口如含硃丹	입은 주사를 머금은 듯 하네
纖纖作細步6)	조심스레 실걸음 걸으니
精妙世無雙	그 아름다움 다시는 없네
上堂謝阿母	대청에 올라 시어머니께 인사하니

阿母怒不止	시어머니 노여움 그치지 않았네
昔作女兒時	"원래 저란 계집은
生小出野里	미천한 집안에 태어나
本自無敎訓	본래 가르침을 못 받아
兼愧貴家子	귀한 가문의 자제를 부끄럽게 했습니다
受母錢帛多	어머님께 받은 돈과 비단은 많으나
不堪母驅使	어머님의 부림을 감당하지 못하고
今日還家去	오늘 집으로 돌아가오니
念母勞家裏	어머님이 집안 일에 고생되실까 걱정입니다"
却與小姑別	이윽고 시누이와 헤어지려 하니
淚落連珠子	눈물이 연주알 떨어지듯 하네
新婦初來時	"새색시로 처음 왔을 때
小姑始扶床	시누이는 겨우 침대를 잡고 걸었는데
今日被驅遣	이제 내가 쫓겨 날 때
小姑如我長	시누이도 나만큼 성장했네요
勤心養公姥	은근하고 세심하게 어머님 공양하고
好自相扶持	아가씨 자신도 잘 봉양하세요
初七及下九7)	칠월 칠석날과 매달 십 구일 날
嬉戲莫相忘	모두 모여 놀 적에 절 잊지 말아요"
出門登車去	집을 나서 수레에 올라 떠날 적에
涕落百餘行	눈물을 쏟으며 백리도 더 먼 길을 떠나네

주 석

1) 통(通): 두루 미치다는 뜻이다.
2) 섭(躡): 밟다. 여기서는 신발을 신다라는 뜻으로 사용되었다.
3) 대모(玳瑁): 바다 속의 동물로서 형체가 거북과 같다. 껍질은 장식
   품과 안경테를 만들 수 있다. 주로 비녀의 양끝에 한 알씩 박아서
   '비녀'로 통칭하기도 함.
4) 환소(紈素): 정결한 순백색의 얇은 비단.
5) 당(璫): 고대 여자들의 귀에 거는 장신구.

6) 섬섬(纖纖): 걸음걸이가 가볍고 사뿐한 모습.

7) 초칠(初七): 음력 7월 7일로서 그날 밤에 부녀자들이 함께 직녀에게 제사지냈는데 이것을 '걸교 乞巧'라고 일컬었다.

하구(下九): 매월 19일을 가리킨다. 옛사람들은 매월 29일을 상구(上九)라 했고 9일을 중구(中九)라 했으며 19일을 하구(下九)라 했다. 부녀자들이 항상 19일이 되면 즐거운 모임을 거행했다.

이상은 유씨가 시어머니·시누이와 이별의 인사를 나눈 뒤에 눈물을 훔치며 수레에 올라 떠나가는 것을 서술하였다.

4.

府吏馬在前	관리의 말은 앞서고
新婦車在後	새 색시의 수레는 뒤따르네
隱隱何甸甸1)	수레 소리 말발굽소리 요란타가
俱會大道口	큰길 입구에서 함께 만났네
下馬入車中	관리는 말에서 내려 수레 속으로 들어가
低頭共耳語	고개를 숙이고 서로 귓속말을 하네
誓不相隔卿	"맹세컨대 당신과 끊기지 않을 것이니
且暫還家去	잠시만 친정으로 돌아가 계시오
吾今且赴府	내 이제 관청으로 올라 갔다가
不久當還歸	머지 않아 돌아오리다
誓天不相負	하늘에 맹세코 어기지 않을 것이오"
新婦謂府吏	새 색시 관리 보고 말한다
感君區區懷2)	"당신의 자상한 마음 고마워요
君旣若見錄	당신이 이미 새겨 두셨다면
不久望君來	머지 않아 당신 오시겠지요
君當作盤石	당신이 큰 바위 되시고

妾當作蒲葦	저는 부들과 갈대가 되어야지요
蒲葦紉如絲3)	부들과 갈대는 실처럼 부드럽지만 질기고
盤石無轉移	큰 바위는 옮겨가지 못해요
我有親父兄4)	하지만 저희 친정 오빠
性行暴如雷	성미가 우레처럼 사나워
恐不任我意	아마 제 뜻대로 아니 두고
逆以煎我懷	제 마음 졸이게 할 것 같아요"
擧手長勞勞5)	손 흔들어 길이 슬퍼하고
二情同依依	두 마음 함께 하염없이 아쉬워 하네

주 석

1) 은은(隱隱): 수레바퀴 소리의 의성어.
   전전(甸甸): 수레와 말 소리.
2) 구구(區區): 충실하고 부지런한 모습, 권권(拳拳)과 같다. 충애(忠愛)
   의 의미이다.
3) 인(紉): 마땅히 인(靭)자가 되어야 한다. 부드러우면서도 견고하다.
4) 친부형(親父兄): 부형(父兄)은 한 쪽에만 뜻이 있는 중복단어로서
   형(兄)을 가리킨다.
5) 장로로(長勞勞): 매우 근심하고 슬퍼하다는 의미이다.

이상은 중경과 유씨가 이별할 때의 맹세와 슬픔을 서술한 것이다.

5.

入門上家堂	대문으로 들어가 집마루에 오르니
進退無顔儀	몸둘 바를 모르고 체면이 안서네
阿母大附掌1)	친정 어머니 잇달아 손 바닥 치며

不圖子自歸	"네가 제발로 돌아오리라 생각조차 못했다
十三教汝織	열세살에 너에게 베짜는 법을 가르쳤고
十四學裁衣	열네살에 바느질을 배우게 하고
十五彈箜篌	열다섯살에 공후를 켤 수 있게 하고
十六知禮儀	열여섯살에 예의를 알게 해서
十七遣汝嫁	열일곱에 너를 시집 보냈다
謂言無誓違	어긋남이 없으리라 생각했건만
汝今何罪過	네 이제 무슨 죄를 저질렀길래
不迎而自歸	맞아들이지도 않았거늘 제발로 돌아왔느냐"
蘭芝慙阿母2)	"저 란지는 어머님께 부끄러울 뿐입니다
兒實無罪過	저는 실은 아무 죄도 없습니다"
阿母大悲催	어머니 크게 슬퍼 가슴 아파하다

주 석

1) 대부장(大附掌): 연거푸 손바닥을 치다.
2) 난지(蘭芝): 유씨의 이름.
   부도(不圖): 뜻밖에도(不料)

이상은 란지가 친정에 돌아와서 친정 어머니를 처음 뵈었을 때를 서술한 것이다.

6.

還家十餘日	집에 돌아온 지 십여 일 만에
縣令遣媒來.	현령이 중매쟁이를 보내어
云有第三郎	하는 말 "셋째 아들이 있는데
窈窕世無雙1)	세상에 둘도 없는 미남이다

年始十八九	나이는 십팔구세로
便言多令才2)	말도 잘하고 좋은 재주도 많지요"
阿母謂阿女	어머니도 딸에게 말하네
汝可去應之	"너는 응하여 가거라"
阿女含淚答	딸이 눈물을 머금고 대답했다
蘭芝初還時	"제가 처음 집에 돌아올 때
府吏見丁寧3)	관리인 그이의 신신 당부 받고
結誓不別離,	이별하지 않겠노라 맹서를 맺었거늘
今日違情義	이제 와서 정의를 어긴다면
恐此事非奇4)	이런 일은 좋은 일이 아닐 것입니다
自可斷來信	스스로 단절하자고 사람을 보내 온다면
徐徐更謂之	그 때 가서 천천히 다시 말해보지요"
阿母白媒人	어머니가 중매인에게 말했다
貧賤有此女	"빈천한 이 여식은
始適還家門5)	이제 막 친정으로 돌아왔으니
不敢吏人婦	감히 관인의 아내가 될 수 없거늘
豈合令郎君	어찌 귀공자와 결합할 수 있겠습니까?
幸可廣問訊	다행히도 널리 물어 주셨으나
不得便相許	바로 허락할 수가 없습니다"

주 석

1) 요조(窈窕): 아름다운 모양
2) 변언(便言): 말재주가 있다.
   영재(令才): 훌륭한 재주
3) 정녕(丁寧): 신신당부하다.
4) 비기(非奇): 좋지 않다.
5) 적(適): 시집가다. 미적(未適)은 시집간 지 오래되지 않음을 말한다.

이상은 현령이 중매쟁이를 보내어 혼사를 말했으나 란지가 거절한 내용이다.

7.

媒人去數日	중매쟁이 떠난 지 수일 이 지났다
尋遣丞請還1)	곧 하문을 청하러 현승을 보냈는데 돌아왔다
說有蘭家女	현승이 말했다. "훌륭한 집안의 딸이 있는데
承籍有宦官2)	선조 때부터 벼슬을 이어 온 가문이라고 합니다"
云有第五郎	또 일렀다. "태수에게 다섯째 아들이 있는데
嬌逸未有婚	잘 생겼고 아직 미혼이라
丞遣爲媒人	저를 중매쟁이로 삼아 보낸다는데
主簿通語言3)	이 말은 주부를 통해서 전했습니다"
直說太守家	현승이 난지집에 직접 말했다. "태수 집에
有此令郎君	이런 훌륭한 신랑이 있으니
旣欲結大義	대의를 맺고자 했으므로
故遣來貴門	일부러 귀댁으로 저를 보냈습니다"
阿母謝媒人	어머니가 중매인에게 사양했다
女子先有誓	"딸에게 이전의 맹세가 있으니
老姥豈敢言	늙은 어미가 감히 무어라 말하겠소?"
阿兄得聞之	오빠가 이것을 듣고
悵然心中煩	애통해 하고 마음이 어지러워
擧言謂阿妹	큰 소리치며 누이동생에게 말한다
作計何不量	"계획을 세워야지 어찌 헤아리지도 않느냐!
先嫁得府吏	전에 관리에게 시집갔다가
後嫁得郎君	후에 태수집 낭군에게 시집간다면
否泰4)如天地	행운과 불운이 천지 차이라서
足以榮汝身	네 몸을 영화롭게 하기 족한데
不嫁義郎體	귀공자에게 시집 안가고

其往欲何云?	앞으로 길이 어찌 하려고 그러느냐?"
蘭芝仰頭答	란지가 고개 들어 대답한다
理實如兄言	"이치가 사실 오빠 말씀대로 입니다
謝家事夫婿	출가하여 서방을 섬겼다가
中道還兄門	도중에 오빠 집으로 돌아온 몸으로
處分適兄意	오빠의 뜻대로 처분해야지
那得自任專	어찌 제 맘대로 하겠습니까?
雖與府吏要5)	관리와 맹약을 맺었으나
渠會永無緣	그와는 끝내 인연이 없나 봅니다
登卽相許和	곧바로 응락을 하시어
使可作婚姻	혼인이 되도록 하세요"
媒人下床去	중매쟁이는 평상을 내려가면서
諾諾復爾爾	예 예하고 끄덕이며
還部白府君	부서로 돌아가 태수에게 알린다
下官奉使命	"제가 명을 받들어
言談大有緣	언담으로 의기투합하였습니다"
府君得聞之	태수가 이것을 듣고
心中大歡喜	마음 속으로 크게 기뻐하며
閱曆復開書	월력을 살피고 또 책을 펴더니
便利此月內	바로 이 달 안이 좋고
六合正相應6)	육합의 월건 일진이 딱 들어 맞으니
良吉三十日	"길일은 30일이다
今已二十七	벌써 27일이니
卿可去成婚	그대는 혼사를 성사시키러 가게나"
交語速裝束	말을 전달하며 속히 혼례를 차리니
絡繹如浮雲	구름같은 인파 이어지는구나
青雀白鵠舫7)	푸른 참새 흰 고니 새긴 배의
四角子龍幡	사각에 용 모양의 수놓은 깃발 나부끼고
婀娜隨風轉8)	아름답게 바람 따라 펄럭이네
金車玉作輪	금수레에 옥으로 바퀴를 달고
躑躅青驄馬	부루말은 머뭇 머뭇 달리는데

流蘇金鏤鞍	오색 솔에 금 수놓은 안장일레
齎錢三百萬	보내는 돈 삼백만냥을
皆用青絲穿	모두 푸른 실로 꿰었구나
雜彩三百匹	온갖 비단무늬 삼백필에
交廣市鮭珍9)	교주 광주까지 산해진미 시장 보아오니
從人四五百	따르는 사람들 사오백명이
鬱鬱登郡門	빽빽하게 관아에 올라 구경하네

주 석

1) 견승(遣丞): 현령이 현승을 보내다. 현승은 관명. 한(漢)나라 제도에 현마다 각각 승을 두어 현령을 보좌하게 했으며, 역대로 이를 따르다가 청나라 때 이르러 없어졌다. 단지 한나라 이래로부터 승이라 호칭했는데, 현승이라 한 것은 명나라 때부터 비롯되었다.

2) 승적(承籍): 선인의 벼슬명부를 승계함

3) 주부(主簿): 관명. 부(府)와 현(縣)에는 모두 주부가 있는데, 여기서는 부의 주부를 가리킨다.

4) 비태(否泰): 『역경 易經』에 나오는 2개의 괘 이름. 비는 불운을 표시하고, 태는 행운을 표시한다. 여기서 비는 먼저 시집간 것을, 태는 나중에 시집가는 것을 가리킨다.

5) 요(要): 약속하다. 맺다.

6) 육합(六合): 옛날의 미신. 혼인을 할려면 반드시 길일을 선택하는데, 달의 간지[매월 시작하는 날을 가리킨다. 예를 들면 정월 건인(建寅)]와 날의 간지가 교합해야 한다. 다시 말해 자와 축, 인과 해, 묘와 무, 진과 유, 사와 신, 오와 미가 합치해야 비로소 길한 날이다.

7) 곡(鵠): 고니

8) 아나(婀娜): 바람에 따라 나부껴 움직이는 모양

9) 규(鮭): 일반적으로 산해진미를 가리킨다.

이상은 태수가 중매쟁이를 보내어 혼사를 말하고 유씨집에서 허혼한 것을 서술하였다.

8.

阿母謂阿女	어머니가 딸에게 말했다
適得府君書	"마침 태수님의 편지 받았는데
明日來迎汝	내일 너를 맞으러 온다는구나
何不作衣裳	어찌 옷도 짓지 않느냐
莫令事不擧	혼사를 못치르게 하지 마라"
阿女默無聲	딸은 잠자고 소리를 죽이며
手巾掩口啼	수건으로 입 가리고 흐느끼다
淚落便如瀉	눈물이 쏟아져 흐르네
移我琉璃榻1)	자기의 유리박은 의자를 옮기어
出置前窓下	앞 창 밑에 꺼내 놓고
左手持刀尺	왼손에 가위 자를 들며
右手執綾羅	오른손에 비단을 잡네
朝成綉裌裙	아침에 수놓은 겹치마 짓고
晚成單羅衫	저녁에 비단 홑적삼 지었네
晻晻日欲暝2)	어둑어둑 날은 저물려하니
愁思出門啼	서글픔에 문을 나서 우는구나
府吏聞此變	관리가 이 변고를 듣고
因求假暫歸	잠시 휴가 얻어 돌아오는데
未至二三里	아직 2,3리도 못미쳐
摧藏馬悲哀3)	처량하니 말도 서글퍼한다
新婦識馬聲	색시는 님의 말 소리 알아차리고
躡履相逢迎	살금살금 신발 끌고 맞으러 나가
悵然遙相望	슬프게 멀리 바라보니
知是故人來	바로 옛님이 오더라
擧手拍馬鞍	손들어 말안장 어루만지며
嗟嘆使心傷	탄식하며 마음 아파한다
自君別我後	"님과 제가 헤어진 후
人事不可量	세상일 헤아릴 수 없었어요
果不如先願	결국 예전의 바라던 바는 아니나

又非君所詳	또한 님에게 자세히 알릴 수 없는 일이오
我有親父母	저는 어머님이 계시고
逼迫兼弟兄4)	오빠도 함께 압박을 하여
以我應他人	절더러 다른 남자에게 응하게 했는데
君還何所望	그대 오셨으니 무슨 낯으로 보리오"
府吏謂新婦	관리가 색시에게 말했다
賀卿得高遷	"당신 높이 가게 되었으니 축하하오
盤石方且厚	큰 바위는 반듯하고 견실하여
可以卒天年	천 년을 넘길 수 있건만
蒲葦一時紉	부들과 갈대는 한 때의 질김이라
便作旦夕間	바로 아침과 저녁 사이일 뿐이지요
卿當日勝貴	당신은 나날이 더 고귀해야 되오
吾獨向黃泉	나는 홀로 황천길로 가리다"
新婦謂府吏	색시가 관리에게 말했다
何意出此言	"무슨 뜻으로 그런 말을 꺼내시오
同是被逼迫	다같이 핍박당하여
君爾妾亦然	당신도 저도 역시 마찬가진 걸요
黃泉下相見	황천길 내려가서 보게 되거든
勿違今日言	오늘의 언약 어기지 마오"
執手分道去	손 부여잡고 길 갈라 떠나가
各各還家門	저마다 집으로 돌아가네
生人作死別	산 사람이 죽음으로 이별을 하니
恨恨那可論	한스럽고 한스러움 어찌 말할 수 있으리
念與世間辭	세상과 작별할 생각을 했으니
千萬不復全	절대로 다시는 몸을 보전하지 못하리

이상은 난지가 비통함 속에 억지로 시집 갈 차비를 할 적에 중경이
변고의 소식을 듣고 만나러 와서 서로간에 다시 이전의 맹서를 확인하
고 함께 죽을 것을 약속하는 장면을 서술하였다.

9.

府吏還家去	관리가 집에 돌아가
上堂拜阿母	마루에 올라 어머니께 절하네
今日大風寒	"오늘 큰 바람 불어 차가운데
寒風摧樹木	찬바람에 나무가 꺾이며
嚴霜結庭蘭	된서리가 뜰의 난초에 엉겨붙었습니다
兒今日冥冥1)	이 자식 이제 해 저물면
令母在後單	어머님만을 홀로 뒷 세상에 남겨 둡니다
故作不良計	못된 계획 일부러 저질렀으나
勿復怨鬼神	귀신일랑 원망치 마세요
命如南山石	남산의 바위같은 장수건강 누리시고
四體康且直	옥체 건강하시고 편안히 지내세요"
阿母得聞之	어머니 이 말을 듣고
零淚應聲落	단속적으로 흐느끼며 눈물 흐르네
汝是大家子	"너는 대가의 자식으로
仕宦於臺閣2)	관청에서 벼슬하는 몸이니
愼勿爲婦死	제발 계집 따라 죽지는 마라
貴賤情何薄	귀천은 유별한 법, 어찌 그리 박정할 손가

東家有賢女	동쪽 집에 참한 색시 있는데
窈窕艶城郭	아리따움이 성곽에 탐탁하더라
阿母爲汝求	에미가 널 위해 청하면
便復在旦夕	반나절이면 바로 화답이 오리라"
府吏再拜還	관리는 두 번 절하고 돌아와
長嘆空房中	빈방에서 길게 한숨지으며
作計乃爾立3)	계획을 이같이 확정짓고
轉頭向戶裏	머리를 돌려 집안을 둘러보니
漸見愁煎迫	점차 가슴이 저미고 졸이며 짓눌려지네

주 석

1) 일명명(日冥冥): 해가 저물다. 여기서는 관리가 스스로 말한 것과
   연계된다. 즉 목숨을 끝맺겠다는 것이 마치 해가 저무는 것과 같다
   는 것이다.
2) 대각(臺閣): 상서대(尙書臺)를 가리킨다. 동한 때의 상서는 권력이
   매우 큰 기관이었다. 동한 때에 그 관청을 상서대라고 일컬었다.
3) 내이(乃爾): 이와같이.

이상은 관리가 집에 돌아와 어머니에게 이별을 고하고 자살을 결의
한 것을 서술하였다.

10.

其日牛馬嘶	그 날 소와 말이 울자
新婦入靑廬1)	새색시 청려에 드네
庵庵黃昏後2)	어스름 날이 저물어
寂寂人定初3)	적막한 밤 10시경
我命絶今日	"내 목숨 오늘 끊기면

魂去尸長留	넋은 가고 시신만 길이 남으리"
攬裙脫絲履	치마 움켜잡고 꽃신 벗어 놓은 채
擧身赴靑池	푸른 못에 몸을 들어 던진다
府吏聞此事	관리 이 일을 듣고서
心知長別離	마음속에 긴 이별이라 새기며
徘徊庭樹下	뜰 안 나무 아래를 배회하다
自掛東南枝	동남쪽 가지에 스스로 목을 매었다

주석

1) 청려(靑廬): 푸른 천을 두른 누각으로 혼례용으로 제공된다.

2) 암암(庵庵): 晻晻과 같으며 어두운 모양.

3) 인정초(人定初): 밤이 깊고 인적이 뜸한 10시경

이상은 유란지와 초중경의 죽음을 서술한 것이다.

11.

兩家求合葬	양가에서 합장을 원해
合葬華山傍1)	화산 옆에 합장하네
東西植松栢	동서에 송백을 심고
左右植梧桐	좌우에 오동을 심으니
枝枝相覆蓋	가지마다 서로 덮이고
葉葉相交通	잎새마다 서로 섞이네
中有雙飛鳥	가운데로 두마리 새 날으니
自名爲鴛鴦	저절로 원앙이라 불리더라
仰頭相向鳴	머리 들어 마주보며 우는데
夜夜達五更	밤마다 새벽녘까지 이르니

行人駐足聽	행인은 발을 멈추어 듣고
寡婦起彷徨	과부는 일어나 방황한다
多謝後世人	후세 사람들에게 재삼 부탁하건대
戒之愼勿忘	이를 경계 삼아 부디 잊지 말아 주시길

주 석

1) 화산(華山): 여강군(廬江郡)의 작은 산 이름으로 소재지는 이미 상고할 수 없다. 지금의 안휘성(安徽省) 서성현(舒城縣) 남쪽의 화개산(華蓋山)이라는 설도 있다. 이제 영사적(影思摘)이 ≪서안만보 西安晚報≫에 실은 <공작동남비의 발생은 어디인가?>라는 글에 의거하여 살펴본다. "시에서 묘사한 초중경과 유난지의 비극적 고사는 상고해보건대 안휘성 회녕현(懷寧縣) 소리항(小吏港) 마을에서 발생했다. 소리항은 일명 소시항(小市港)[또는 초리항(焦吏港)]이라고도 불리는데 위치는 회녕현 성북 20㎞에 있으며 잠산현(潛山縣)과 맞닿아 있다. ≪회녕현지 懷寧縣志≫에 기재된 내용에 의하면 '소리항은 한나라 여강의 하급관리 초중경으로부터 이름을 얻은 것이다'고 되어있다. 초중경은 바로 <공작동남비>의 주인공이다. 전하는 말에 의하면 여기는 초중경이 전에 살던 집일 뿐 아니라 초중경의 아내인 유란지가 전에 살던 집이기도 하다. 초중경이 전에 살던 집은 소시항 강의 맞은편 언덕의 초씨집 비탈(지금의 잠산현 경내)에 위치하였다. 유란지가 살던 집은 소시항 동쪽 반리 거리에 있는 유씨 집 산 벼랑에 있었다. 그들에 대한 봉건 세력의 박해 때문에 유란지는 물에 던져 죽었고 초중경은 나무에 목을 매 죽었다. ≪안휘부지 安徽府志≫에는 '그(유란지)가 물에 던진 곳이 지금의 소시항이다'라고 기재되었다. 유란지가 물에 몸을 던진 후에 마을 사람들이 초씨집 비탈위에서 목을 매 자결한 초중경의 시신을 다시 옮겨와 유란지와 함께 소시항에 합장하였다. 지금 소시항에는 초,유의 합장묘가 아직도 남아있다. 근래에 소시항에 와서 <공작동남비>의 옛땅을 유람하는 사람들이 점점 많아져서 그곳은 이미 중국문학 사적의 저명한 명승지가 되었다.

이상은 중경 부부가 죽은 뒤에 합장한 일을 서술하였다. 마지막 두 구는 노래한 사람의 말이다.

2. 行行重行行1)
행행중행행1)

고시(古詩)

行行重行行	가고 가고 또 가고 갔으니
與君生別離	그대와는 생이별이라네
相去萬餘里	그대 만리도 더 멀리 떠나가 있으니
各在天一涯	하늘 한 켠에 내 따로 남아있네
道路阻且長	길은 막히고 멀기만 한데
會面安可知	만날 날 어찌 알 수 있으리오
胡馬依北風2)	호마는 북풍을 그리워 좇고
越鳥巢南枝3)	월조는 남지에 둥지를 튼다네
相去日已遠	그대 떠나간 날 하마 멀어지니
衣帶日已緩4)	내 허리띠 날로 더 헐렁해지네
浮雲蔽白日	뜬 구름 밝은 해를 가리고
遊子不顧反	떠도는 이 돌아오려 하지 않네
思君令人老	그대 그리움에 사람만 늙어 버리고
歲月忽已晚	세월은 문득 벌써 저물었구료
棄捐勿復道	버림 당함 더는 말하지 않으리니
努力加餐飯	힘써 더 챙겨 드시고 건강하옵소서

23 ▮ 中國古典愛情詩歌

1) 고시(古詩): 본래 후대의 고대시가를 두루 일컫는 말이다. 동한(東
   漢)[後漢:한나라 광무제가 낙양에 도읍한 후부터 헌제(獻帝)까지의
   시기] 말엽에 일찍이 5언시가 있었는데 원래는 당시에 중하위층의
   지식인들이 민요를 익혀 쓴 것이었다. 이러한 시들은 양, 진(梁陳)
   시대까지 멀리 전파되었다. 작자 이름은 상고할 수 없고 제목 역시
   실전되었기 때문에 진대(晋代)이후에 '고시(古詩)'라 불리웠다. 그
   중에 어떤 시는 본래 음악에 넣는 악부가사(樂府歌詞)였는데 그것
   역시 '고시'라 일컬어 졌다.

   이같은 유형의 시가 중에서 19수는 일찍이 양(梁)나라 소통(蕭統)
   에 의해 모두 ≪문선 文選≫에 수록되었다. 이러한 고시는 대부분
   부부나 친구 사이의 이별의 근심과 한, 선비가 뜻을 잃고 방황하는
   모습을 쓰고 있다. 예술적으로는 전통적인 비흥(比興)의 수법[시경
   에 쓰여진 비유연상 수법]을 계승하였다. 진지하고 완곡하면서 소
   박하고 자연스럽게 쓰여져 "풍격의 구성과 글의 묘사를 보면 직설
   적이지만 거칠지 않고 완곡하게 경물에 밀착되어, 슬픈 묘사는 감
   정에 절실하게 닿는다" (유협(劉勰)의 ≪문심조룡·명시 文心雕
   龍·明詩≫)

2) 호(胡): 옛날에 북쪽 오랑캐를 일컬어 '호'라 했다. 북쪽 오랑캐는
   한(漢)나라 때의 흉노족(중국 고대 민족의 하나로 전국시대 연, 조,
   진 이북에서 유목 생활을 하였다.)으로 한나라의 북방에 있었다.

3) 월(越): 백월(百越: 지금의 절강, 복건, 광동의 여러 성에서 안남(安
   南)지방에까지 이르는 지역)의 월로 그 지방은 가장 남쪽의 교지
   (交趾)였다.

4) 의대일이완(衣帶日已緩): 느슨하다, 헐렁하다. 즉 사람이 날마다 차
   츰차츰 야위어 간다는 의미이다. 한나라 악부 <고가 古歌>에 "집
   을 떠나 날짜가 멀어질수록 옷과 허리띠가 점점 느슨해진다.(離家
   日趨遠, 衣帶日趨緩)"는 구절이 있다.

3. 青青河畔草
청청하반초

青青河畔草1)	푸릇푸릇한 강가의 풀
鬱鬱園中柳2)	울울창창한 정원의 버들
盈盈樓上女3)	누각 위에 단아한 여인
皎皎當窓牖4)	휘영청 밝은 들창 앞에서
娥娥紅粉粧5)	아름다운 붉은 분 단장
纖纖出素手6)	가냘피 드러난 하이얀 손
昔爲倡家女7)	옛날엔 노래하고 춤추던 계집이
今爲蕩子婦8)	이제는 방랑자의 아내
蕩子行不歸	방랑자는 떠나가 돌아오지 않으니
空床難獨守	텅 빈 침상 홀로 지키기 어렵네

주석

1) 청청(靑靑): 푸릇푸릇한 모양, 초목이 무성한 모양
2) 울울(鬱鬱): 초록이 무성한 모양
3) 영동산영(盈盈): 예쁘게 단장한 모양, 모자람이 없는 아름다운 모양. 원본의 거(去)는 여(女)의 오기이기에 바로잡음(역자)
4) 교교(皎皎): 희고 깨끗한 모양
   유(牖): 들창, 벽 위쪽에 뚫린 작은 창
5) 홍분(紅粉): 화장, 연지와 분.

6) 섬섬출소수(纖纖出素手): 纖纖은 '가늘고 고운 모양, 가냘픈 모양'을 뜻하는 것으로 "가냘피 드러난 하이얀 손"을 표현하는 다른 말로 섬섬옥수(纖纖玉手)가 있다.

7) 창가녀(倡家女): 고대에 노래와 춤을 직업으로 하는 사람을 말한다.

8) 탕자(蕩子): 여기서는 나그네와 같은 의미로 곧 이곳저곳을 방랑하며 돌아오지 않는 남자를 말한다.

4. 涉江採芙蓉
섭강채부용

고시(古詩)

涉江採芙蓉1)	강을 건너며 연꽃을 따누나
蘭澤多芳草	난꽃 핀 물가엔 향초도 많네
採之欲遺誰2)	이걸 따다 누구에게 보낼까
所思在遠道	그리운 님 먼 곳에 계시는데
還顧望舊鄕	고개를 돌려 고향을 바라보니
長路漫浩浩	기나긴 길은 아득하기만 해
同心而離居	같은 마음에도 헤어져 사니
憂傷以終老	근심과 슬픔 속에 늙어 죽겠네

주 석

1) 부용(芙蓉): 연꽃
2) 유(遺): 보내 주는 것. 고대 풍속에 의하면 다른 사람에게 향초를
   주어서 애정을 깊이 맺었다고 한다.

5. 庭中有奇樹
정중유기수

고시(古詩)

庭中有奇樹1)　　뜰에는 기려한 나무 있어
綠葉發華滋　　　녹색의 잎새엔 흐드러지게 꽃이 피었네
攀條折其榮　　　가지를 잡고 꽃을 꺾어
將以遺所思2)　　그리운 임에게 보내줄까
馨香盈懷袖3)　　향내음은 소매에 가득 하건만
路遠莫致之　　　길이 멀어 이것을 보내지 못하네
此物何足貢　　　이런 물건 뭐 그리 바칠 만 하리오
但感別經時　　　다만 헤어져 지나온 시절을 느끼고자 할 뿐

주 석

1) 정중유기수(庭中有奇樹): 이 고시와 <섭강채부용(涉江采芙蓉)>은 비슷하다. 같은 점은 멀리 있는 애인을 생각하여 향기 있는 꽃을 꺾어 님에게 보내고자 하나 보낼 수 없는 치정(남녀간의 사랑에서 생기는 지각없는 정)이다. 그러나 다른 점은 한 수는 밖에서 집에 있는 사람을 생각하여 쓴 것이며, 한 수는 집에서 밖에 있는 사람을 생각하여 쓴 것이다.
2) 유(遺): <섭강채부용(涉江採芙蓉)> 주)2 와 같다.
3) 형향(馨香): 꽃다운 향기

6. 超超牽牛星
초초견우성

고시(古詩)

超超牽牛星1)	아득히 먼 곳의 견우성
皎皎河漢女2)	휘영청 밝은 은하수의 직녀성
纖纖擢素手	가녀린 하얀 손 들어
札札弄機杼3)	찰칵찰칵 베틀을 놀리지만
終日不成章	종일토록 한 필도 못 짜니
泣涕零如雨	눈물이 비 오듯 떨어지네
河漢清且淺	은하수는 맑고 얕은데
相去復幾許	그대 떠나간지 또 얼마인고
盈盈一水間	한 줄기 강물을 사이에 두고
脈脈不得語	하염없이 바라만 보며 말도 못하네

주 석

1) 초초(超超): 아득히 먼
2) 교교하한녀(皎皎河漢女): 고대의 전설이다. 견우와 직녀 두 개는 원래 별이 서로 사랑했던 부부였다. 옛부터 은하수 남과 북으로 서로 떨어져 살았기 때문에 매년 7월7일 저녁에만 오작교가 있어 서로 건너가 단 한번 서로 만나는 것을 빼고는 그 외의 시간은 은하수를 사이에 두고 서로 바라볼 수밖에 없었다. 후에 이 고사를 인용하여 부부의 이별의 한을 서술하였고, 아울러 봉건 제도하에서 남녀 애정에 대한 박해를 반영했다.
3) 찰찰(札札): 의성어. 방직기로 천을 짜는 소리.

7. 燕趙多佳人
연조다가인

고시(古詩)

燕趙多佳人1)	연나라 조나라는 가인도 많아
美者顏如玉	미인의 얼굴이 옥과도 같구나
被服羅裳衣2)	비단 치마 저고리를 입고
當戶理淸曲3)	집에서 청상곡을 익히네
音響一何悲	소리가 한결같이 어찌나 슬프던지
弦急知柱促4)	거문고 줄을 당겨 기러기발을 조였구나
馳情整中帶5)	기분을 달래고자 옷무새를 가다듬고
沈吟聊躑躅6)	마음을 가라앉히고자 잠시 배회한다
思爲雙飛燕	정녕코 쌍쌍이 나는 제비가 되어
銜泥巢君屋7)	진흙을 물어다가 그대 집에 둥지를 틀고파

주 석

1) 연조(燕趙): 두 나라 이름. 전국시대 연(燕)의 수도는 지금의 북경 남쪽 근교 대흥현(大興縣)에 있었고 조(趙)의 수도는 지금의 하북성(河北省) 한단현(邯鄲縣)에 있었다.

2) 라(羅): 얇고 성기게 짠 명주, 비단

3) 당호(當戶): 여기서 당(當)은 재(在), ~에서의 의미를 가진다. 집에서의 뜻.
   리청곡(理淸曲): 리(理)는 "익히다"의 의미.

청곡(淸曲): 청상곡(淸商曲)으로서 음률이 상(商)의 소리로서 맑은 소리임

4) 현(弦): 악기의 줄

주(柱): 가야금, 거문고, 비파 등의 몸통, 기러기의 발

[참고]금주(琴柱qin zhu)는 원래 현악기의 몸통을 뜻하지만 중국어의 "기러기 발"을 뜻하는 시어 "금족"(禽足 qin zu)과 유사한 음을 지니기 때문에 서로 혼용을 하기도 한다.

5) 치정(馳情): 그리운 마음

중대(中帶): 허리띠 가운데

6) 침음(沈吟): 깊이 생각하다

척촉(躑躅): 배회하다, 또 다른 뜻으로는 철쭉꽃

7) 함(銜): (새나 동물 따위가) 입에 물다

소(巢): 새 벌레 따위의 보금자리

8. 冉冉孤生竹
염염고생죽

고시(古詩)

冉冉孤生竹	부드럽고 약하게 자란 외로운 대나무
結根泰山阿	태산의 언덕에 뿌리를 내렸는데
與君爲新婚	당신과 갓 결혼한 뒤론
菟絲附女蘿1)	새삼덩굴이 담쟁이 덩굴에 달라 붙었네
菟絲生有時	새삼덩굴이 때맞춰 돋아나듯이
夫婦會有宜	부부는 마땅히 함께 지내야 하는 법
千里遠結婚	천리 멀리서 혼인을 맺어 왔건만
悠悠隔山陂	머나먼 강산에 막혀 떨어져 있네
思君令人老	그대 생각에 사람만 늙게 만드는데
軒車來何遲2)	수레는 어찌 이리도 늦게 오는지
傷彼蕙蘭花	속상하네 저 혜란꽃은
含英揚光輝	꽃부리 머금고 광채를 드러내고 있는데
過時而不采	시절이 지나도록 캐지 않으면
將隨秋草萎	장차 가을 풀따라 시들어 버리겠지요
君亮執高節3)	당신은 정녕코 고상한 절조를 지녔으니
賤妾亦何爲	비천한 첩이 또한 어찌 근심하리까?

주 석

1) 토사(菟絲): 새삼덩굴
여라(女蘿): 담쟁이 덩굴
2) 헌거(軒車): 지붕이 있고 앞쪽이 높은 수레
3) 량(亮): 진실로

9. 孟冬寒氣至
맹동한기지

고시(古詩)

孟冬寒氣至	초 겨울 찬 기운이 닥치니
北風何慘慄	북풍은 어찌 이리도 매서웁고
愁多知夜長	시름 많아 밤은 길기만 하니
仰觀衆星列	늘어선 뭇 별들을 우러러 바라보네
三五明月滿	보름날 밝은 달은 가득 찼다가
四五蟾兔缺1)	스무날 하현달은 이지러지네
客從遠方來	먼곳에서 온 나그네가
有我一書札	내게 전해준 임의 편지 한 통
上言長相思	앞에서는 기나긴 그리움을 말하고
下言久離別	뒤에서는 오래된 이별을 언급했네
置書懷袖中	소매 속에 고이 간직한 편지
三歲字不滅	삼년토록 글자 하나 지워지지 않았네
一心抱區區	일편단심 품고 있는 정성을
懼君不識察	그대가 헤아리지 못할까 두렵습니다

주석

1) 섬토(蟾兔): 달의 별칭. 고대신화에서 달 속에 옥토끼가 있어 약을 찧는다고 했다. 또 후예(后羿)의 아내인 항아(姮娥)가 몰래 신약(新藥)을 훔쳐먹고 달나라로 날아 들어가 두꺼비로 변했다고 전한다. 이백(李白)의 <古郎月行>에 있다. "두꺼비가 둥근 그림자를 갉아 먹으니 달이 밤에 벌써 이지러졌다.蟾蜍蝕圓影, 大明夜已殘"

10. 客從遠方來
객종원방래

— 고시(古詩) —

客從遠方來	먼 데서 오신 손님
遺我一端綺1)	나에게 비단 반 필을 전해 주었네
相去萬餘里	서로 만여 리나 떨어져 있건만
故人心尙爾2)	님의 마음은 여전히 가깝구나
文采雙鴛鴦	원앙 한 쌍 무늬 있는 비단을
裁爲合歡被3)	마름질하여 합환피로 만들었네
著以長相思4)	풀솜을 잇대어 이불솜을 채워 넣고
緣以結不解	가장자리 매듭지으니 풀 수가 없네
以膠投漆中	아교를 옻 속에 넣었으니
誰能別離此	누가 이를 떼어 놓을 수 있겠는가

주 석

1) 단기(端綺): 비단 반 필.
   단(端): 반 필
2) 이(爾): 가깝다. (=邇)
3) 합환피(合歡被): 원래는 화합, 화목을 나타내는 꽃무늬. 대부분 남
   녀간의 결합을 가리킨다. 또한 기물의 명칭으로도 사용한다. 예를
   들면 합환선(合歡扇), 합환석(合歡席) 같은 것들이다.
4) 착(著): (이불 속에 솜을) 집어 넣다. 장상사(長相思): 사(思)와 사(絲)
   는 음이 같고, 장(長)과 면면(綿綿)은 의미가 같다. 그러므로 장상사
   (長相思)를 사용하여 사면(絲綿)을 대신했다.

11. 明月何皎皎
명월하고교

明月何皎皎1)	밝은 달빛은 어찌나 휘영청한지
照我羅床幃	내 침실의 비단 휘장을 비추니
憂愁不能寐	우수에 젖어 잠 못 이루고
攬衣起徘徊2)	옷을 걸치고 일어나 배회하네
客行雖云樂	나그네로 떠돌며 즐겁다 말하지만
不如早旋歸3)	얼른 집에 돌아옴만 못하리라
出戶獨彷徨4)	문을 나서 홀로 방황하며
愁思當告誰	이내 수심 응당 누구에게 말하리
引領還入房	멀리 바라보다 방으로 들어오니
淚下霑裳衣	눈물이 흘러 옷을 적시는구나

주 석

1) 교교(皎皎): 결백한 모양, 밝은 모양
2) 람(攬): 걸치다.
3) 선귀(旋歸): 가다가 방향을 돌려 돌아옴
4) 방황(彷徨): 배회(徘徊)와 같은 뜻

─ 고시(古詩) ─

穆穆淸風至1)	따스하고 맑은 바람 불어와
吹我羅衣裾	내 비단 옷자락을 살랑거리네
靑袍似春草	님의 푸른 도포 봄 풀과도 같아
草長條風舒2)	풀이 자라 봄바람에 활짝 퍼졌구나
朝登津梁上3)	아침에 나루터 다리 위로 올라가
褰裳望所思	치마 걷고 그리운 이 바라보네
安得抱柱信4)	어찌해야 다 바쳐 사랑할 수 있을까
皎日以爲期	밝은 태양에게 맹세하리라

주 석

1) 목목(穆穆): 온화하다.
2) 조풍(條風): 입춘때의 북동풍
3) 진(津): 나루터, 나루
   상(上): 원작에는 산(山)으로 되어 있으나, 상(上)으로 해야 한다.(역자)
4) 포주신(抱柱信): 옛날 미생(尾生)이라고 부르는 남자가 한 여자와
   다리밑에서 만나기로 약속했다. 여자가 아직 도착하지 않았는데
   강물이 폭우로 불어나기 시작했다. 미생은 약속을 저버리지 않기
   위해 떠나가지 않다가 결국 기둥을 안은 채 물에 잠겨 죽었다 이는
   죽음으로 사랑의 약속을 지킨다는 것을 뜻함.

13. 新樹蘭蕙葩
신수란혜파

新樹蘭蕙葩1)	난초 혜초 새로 심어
雜用杜衡草2)	두형초와 섞여 있네
終朝採其華	아침 내내 꽃 따나
日暮不盈抱	날 저물어도 아름에 차지 않네
採之欲遺誰	그걸 따서 누구에게 보내리
所思在遠道	님 계신 곳 머나먼 길이라서
馨香易鎖歇	꽃 향기는 쉬이 없어지고
繁華會枯槁	번화한 꽃은 잘도 시든다
悵望何所言	슬피 바라볼 뿐 무슨 말을 하리오
臨風送懷抱	바람에 쐬여 회포를 날려보내리

주 석

1) 파(葩):꽃
2) 두형(杜衡):풀이름. 약으로 쓰이고 토새신(土細辛)이라고도 함.

14. 蘭若生春陽
난약생춘양

── 고시(古詩) ──

蘭若生春陽1)	난과 약은 따뜻한 봄에 피었다가
涉冬猶盛滋	추운 겨울을 지나더니 더욱 번화하구나
願言追昔愛2)	깊은 생각에 옛 사랑 더듬어가니
情款感四時3)	절실한 마음이 철따라 느껴진다
美人在雲端4)	그리운 님 구름 끝에 있고
天路隔無期	하늘 길은 막혀 기약 없구나
夜光照玄陰	저녁 달빛은 어둠을 비추고
長嘆戀所思5)	긴 한숨쉬며 님 그리워하네
誰謂我無憂	누가 말했던가 내가 시름없다고
積念發狂痴	그리움 쌓여 미칠 것 같은데

주 석

1) 난약(蘭若): 난과 약은 모두 향초 이름이다.
2) 원언(願言): 원연(願然)과 같다. 깊이 생각하는 모양
3) 정관(情款): 친한 마음. 가까운 사이
4) 미인(美人): 그리운 사람을 가리킴
5) 소사(所思): 사모하는 사람

15. 留別妻1)
유별처

무명씨
(無名氏)

結髮爲夫妻2)	처녀 총각 부부되어
恩愛兩不疑	서로의 사랑과 은혜 의심 없었지
歡娛在今夕	기쁨과 즐거움은 오늘 밤 뿐이니
燕婉及良時3)	곱고 예쁨이 절정에 이르렀구나
征夫懷遠路	군대갈 남편 먼 길 생각에
起視夜何其4)	일어나 밤하늘의 별들을 얼마나 보았던고
參辰皆已沒	별들은 모두 이미 졌으니
去去從此辭	떠나가면 이제 이별이다
行役在戰場	부역 나가 전장터에 있을테니
相見未有期	서로 볼 날 기약없네
握手一長嘆	손 마주잡고 길게 한숨지으며
淚爲生別滋	눈물에 생이별의 한 불어나네
努力愛春華	애써 서로의 청춘을 아끼고
莫忘歡樂時	즐거웠던 지난 시절 잊지 말아요
生當復來歸	산다면 반드시 다시 돌아오리오
死當長相思	죽어도 꼭 영원히 그대만을 그리리

1) 유별처(留別妻): 이 시의 작자는 미상이고 대략 동한 말쯤에 지어 졌을 것이다. 군대가는 남편이 집을 떠나면서 남아있는 아내와 작별하는 정경을 쓴 것이다.

2) 결발(結髮): 남녀가 처음 성년이 될 때를 가리킴. 남자는 20세에 머리를 묶어 갓을 쓰고 여자는 15세에 비녀를 꼽아 성년을 표시함.

3) 연완(燕婉): 믿음이 곱고 얼굴이 예쁨.

4) 하기(何其): 얼마나

16. 燕歌行1)
연가행1)

— 조비(曹丕) —

秋風蕭瑟天氣凉2)	추풍은 소슬하고 날씨는 서늘한데
草木搖落露爲霜	초목은 시들고 이슬은 서리가 되네
群燕辭歸鵠南翔	제비들은 작별하여 돌아가고 백조는 남쪽으로 날아가
念君客游思斷腸3)	객지에 떠돌 그대 생각에 내 간장은 찢어지네
慊慊思歸戀故鄕	시름겨워 돌아가려니 고향 그리워
君何淹留寄他方4)	그대 어찌 머물러 타향살이 하는가
賤妾煢煢守空房	이몸은 외로이 독수공방타가
憂來思君不敢忘	근심되어 당신 생각하니 감히 잊을 수 없어
不覺淚下霑衣裳	어느새 흐른 눈물 옷자락 적셨네
援琴鳴弦發淸商5)	거문고 당기고 줄을 울려 청상곡 시작하니
短歌微吟不能長	짧은노래 희미한 읊조림 길지도 못하구나
明月皎皎照我床6)	밝은 달 교교히 나의 침상 비추고
星漢7)西流夜未央7)	은하수 서편으로 흘러 밤은 아직 지나지 않았네
牽牛織女遙相望	견우 직녀 아득히 서로를 바라보듯
爾獨何辜限河梁	당신만 무슨 죄로 강다리를 경계 삼는가

주 석

* 조비(曹丕): (187-226) 자(字)는 자환(子桓)이며, 바로 위(魏) 문제(文帝) 조조(曹操)의 둘째 아들이다.

그 시는 형식에 있어서 자못 민가로부터 영향을 받았다. 시어는 통속적이고 운율은 아름답고 오묘하다. 대표작 <연가행>은 사랑을 노래한 천고의 명작이며 또한 우리가 볼 수 있는 가장 오래되고 완정한 칠언시이다. 그의 ≪전론·논문≫은 곧 중국 고전문학 비평사상에서 최초의 문학이론 전문 저서이고 그 중에는 저명한 문예이론 관점인 "문기설文氣說"을 제기하였으며 후대 시평론가에게 준 영향이 매우 크다.

1) 행(行): 악부시의 한 장르, 가행체(歌行体)를 총칭한다.

2) 소슬(蕭瑟): 쓸쓸하다. 처량하다. 스산하다.

3) 단장(斷腸): 애끓다. 매우 슬프다.

4) 엄류(淹留): 오래 머무르다.

5) 청상(清商): 악곡명. 음절이 짧고 급박하기 때문에 "短歌微吟不能長"의 句가 있다.

6) 교교(皎皎): 달이 맑고 밝음

7) 성한(星漢): 성하(星河)와 같은 뜻. 은하수

  야미앙(夜未央) : 밤은 이미 깊었으나 아직 다하지는 않은 때.

17. 室思1)
실사1)

──── 서간(徐幹)

其一	첫째 시
深陰結愁憂	깊게 그늘져 시름 겨운데
愁憂爲誰興	뉘라서 이내 시름 일으키는고
念與君相別	그대와의 이별 생각하니
各在天一方	제 각기 하늘 한켠에 있구나
良會未有期	참으로 만날 기약 없으니
中心摧且傷	마음속은 좌절과 상처뿐
不聊憂餐食	애오라지 먹거리 걱정이 아니라
慊慊常飢空2)	늘 주리고 텅빈 마음 한스러워
端坐而無爲	단정히 앉아 가만히 있으니
倣佛君容光3)	그대 모습 선하구나

其二	둘째 시
峨峨高山首4)	우뚝 솟은 높은 산 꼭대기
悠悠萬里道5)	아득히 먼 만리길
君去日已遠	님 떠난 지 이미 멀어졌으니
鬱結令人老6)	울적한 마음에 사람만 늙어버렸네
人生一世間	한세상 인생살이
忽若暮春草	문득 저무는 봄의 풀과 같아
時不可再得	시간을 다시 붙들 수 없는데
何爲自愁惱	뭐 하러 스스로 고뇌할까?

| 每誦昔鴻恩7) | 지난날의 큰 은혜 기릴 적마다 |
| 賤軀焉足保 | 천한 이 몸 어찌 보전할 것 있으리요 |

其三   셋째 시

浮雲何洋洋8)	뜬 구름은 어찌 그리도 아득한고
願因通我詞	저 구름에 내 말을 통해볼까 해도
飄搖不可寄	바람에 흩날려 부칠 수 없으니
徙倚徒相思9)	한가로이 거닐며 그냥 생각 뿐
人離皆復會	사람은 헤어져도 모두 다시 만나기 마련인데
君獨無返期	그대만은 돌아올 기약없네
自君之出矣	그대 떠난 뒤론
明鏡暗不治	밝은 거울은 닦지 않아 먼지만 자욱하고
思君如流水	그대 생각 흐르는 물같아
何有窮已時	언제나 다할 날이 있으리오

其四   넷째 시

參參時節盡10)	암담한 시절은 극한에 달아
蘭葉復凋零11)	난초잎은 다시 시들어 버렸네
喟然長嘆息12)	위연히 긴 한숨소리 나오는데
君期慰我情	그대는 내 마음을 달래준다 기약했었지
展轉不能寐13)	엎치락 뒤치락 잠못이루니
長夜何綿綿14)	긴 밤은 이리도 끝없이 이어지는고
躡履起出戶	신발 신고 방을 나서
仰觀三星連	고개를 들어 잇닿은 삼성을 바라본다
自恨志不遂	내 뜻 이루지 못함을 한탄하니
泣涕如涌泉15)	흐르는 눈물 샘물처럼 솟구친다

其五   다섯째 시

思君見巾櫛16)	수건과 빗을 보니 임 더욱 그리워
以益我勞勤	그것들이 더 나를 은근히 힘들게 하네
安得鴻鸞羽17)	어떡하면 기러기 난새의 깃을 얻어

觀此心中人18)	마음속의 이 사람 만날 수 있을런지
誠心亮不遂	정성스러운 마음 진실로 이루지 못하니
搔首立悁悁	머리를 긁적이고 근심하며 서있네
何言一不見	어찌 한번 볼 수 없다 하리오마는
復會無因緣	다시 만날 인연도 없네
故如比目魚	예전엔 비목어 같았건만
今隔如參辰19)	지금은 참성과 진성처럼 막혀있네

其六	여섯째 시
人靡不有初	사람마다 첫사랑이 없지 않은데
想君能終之	그대 그것을 마무리 해주셨으면
別來歷年歲	헤어진 지 여러 해 거쳤으니
舊恩何可期	옛 은정을 언제 기약할 수 있으리요
重新而忘故	새 사랑을 중히 여겨 옛정을 잊는다면
君子所尤譏	군자로서 허물짓고 비난받을 짓이겠지요
寄身雖在遠20)	이 몸 의탁한 곳 비록 멀리 있어도
豈忘君須臾21)	어찌 잠시라도 그대를 잊으리오.
旣厚不爲薄	두터워져버린 사랑 얇아질 수 없으니
想君時見思	그대 언제나 생각해주오

주 석

*서간(徐幹): (171-218) 자(字)는 위장(偉長). 북해(北海) 극현(劇縣)[지금의 산동성(山東省) 창악현(唱樂縣) 서쪽]사람이다. 사부에 능하였고 시를 잘 지었다. "건안칠자"가운데 한 사람이다. 저작인 ≪중론中論≫에서 이렇게 말했다. "무릇 학자는 대의(大義)를 우선하고 물명(物名)을 뒤로 해야한다. 대의가 일어서면 물명은 그것을 따른다." 이는 당시 유행하던 훈고장구의 학문을 반대한 것이다.

1) 실사(室思): 곧 집안 여자의 심정을 의미.
2) 겸겸(慊慊): 한스럽다, 원망스럽다.

3) 용광(容光): 빛나는 얼굴, 얼굴의 빛나는 풍채

4) 아아(峨峨): 산의 높고 험한 모양

5) 유유(悠悠): 아득하게 멀다

6) 울결(鬱結): 마음이 울울하여 기분이 나지 않음.

　령(令): ～로 하여금 ～하게하다.

7) 홍은(鴻恩): 넓고 큰 은혜

8) 부운(浮雲): 하늘에 떠있는 구름.

　양양(洋洋): 광대한 모양, 끝없는 모양

9) 도(徒): 다만 -뿐, -에 지나지 않음(한정, 강조).

　상사(相思): 서로 그리워함

10) 참(慘): 참혹함

11) 조령(凋零): 나뭇잎이 시들어 떨어짐

12) 위연(喟然): 탄식하는 모양.

13) 전전(展轉): 몸을 이리 저리 뒤척임

14) 면면(綿綿): 길게 이어지는 모양

15) 읍체(泣涕): 눈물 흘리면서 욺.

　용(涌): 용(湧)과 같다. 물이 치솟다.

16) 건(巾): 수건.

　즐(櫛): 빗의 총칭

17) 란(鸞): 봉황의 일종으로 신령스럽고 상서로운 새로 알려짐. 닭과 비슷한데, 털은 붉은 바탕에 오채(五彩)(다섯가지의 채색-청,황,홍, 백,흑)가 섞였으며, 소리는 오음(五音)(궁상각치우의 다섯음률)에 맞는다 함

18) 구(覯): 구(遘)와 같다. 우연히 만나다.

19) 참진(參辰): 참상(參商)과 같다. 참과 상, 두 별은 이것이 뜨면 저 것이 사라져 영원히 만날 수 없다. 후에 사람이 이별하여 서로 만 날 수 없음을 비유하였다. 두보는 <증위팔처사 贈衛八處士>에 서: "사람이 태어나서 만날 수 없음이 문득 참성과 상성 같구나. "人生不相見, 動如參與商."라고 하였다.

20) 기(寄): 의지하다, 기대다

21) 수유(須臾): 잠시, 잠깐동안

18. 七哀2)
칠애2)

조식
(曹植1)

明月照高樓	밝은 달은 높은 누각을 비추니
流光正徘徊3)	물결에 비친 달빛은 이리저리 흔들리는 듯
上有愁思婦	누각 위 수심에 찬 아낙은
悲歎有餘哀4)	슬픈 탄식 속에 남겨진 또 다른 애처로움
借問歎者誰5)	탄식하는 자 누구냐 물었더니
言是宕子妻6)	방랑자의 아내라네
君行踰十年	님 떠나가신 지 십년이 넘도록
孤妾常獨栖7)	외로운 이 몸 언제나 홀로 지냈지
君若淸路塵	님은 깨끗한 길의 먼지요
妾若濁水泥	첩은 흐린물 속 진흙이라오
浮沈各異勢	뜨고 가라앉는 신세 각기 다르니
會合何時諧	어느 때나 같이 만나리오
願爲西南風	바라노니 서남풍 되어
長逝入君懷	멀리 날아 님의 품에 들고 싶지만
君懷良不開	님의 품은 참으로 열려있지 않으니
賤妾當何依8)	제 몸은 어디에 의지해야 하나요

1) 조식(曹植): (192-232) 자(字)는 자건(子建). 조조(曹操)의 셋째 아들. 시가는 5언을 위주로 했고, 사는 화려함을 선택했으며, 언어는 간결하고, 정감은 열렬하며, 의분에 북받치어 슬퍼하고 한탄하는 것이 사람을 감동시킨다. 특히 사부(辭賦)에 능하였으며, <낙신부洛神賦>로 유명하다. 그는 건안문학의 최고성과를 대표한다.

2) 칠애(七哀): 조식이 칠애시서(七哀詩序)에서 '謂痛而哀, 義而哀, 感而哀, 怨而哀, 耳目發現而哀, 口歎而哀, 鼻酸而哀' 라고 밝혔다. 즉 마음이 아픈 슬픔, 정의로운 슬픔, 감격의 슬픔, 원망의 슬픔, 귀와 눈으로 나타나는 슬픔, 탄식의 슬픔, 코 끝이 찡한 슬픔을 말한다

3) 유광(流光): 휘황 찬란한 빛, 흐르는 밝은 빛.

4) 여(餘): 남을 여, 그 밖의 것이라는 뜻.

5) 차문(借問): 시험삼아 물어봄.

6) 탕자(宕子): 탕자(蕩子)와 같다. 객지로 떠도는 사람, 방랑자.

7) 서(栖): 살다, 머물다.

8) 첩(妾): 고대 부녀자들이 스스로를 겸손하게 일컫는 말.

19. 雜詩(三)
잡시(3)

조식(曹植)

西北有織婦	서북녘에 베 짜는 여자 있어
綺縞何繽紛1)	꽃무늬 비단 어찌나 화려한지
明晨秉機杼2)	이른 아침부터 베틀을 잡았건만
日暮不成文	날이 저물도록 무늬를 다 넣지 못했네
太息經長夜	한숨으로 기나긴 밤 보내니
悲嘯入靑雲	슬픈 소리 푸른 구름 향해 퍼지네
妾身守空閨	이 몸도 독수공방하고
良人行從軍	내 님은 종군하러 가셨네
自期三年歸	삼 년이면 돌아온다 기약한 이래
今已歷九春	지금 벌써 아홉 해 봄이 지났네
飛鳥繞樹翔3)	나는 새는 나무를 휘 돌아 날아가
嗷嗷鳴索君4)	슬피 울며 낭군을 애타게 찾는다
願爲南流景	남쪽으로 흐르는 빛이 되어
馳光見我君	빛을 내달려 내 낭군 보고파

주 석

1) 기호(綺縞): 꽃무늬 새긴 비단
   빈(繽): 어지러움. 성한 모양
   분(紛): 어지러움

2) 명신(明晨): 맑은 새벽

　　저(杼): 북, 베틀의 북

3) 요(繞): 두르다

　　상(翔): 빙빙 돌아날다

4) 오오(嗷嗷): 슬피 우는 소리

20. 美女篇
미녀편

조식(曹植)

美女妖且閑	미녀는 아름답고도 아정한데
采桑歧路間	갈림 길 사이에서 뽕잎을 따네
柔條紛冉冉1)	부드러운 가지는 어지러이 한들거리고
落葉何翩翩2)	떨어지는 잎새는 어찌 저리도 훌쩍 나는가
攘袖見素手3)	걷은 소매에 하얀 손 드러나
皓腕約金環4)	흰 팔엔 금팔찌를 끼었네
頭上金爵釵	머리에는 금비녀 꽂고
腰佩翠琅玕5)	허리에는 비춰색 구슬을 차고 있네
明珠交玉體	빛나는 구슬 옥 같은 몸에 두르니
珊瑚間木難6)	그야말로 산호사이의 푸른 진주구나
羅衣何飄飄	비단 옷은 바람에 나부끼고
輕裾隨風還7)	가벼운 옷자락은 바람 따라 살랑거리네
顧盼遺光彩	돌아보는 눈동자엔 광채가 감돌고
長嘯氣若蘭	길게 내쉬는 숨결은 난초와도 같아서
行徒用息駕	길손은 수레를 멈추고
休者以忘餐8)	쉬는 자는 먹는 것조차 잊었네
借問女安居	여인이 어디 사는가 물으니
乃在城南端	바로 성 남단에 산다하네
靑樓臨大路	푸른 칠의 누각은 큰길에 닿아 있고
高門結重關	높은 문 겹겹이 닫혀있네

容華耀朝日	꽃과 같은 얼굴 아침 햇살처럼 빛나니
誰不希令顔	누군들 그 고운 얼굴 바라지 않으리요
媒人何所營	중매쟁이는 무엇을 하였기에
玉帛不時安	폐백의 청혼이 제 때에 안착하지 못했는가
佳人慕高義	가인은 높은 절의를 사모하고
求賢良獨難	어진 배필을 찾는데 유독 까다롭구나
衆人何嗷嗷	뭇 사람들 이러쿵 저러쿵 떠들지만
安知彼所觀	그녀의 살피는 바를 어찌 알리요
盛年處房屋	한창 나이에 집에만 눌러 있으니
中夜起長歎	한밤중에 일어나 길게 탄식하네

주 석

1) 염(冉): 한들거리는 모양
2) 편(翩): 훨훨 나는 모양. 나풀나풀나는 모양.
3) 양(攘): 걷어 올리다
4) 호(皓): 희다. 깨끗하다.
5) 랑간(琅玕): 옥과 비슷한 아름다운 돌
6) 목난(木難): 전설에 금시조(金翅鳥)의 침으로 만들어진 짙푸른색
   의 구슬이 된다고 한다.
7) 거(裾): 옷소매
8) 위 두 구는 한(漢)나라 악부 <맥상상 陌上桑>의 "行者見羅敷,下
   擔捋髭鬚……"(길손들 나부를 보고, 수염을 어루만지며……)의 뜻
   과 연계되어 쓰였다.

21. 豫章行苦相篇2)
예장행고상편2)

부현
(傅玄)1)

苦相身爲女3)	고달픈 삶의 신세는 여자이니
卑陋難再陳4)	비루함을 더 말하기 어렵다
男兒當門戶	남자는 가문을 떠맡으니
墮地自生神	땅으로 떨어져 저절로 생긴 신이로구나
雄心志四海5)	웅대한 포부 천하에 뜻을 두고
萬里望風塵	만리 멀리 풍진세상을 바라본다
女育無欣愛	여자는 길러도 기뻐해 주지 않고
不爲家所珍	집안의 보배가 되지 못한다
長大逃深室	성장하면 안방으로 도망치고
藏頭羞見人	얼굴을 가리우고 남에게 보이는 것을 부끄러워하네
垂淚適他鄉6)	눈물 흘리며 타향으로 시집갈 땐
忽如雨絶雲	갑자기 구름에서 비 쏟아지듯 하네
低頭和顔色	고개를 숙이고 안색은 온화하게 하며
素齒結朱脣	하얀 이와 붉게 칠한 입술로
跪拜無復數7)	꿇어앉아 수도 없이 절하며
婢妾如嚴賓	비첩에게도 엄한 손님 대하듯 해야 하네
情合同雲漢8)	애정이 합칠 땐 견우 직녀 기다리듯
葵藿仰陽春9)	해바라기가 봄볕을 우러러 보듯 했지만
心乖甚水火	마음이 뒤틀리면 물과 불보다 더 심하여
百惡集其身	온갖 증오가 그 몸에 모였네
玉顔隨年變	옥같은 얼굴이 세월 따라 변하자

丈夫多好新　　　 남편은 새 여자만 너무 좋아하네
昔爲形與影　　　 예전엔 형체와 그림자 사이였는데
爲今胡與秦10)　　지금은 오랑캐와 진나라 사이가 되었네
胡秦時相見　　　 오랑캐와 진나라는 때론 서로 만나기도 하지만
一絶逾參辰11)　　한번 끊긴 우리는 동쪽 서쪽 별보다 더 멀어졌네

― 부현(傅玄) ―

所思兮何在1)	내 그리운 사람은 어디에 있을까?
乃在西長安	바로 서쪽 장안에 있네
何用存問妾	무엇으로 소첩을 위로해 주었을까?
香橙雙珠環	향대와 쌍옥 가락지였네
何用重存問	또 무엇으로 위로해 주었을까?
羽爵翠琅玕2)	비취색 옥돌로 만든 술잔이었네
今我兮聞君	오늘 나는 님의 소식 들었는데
更有兮異心	딴 마음을 품고 있다네
香亦不可燒	향도 불사를 수 없고
環亦不可沈	가락지도 물에 빠뜨릴 수 없네
香燒日有歇3)	향을 사루면 날로 다 타버릴 것이오
環沈日自深	가락지 빠뜨리면 날로 그냥 깊이 빠질 테니까

주 석

1) 혜(兮): 어조사. 어구의 사이에 붙여 어기가 일단 그쳤다가 음조가
   다시 올라 가는 것을 나타내는 조사.
2) 우작(羽爵): 고대 술잔. 참새 부리 모양을 본떠 구리로 만들었으며
   다리가 세 개임.
   랑간(琅玕): <미녀> 주5참조
3) 헐(歇): 다하다. 그치다. 없어지다.

23. 車遙遙篇
거요요편

— 부현(傅玄) —

車遙遙兮馬洋洋1)	수레가 멀리 가고 말은 느릿한데
追思君兮不可忘2)	그대 그리워 잊을 수 없네
君安游兮西入秦3)	그대 평안이 노닐다 서쪽 진으로 들어오면
願爲影兮隨君身	나는 그림자 되어 그대 몸 따르리라
君在陰兮影不見	그대 그늘에 계시면 그림자도 보이지 않을 테니
君依光兮妾所愿	그대 빛에 기대시길 첩은 바랄 뿐입니다

주 석

1) 요요(遙遙): 멀리가는 모양, 아득한 모양
   양양(洋洋): 귀착할 곳이 없고 느릿느릿한 모양
2) 추사(追思): 지나간 일. 가버린 사람을 돌이켜 생각하는 것이다.
3) 진(秦): 즉 섬서성(陝西省) 지방을 의미한다.

燕人美兮趙女佳1)	연나라 여인은 아름답고 조나라 여자도 어여쁜데
其室則邇兮限層崖2)	그 집은 가까우나 겹겹이 언덕으로 막혀 있구나
雲爲車兮風爲馬	구름을 수레 삼고 바람을 말로 삼아 달려가니
玉在泥兮蘭在野	구슬은 진흙 속에 묻혀 있고 난초는 들에 피었네
雲無期兮風有止	구름은 기약없고 바람은 그침이 있으니
思多端兮誰能理3)	그리움 여러 갈레인데 누가 달래줄 수 있으리오

주 석

1) 연월(燕越): 앞의 <古詩. 7. 燕趙多佳人>의 주에 보인다.
2) 층애(層崖): 바위가 겹겹이 쌓인 언덕을 이른다.
3) 다단(多端): 이끝 저끝에 가닥이 많음을 이른다.

25. 情詩(第五首)
정시(제오수)

장화
(張華)1)

遊目四野外　　사방 들녘 밖을 두루 바라보며
逍遙獨延佇2)　소요하다 홀로 우두커니 서 있네
蘭蕙綠淸渠　　난초 혜초는 맑은 도랑에 푸르르고
繁華蔭綠渚　　푸른 물가에 번화하게 우거졌네
佳人不在玆3)　좋은 사람이 이 자리에 있지 않으니
取此欲誰與　　이것을 따다 누구에게 줄까?
巢居知風寒4)　둥지에 살아 바람 매서운 줄 알고
穴處識陰雨　　구멍에 살아 비오면 서늘한 줄 안다네
不曾遠離別　　일찍이 오랜 이별 겪지 않았다면
安知慕儔侶5)　짝을 사모할 줄 어찌 알았으리요

주석

1) 장화(張華): 232-300) 자(字)는 무선(茂先). 범양(范陽)[지금의 하북성 (河北省) 고안현(固安縣)남쪽]사람. 서진(西晉) 문학가. 견문이 넓고 기억력이 좋았다. 시는 사조(辭藻)가 풍부하여 비록 "아녀자의 정서가 많고 풍운의 기운은 적다"(≪시품 詩品≫)고 평가되었지만, 어떤 작품에서는 단지 정치 상황에 대한 우려와 감개를 반영하기도 하였다.

2) 연저(延佇): 오래 서 있다.

3) 자(玆): 가까운 곳을 가리킴.

4) 소거(巢居): 새둥지에 살다.

5) 주려(儔侶): 짝, 동반자

26. 悼亡詩2)
도망시2)

반악
(潘岳)1)

荏苒冬春謝3)	덧없이 겨울과 봄은 작별하고자
寒暑忽流易	어느덧 추위와 더위도 흘러 바뀌었네
之子歸窮泉4)	그 사람 황천길로 돌아가서
重壤永幽隔	저승 땅으로 영원히 유명을 달리했구나
私懷誰克從	이제 그 누가 이 내마음 따라줄 수 있으리오
淹留亦何益5)	홀로 남았어도 그 누가 도와주겠는가
黽勉恭朝命	힘써 조정의 명령을 공손히 받들고자
回心反初役	마음을 돌려 이전의 일터로 돌아 가야하네
望廬思其人	초막을 바라보다 그 사람 생각나서
入室想所歷	안방으로 들어가 지난 일에 생각 잠기네
幃屏無髣髴6)	휘장과 병풍 사이로 비슷한 형상조차 없고
翰墨有餘蹟7)	붓과 묵의 필적만이 흔적으로 남았네
流芳未及歇	스치는 향기로운 내음은 아직 다하지 않았고
遺掛猶在壁8)	유품은 여전히 벽에 걸려 있구나
悵怳如或存9)	어슴푸레 누군가 있는 것 같아
回遑忡驚惕	화들짝 돌아보니 놀랍고 두려운 가슴 철렁이네
如彼翰林鳥	저렇게 숲을 날아다니는 새들처럼
雙栖一朝隻	짝이 되어 잠자리에 들었건만 하루아침에 혼자되었네
如彼游川魚	저렇게 냇가에 노니는 물고기처럼
比目中路析10)	한 쌍의 외눈으로 노닐다 도중에 흩어졌네
春風緣隙來	봄바람은 틈새를 타 불어오고

晨霤承檐滴	새벽 낙수는 처마를 타고 물방울 지는구나
寢息何時忘	가라앉고 그쳐서 어느 때나 잊어질까
沈憂日盈積	근심은 나날이 가득 쌓여 가는데
庶幾有時衰	어느 때인가 쇠멸해 지기를 바라노라
莊缶猶可擊11)	상처 당한 장자가 장군을 두드리며 초연하듯이

주 석

1) 반악(潘岳): (247~300) 자는 안인(安仁)이고, 중모[中牟(지금의 하남성(河南省) 중모현(中牟縣) 동쪽]사람이다. 서진 문학가이다. 시부에 능하고 특히 애조(哀弔) 문자가 사람들에게 일컬어졌다. <도망시 悼亡詩>는 감정이 진지하여 사람들을 감동시킨 것으로 유명하다. (모두 3수가 있는데 이시는 제 1수이다.)

2) 이 시는 상처 1주년에 지은 것으로, 반악의 대표작이다. 후세 사람들이 '悼亡'을 상처의 대표 시로 칭하였다.

3) 임염(荏苒): 덧없이 흐르다.

4) 궁천(窮泉): 황천

5) 엄류(淹流): 오래 머무름. 지체하여 잘 진전하지 아니함.

6) 위병(幃屛) 시구: 한무제가, 이부인(李夫人)이 죽자 그녀를 보고 싶었다. 이에 방사(方士)는 밤에 등촉을 밝히고 장막을 설치하였다. 무제는 멀리 이부인 형상과 같은 여인을 보았으나, 가까이 다가가서 볼 수는 없었다. (≪한서·외척전(漢書·外戚傳)≫에 보인다.) 이 구절에서는 한 무제와 같이 부인을 볼 수 없음을 말한 것이다.

7) 한묵(翰墨): 붓과 묵. 문자를 뜻함.

8) 유괘(遺挂): 유품. 죽은 사람이 남긴 옷 등을 가리킴
   유(猶): 여전히

9) 창황(悵怳): 정신이 없이 멍한 모양. 망연자실한 모양
   황(遑): 허둥지둥 급히 서두르는 모양
   척(惕): 두려워하다.

10) 비목(比目): 외눈박이 물고기. 사랑하는 사이를 비유.

11) 장부(莊缶) 시구: 장(莊)은 전국시대 송나라 사람 장주(莊周)를 가리키고, 부(缶)는 장군이라고 하는 질그릇으로 옛 사람들은 부를 악기로 사용하였다. 장주는 처와 사별 후 처음엔 슬프고 비통하였으나, 후에는 인간은 본래 무생(無生), 무형(無形)하여 무(無)에서 유(有)에 이르고, 또 유에서 무에 이르는 것이며, 4계절의 순환과 같은 자연의 변화에 불과한데, 어찌 반드시 슬프고 비통하겠는가? 라고 생각함에 이르렀다. 그래서 바로 장군을 두드리며 노래했다. (≪장자 莊子·지락 至樂≫에 상세히 보인다.) 이 구절은 장주처럼 근심을 쇠멸시켜야 한다는 것을 말했다.

27. 子夜歌1)
자야가1)

무명씨
(無名氏)

其一   첫째 시
宿昔不梳頭   예전에는 빗질도 하지 않아
絲髮披兩肩   가느다란 머리카락 양어깨로 헝클어져
婉伸郞膝上   낭군의 무릎위로 가만히 누워보니
何處不可憐   어디인들 가냘프지 않았겠는가

其二   둘째 시
自從別歡來2)   사랑하는 님과 이별한 이후로
奩器了不開3)   거울상자 다시는 열어보지 않았네
頭亂不敢理   헝클어진 머리 다듬지 않고
粉拂生黃衣   분은 털어져서 누런 곰팡이가 슬었네

其三   셋째 시
歡愁儂亦慘4)   님께서 근심하시면 처량했고
郞笑我便喜5)   낭군께서 웃으시면 나도 바로 기뻐했네
不見連理樹6)   연리지 나무를 보지 못했는가
異根同條起   뿌리는 달라도 한 가지로 자라는 것을

其四   넷째 시
遣信歡不來   소식만 보내고 님은 오지 않았으니
自往復不出   내 몸소 가려다 다시는 더 나가지 않았네

金銅作芙蓉7) 　　　금동으로 연꽃을 만들었으니
蓮子何能實 　　　연꽃이 어떻게 열매를 맺을손가

주 석

1) 자야가(子夜歌): ≪구당서·음악지 舊唐書·音樂志≫에 의하면 이렇게 기재되었다. "<자야>는 진(晉)나라의 곡(曲)이다. 진나라에 자야라는 여인이 있어서, 이 소리를 만들었는데, 소리가 너무 슬프고 괴롭다." 현재 42수가 있는데, 모두 연가이다.

2) 환(歡): 애인을 말한다. 고악부(古樂府)에서 주로 남자애인을 말한다.

3) 염(奩): 화장상자.
   　료(了): 전혀. 조금도.

4) 농(儂): 아(我)의 속어. 자신.

5) 변(便): 현대어의 취(就)와 같은 뜻.

6) 연리수(連理樹): 뿌리와 줄기가 다른 두 나무 가지 결이 서로 붙어서 하나가 된 것으로 서로 애정이 깊은 부부의 관계를 말한다.

7) 금동(金銅) 두 시구: 부용(芙蓉)은 연꽃이며 부용(夫容)과 음이 비슷하다. 연자(蓮子)는 연자(憐子)와 같은 음이다. 과실(果實)의 실(實)과 진실(眞實)의 실(實)은 서로 관련이 있다. 살펴보면 이 두구는 쌍관어(雙關語)이다. 금동작부용(金銅作芙蓉)은 남편이 무뚝뚝한 표정을 짓는다는 뜻이다.

63 ■ 中國古典愛情詩歌

28. 子夜四時歌1)
자야사시가

무명씨
(無名氏)

春歌	봄 노래
春林花多媚	봄 숲에 꽃은 아양이 많고
春鳥意多哀	봄날 새 소리는 애처로움이 많으며
春風復多情	봄 바람은 또 정이 많아
吹我羅裳開	내 비단 치마 불어 젖히네
夏歌	여름 노래
朝登涼臺上	새벽에 양대에 올라보니
夕宿蘭池裏	밤새 난이 핀 연못에서 잤구나
乘月採芙蓉	달빛을 타고 연꽃을 땄더니
夜夜得蓮子2)	밤마다 연밥을 얻었구나
秋歌	가을 노래
仰頭看桐樹	고개들어 오동나무 바라보니
桐花特可憐	오동 꽃이 유난히 가련하네
願天無霜雪	바라노니 하늘이여 서리와 눈을 내리지 마소서
梧子解千年3)	오동나무 열매 천년을 살도록
冬歌	겨울 노래
淵氷厚三尺	연못의 얼음 두께가 삼척이나 되고
素雪覆千里	하이얀 눈이 천리를 뒤덮었구나

我心如松柏　　이 내마음 송백과 같은데
君情復何似　　내 님의 마음은 또한 무엇과 같을거나

주 석

1) 자야사시가(子夜四時歌)는 자야가(子夜歌)로부터 변화되어 나왔다. 그것은 진(晉), 송(宋), 제(齊)의 사(辭)를 포함한다. ※ 진(晉)나라 때 자야(子夜)라는 여인에 의해 쓰여졌다고 하는 자야가(子夜歌)는 당시 유행하던 和聲의 聲調인 자야래(子夜來)를 빌려 자야가(子夜歌)로 定名하였다고 한다. 자야사시가(子夜四時歌)는 자야가(子夜歌)의 變調로서 네 철을 따라 사랑을 노래하고 있다.

2) 승월양구(乘月兩句): 함의가 쌍관어이다. 자야가(子夜歌) 주7)을 참고. ※ 쌍관어(雙關語): 同音異字・同音同字를 사용하여 두 가지 다른 뜻을 갖는 시어. <蓮> 字가 <憐>의 諧音을 갖고, <碑>字가 <悲>의 諧音을 가져 하나의 글자가 두 가지 다른 뜻을 지닌 것. 일반적으로 두 구절이 한 句가 되는데, 윗 句에 비유가 오면 다음 句에 설명이 온다.

3) 오자(梧子)는 오자(吾子)[내님이라는 뜻]와 발음이 같고, 뜻이 서로 연관되어 있다. 즉 '나의 남편'이라는 뜻이다.

29. 安東平1)
안동평

무명씨
(無名氏)

其一	첫째 시
吳中細布	오나라의 가늘고 고운 베는
闊幅長度	폭이 넓고 길이도 길다네
我有一端2)	내게 한 단이 있으니
與郎作褲3)	바지를 지어 낭군에게 드려야지
其二	둘째 시
微物雖輕	이 물건 비록 보잘 것 없으나
拙手所作	하찮은 솜씨로 제가 만든 것이지요
餘有三丈	천이 아직 세 장이나 남아 있어
爲郎別厝4)	낭군을 위해 옷을 또 한 벌 만들련다
其三	셋째 시
制爲輕巾	가벼운 손수건을 만들어
以奉故人	그것으로 님에게 드리네
不持作好	잘 만들었다고는 믿지 않지만
與郎拭塵	먼지를 털어 낭군에게 드리리라

1) 악부 서곡가(西曲歌)의 이름으로 오곡(五曲)으로 되어 있다. 아내가 원정을 나간 남편에게 주는 내용이다.

2) 端(단): 丈, 尺처럼 옛날 직물의 길이를 재는 단위.

3) 褲(고): 바지

4) 厝(조): 놓아두다(措)

30. 擬行路難
의행로난1)

鮑照(포조)

其 一   첫째 시

洛陽名工鑄爲金博山2)   낙양의 명공이 금으로 박산 향로를 만드는데
千斫復萬鏤3)   천 번을 찍고 다시 만 번을 아로새겨
上刻秦女携手仙4)   위에는 진녀와 신선이 손을 끌고 가는 모습을 새겼구나
承君淸夜之歡娛   맑게 갠 밤 남편과 환락을 이어가며
列置幃裏明燭前   향로를 휘장 안에 밝은 촛불 앞에 진열해두니
外發龍鱗之丹彩5)   밖으로 용의 비늘 같은 광채를 발산하고
內含麝芬之紫煙   안으로 사향의 자주 빛 연기를 머금었네
如今君心一朝異   지금처럼 남편의 마음 하루아침에 달라졌을 때
對此長嘆終百年   이 향로를 대하니 장탄식으로 백년을 마치겠네

其 二6)   둘째 시

璇閨玉墀上椒閣7)   옥으로 만든 안방과 계단 위로 향기로운 누각
文窓繡戶垂綺幕8)   무늬 있는 창과 수놓은 문에 비단 장막이 드리웠네
中有一人字金蘭   방안에는 자가 금란이란 여인이 있어
被服纖羅蘊芳藿   고운 비단옷에 쌓여 향기가 그윽하다
春燕差池風散梅9)   봄 제비가 퍼덕이고   바람은 매화를 흩날릴 제
開幃對影弄禽爵   휘장 걷어 그림자 마주하며 술잔을 희롱하네
含歌攬涕恒抱愁   노래를 머금고 눈물을 훔치며 끝없는 근심을 안고 가니
人生幾時得爲樂   삶의 어느 때에야 즐거워지겠는가

寧作野中之雙鳧10)　　　차라리 들판의 쌍 오리 될지언정
不願雲間之別鶴　　　구름 속의 외로운 학이 되지는 않으려다

其 三11)　　　　　　　　셋째 시
中庭五株桃　　　　　뜰에 있는 다섯 그루의 복숭아나무
一株先作花　　　　　한 그루가 먼저 꽃을 피웠는데
陽春妖冶二三月12)　　따뜻한 봄 아름다운 2,3월에
從風簸蕩落西家13)　　바람에 나부끼다 서쪽 집에 떨어졌네
西家思婦見悲愧　　　서쪽 집 수심에 찬 아낙은 슬픔을 드러내
零淚霑衣撫心嘆　　　떨구는 눈물 옷을 적시며 마음의 한탄을 어루만지네
初我送君出戶時　　　이전에 내 님을 보내러 문을 나설 적에
何言淹留節回換14)　　계절이 돌아오면 머물러달라고 왜 말했던가
床席生塵明鏡垢　　　자리엔 먼지 나고 맑은 거울엔 때 끼였을 때
纖腰瘦削發蓬亂15)　　가는 허리 앙상하고 머리는 흐트러졌구나
人生不得長稱意　　　인생살이 길이 내 뜻에 맞을 수 없으니
惆悵徙倚至夜半　　　실망과 한탄 속에 배회하다 한 밤중이 되었네

주 석

*포조(鮑照): 자(字)는 명원(明遠). 동해(東海)(지금의 강소성 운항시(運港市) 동쪽)사람. 남조와 송나라 때 문학가. 악부에 능했고 특히 7언가행(七言歌行)에 뛰어났으며 풍격준일(風格俊逸)하고 기골경건(氣骨勁健)이라고 하였다. 당(唐)나라 시인 이백(李白)과 잠삼(岑參)등으로부터 매우 많은 영향을 받았다. 유송(劉宋)대 시인 중에서 가장 특출한 시인이다.
1) 행로난(行路難): 악부잡곡이다. 원래 한(漢)대 가요인데 이후에 전해지지 않는다. 포조가 모방하였기 때문에 <의행로난>이라고 했다.
2) 박산(博山): 향로 이름. 그 모습이 바다 속의 박산과 형태와 비슷하기 때문에 그렇게 일컬었다.
　　주(鑄): 주조

3) 작(斫): 칼, 도끼 따위로 베다.

4) 진여휴수선(秦女携手仙): 농옥(弄玉)과 소사(蕭史)의 고사. 전하는
말에 의하면 농옥은 춘추시대 진목공(秦穆公)의 딸인데 소사에게
시집가서 부부가 용과 봉황을 타고 하늘로 올라갔다고 한다.

5) 린(鱗): 비늘

6) 본 편의 원시는 제 3수에 배열되어 있다.

7) 선(璇): 아름다운 돌이다. 선규(璇閨)는 고대에 오로지 여자의 거
처에 대한 미칭이었다.
초각(椒閣): 집안에 산초나무로 벽을 칠하여 그 향기가 나는 것을
취했다.

8) 수호(繡戶): 옛날 젊은 여자의 거실.

9) 치지(差池): 가지런하지 않은 모양, 들쑥날쑥하다.

10) 부(鳧): 들오리를 가리킨다.

11) 본 편의 원시는 제 8수에 배열되어 있다.

12) 요야(妖冶): 요야하다. 요염하도록 아름답다.

13) 파탕(簸蕩): 요동하다.

14) 엄류(淹留): 오래 머물다.

15) 수삭(瘦削): 앙상하다.

31. 古意贈今人
고의증금인

鮑令暉
(포령휘)1)

寒鄕無異服	찬 고을에서 달리 입을 게 없으니
氈褐代文練	하찮은 털옷으로 비단옷을 대신하겠지
日月望君歸	날마다 당신이 돌아오기를 바라지만
年年不解綖	해마다 관직을 벗어나지 못하는군요
荊揚春早和2)	이곳 형주 양주는 벌써 봄기운이 완연한데
幽冀猶霜霰3)	그곳 유주 기주는 아직도 서리와 싸리눈 내리지요
北寒妾已知	북쪽의 추위를 저는 이미 알고 있지만
南心君不見	남쪽의 이 마음을 그대는 보지 못하겠지요
誰爲道辛苦	누가 절 위해 이런 고통을 말해 주리오
寄情雙飛燕	쌍쌍이 날아가는 제비에게 이 마음 부칩니다
形迫杼煎絲4)	몸의 핍박은 베틀에서 실에 가슴 조이듯
顔落風催電	얼굴의 쇠락은 바람 앞에 우뢰 재촉하듯
容華一朝盡	고왔던 얼굴 하루아침에 없어진다 해도
惟餘心不變	오직 남는 건 변하지 않는 마음 뿐

주 석

1) 포령휘(鮑令暉): 남조 송(宋)나라 때 여류 문학가. 동해(東海)[지금
   의 강소성 연운항시(連雲港市) 동쪽]사람. 포조의 누이다. 시에 능
   했다.

종영의 ≪시품 詩品≫에서 그녀의 시를 평하기를 "높고 뛰어나며 맑고 교묘하여 옛 것을 모방하는 데 더욱 뛰어났다"[참절청교, 의고우승(嶄絶清巧, 擬古尤勝)]라고 했다.

2) 형양(荊揚): 형주와 양주. 남쪽에 있다.

3) 유기(幽冀): 유주와 기주. 북쪽에 있다.

4) 저(杼): 베틀의 북.

32. 玉階怨2)
옥계원2)

夕殿下珠簾 3)	저녁에 궁전의 구슬발 내려질 때
流螢飛復息	흐르는 반딧불은 날다가 또 그치네
長夜縫羅衣 4)	긴 밤 비단옷 꿰메자니
思君此何極	님 그리운 이 마음 어디까지 이를까

주 석

1) 사조(謝朓): 자(字)는 현휘(玄暉). 진군양하(陳郡陽夏), [지금의 하남 (河南) 태강(太康)]사람이며, 남조(南朝) 제(齊)나라 시인이다. 그와 사령운(謝靈運)은 친척이다. 세상에서 "소사(小謝)"라고 한다. 시의 풍격은 청준수일(淸俊秀逸)하며 유전함축(流轉含蓄)하다. 심약(沈 約) 등과 함께 "영명체(永明體)"를 창립했고 성률을 강구하였으며, 당풍을 이미 가지고 있어서 오언시의 율격화에 대해 많은 영향을 주었다.

2) 옥계원(玉階怨): 이것은 한 편의 궁원시(宮怨詩)이다. <악부시집 樂府 詩集>의 <상화가사·초조곡 相和歌辭·楚調曲>에 들어있다.

3) 주렴(珠簾): 구슬로 꿰어만든 발

4) 나의(羅衣): 얇은 비단 옷

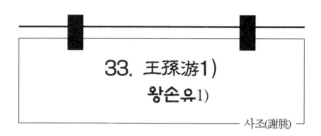

33. 王孫游1)
왕손유1)

— 사조(謝朓) —

綠草蔓如絲2)	푸른 풀들은 실같이 넝쿨지고
雜樹紅英發3)	갖은 나무마다 꽃들이 무성하네
無論君不歸	말할 것도 없이 그대 돌아오지 않겠지만
君歸芳已歇4)	그대 돌아와도 향기는 이미 다하리

주 석

1) 왕손유(王孫游): ≪악부시집≫에 <잡곡가사>가 들어있다. 여기서
   는 떠난 임을 가리킨다.
2) 만(蔓): 넝쿨이 자라 뻗어 나가는 모양.
3) 힐(歇): 쉬다. 휴식하다. 쇠잔하다.

34. 西洲曲1)
서주곡1)

무명씨
(無名氏)

憶梅下西洲2)	매화가 그리워 서주로 내려가
折梅寄江北	매화 꺾어 강북으로 부친다
單衫杏子紅3)	홑적삼은 살구마냥 붉고
雙鬢鴉雛色4)	양 살쩍은 까마귀 새끼처럼 검구나
西洲在何處	서주는 어디에 있는가
兩槳橋頭渡	두개의 노가 다리위로 떠내려 간다
日暮伯勞飛5)	날 저물자 때까치 날고
風吹烏臼樹6)	바람은 오구목에 분다
樹下卽門前	나무아래가 바로 문앞인데
門中露翠鈿7)	문 가운데 푸른 자개 드러나 있네
開門郎不至	문을 열어도 님은 오지 않으니
出門采紅蓮	문을 나서 붉은 연꽃만 따네
採蓮南塘秋	가을날 남쪽 연못에서 연꽃을 따는데
蓮花過人頭	연꽃은 이미 사람 키를 넘어섰네
低頭弄蓮子	고개숙여 연밥을 만지작거리니
蓮子靑如水8)	연밥 푸르기가 물과 같구나
置蓮懷袖中	연꽃을 소매속에 품어두니
蓮心徹底紅9)	연밥속의 눈이 철저히 붉구나
憶郎郎不至	님 생각해도 님은 오지 않아
仰首望飛鴻	고개들어 날으는 기러기를 바라보네
鴻飛滿西洲	기러기 날아 서주에 이르러

望郎上靑樓10)	님보러 청루에 오르네
樓高望不見	청루가 높건만 보아도 보이지 않고
盡日欄杆頭	해는 난간 끝머리로 지고있네
欄杆十二曲	난간 열두 굽이에
垂手明如玉	드리운 손은 옥같이 밝구나
捲簾天自高	주렴 걷으니 하늘은 절로 높아
海水搖空綠	바닷물이 허공에 요동쳐 파랗다
海水夢悠悠11)	바닷물이 꿈속처럼 아득하니
君愁我亦愁	그대 근심 나도 근심
西風知我意	서풍은 내 뜻을 알아주어
吹夢到西洲	나의 꿈을 서주로 불어 보내다오

주 석

1) 서주곡(西洲曲): 이 편의 시는 ≪악부시집 樂府詩集≫ 잡곡(雜曲)에 수록되어 있다.

2) 서주(西洲): 지명. 이 시에서 남녀가 서로 연애할 때 항상 즐겁게 만나는 곳이다.

3) 삼(衫): 적삼, 윗도리에 입는 작고 짧은 옷, 또 소매가 없는 옷. 의복을 통칭하기도 한다.

4) 아추(鴉雛): 큰부리까마귀의 새끼.

5) 백로(伯勞): 참새류에 속하는 새. 때까치. 한여름에 울기 시작하고 홀로 살기를 좋아한다.

6) 오구수(烏臼樹): 오백(烏栢)이라고도 한다. 낙엽교목으로서 높이가 대략 2장(丈)이며 여름에 꽃이 핀다.

7) 전(鈿): 금,은 등으로 상감한 기물. 금, 비취, 옥 등을 사용하여 꽃봉오리 모양으로 만든 머리장식품.

8) 연자청여수(蓮子靑如水): 연자(蓮子)는 그대를 그리워함(憐子)을 은유한 것으로 당신을 사랑한다는 뜻이다. 청여수(靑如水)는 애정[情]이 물과 같이 순결하다는 것을 의미한다.

9) 연심(蓮心): 쌍관어. 그리워하는 마음(憐心)을 은유하며 즉 서로 사랑하는 마음을 나타낸다.

10) 청루(靑樓): 청색으로 칠한 누각. 고대 여자들의 거처하는 곳을 통칭한다.

11) 유유(悠悠): 아득히 먼 모양. 근심하는 모양을 뜻하기도 함.

35. 古離別2)
고이별2)

강엄
(江淹)1)

遠與君別者	멀리 님과 헤어져
乃至雁門關	그대는 안문관에 이르렀네
黃雲蔽千里3)	뿌옇게 먼지 구름이 천리를 덮는데
遊子何時還	나그네는 언제 돌아오려는가
送君如昨日	당신을 보낸 지가 엊그제 같은데
簷前露已團4)	처마앞의 이슬은 이미 아롱졌네
不惜蕙草晚5)	혜초가 시드는 것 아깝지 않으나
所悲道里寒	여정이 차가울까 슬플 뿐이오
君在天一涯	당신이 하늘 가에 있으므로
妾身長別離	이몸과 멀리 헤어져
願一見顏色	얼굴 한 번 보고파도
不異瓊樹枝6)	경수지처럼 보기 어렵지만
兎絲及水萍7)	실새삼 부평초처럼
所寄終不移	곁에 붙어 끝내 옮기지 않으리오

주 석

1) 강엄(江淹): (444-505) 자(字)는 문통(文通), 제양 고성현(濟陽 考城縣)[지금의 하남성 난고현(蘭考縣)] 사람이다.

남조(南朝), 양(梁)나라의 문학가이다. 그의 시는 유심기려(幽深奇麗)하고, 포조(鮑照)와 가깝다. 시는 대부분 옛 시를 많이 모방했고 부(賦)로는 <한부 恨賦>, <별부 別賦>가 유명하였다. 그러나 만년에 지은 시문이 전기와 같지 않았기에 사람들이 그를 가리켜 말하기를 강랑의 재주가 다했다(江郞才盡)고 했다.

2) 고이별(古離別): 이것은 옛 시를 모방한 것이다.

3) 황운(黃雲): 작은 먼지와 구름이 서로 어우러져 누렇게 된 것을 말한다.

4) 단(團): 둥글게 한 곳으로 엉김. 여기서는 작은 이슬들이 모여 물방울을 이룬 모양을 뜻함.

5) 혜초(蕙草): 좋은 향내가 나는 난초에 속하는 풀.

6) 경수(瓊樹): 신선이 사는 산에 있다고 한다. 옥과 같이 아름다운 나무. 고상하고 결백한 인품을 비유하기도 함.

7) 토사(兔絲): 봄에 실같은 줄기로 다른 나무에 기어오르는 일년생 기생초.

수평(水萍): 논이나 연못에 나는 다년생 수초. 개구리밥. 부평초.

36. 東飛伯勞歌2)

동비백로가2)

소연
(蕭衍)1)

東飛伯勞西飛燕3) 때까치 동쪽으로 날고 제비는 서쪽으로 나는데
黃姑織女時相見4) 견우 직녀 언제고 서로 보고 있네
誰家女兒對門居5) 뉘 집 딸이 건너에 살까?
開顔發艶照里閭6) 웃음질 때 요염함 마을을 빛내네
南窓北牖掛明光7) 남쪽창 북쪽창에 광명이 걸린 듯 하고
羅幃綺箔脂粉香8) 비단 장막 고운 발엔 연지분 향내음이
女兒年幾十五六 여자 나이 십오육세에
窈窕無雙顔如玉9) 견줄 바 없는 아리따운 옥과 같은 얼굴
三春已暮花從風10) 석 달 봄은 이미 지나고 꽃은 바람을 따르니
空留可憐與誰同 헛되이 남은 가련한 이 몸 누구와 함께 할까?

주 석

1) 소연(蕭衍): (464--549) 자(字)는 숙달(叔達), 남란능(南蘭陵)[지금의 강소성(江蘇省) 무진현(武進縣) 서북] 사람이다. 남조 양의 건립자, 즉 양무제(梁武帝). 제(齊)나라 경릉왕(竟陵王), 소자량(蕭子良)이 문학가를 초빙하였을 때 소연(蕭衍)과 심약(沈約), 사조(謝朓), 왕융(王融), 범운(范云), 소침(蕭琛), 임방(任昉), 육수(陸倕)등을 경릉팔우(竟陵八友)라 일컬었다.

시에 능했고 아울러 악률에 능통했다. 일찍이 음악을 고르는 악기 네 개를 창제하여 '통(通)'이라고 이름했다. 또 장단이 같지 않은 피리 십이지(十二支)를 만들어 그것으로써 십이율(十二律)에 응대했다. 또한 서도(書道)에도 능통했다.

2) 동비백로가(東飛伯勞歌): 본편은 악부 《잡곡가사 雜曲歌辭》이다.

3) 백로(伯勞): 참새류에 속하는 까치보다 좀 작은데 새이다. 머리는 적갈색, 배 아래는 감람색, 날개는 흑색, 부리는 날카롭고 성질이 사나움. 잡은 먹이는 나뭇가지에 꿰어놓는 습성이 있음. <서주곡 西州曲> 주5) 참조

4) 황고(黃姑): 견우성(牽牛星)을 말함. 일명 하고(河鼓)라고도 함.

5) 대(對): 마주보다

6) 개안(開顔): 파안대소(破顔大笑)함. 희색이 만면하여 웃음.
   염(艶): 곱고 아름다움.
   리려(里閭): 마을의 문을 뜻함. 려(閭)는 마을 어구에 세운 문.

7) 유(牖): 들창 (벽을 뚫어낸 격자창)

8) 위(幃): 휘장, 장막
   기(綺): 무늬가 고운 비단, 고울
   박(箔): 발
   지분(脂粉): 연지와 분.

9) 요조(窈窕): 얌전한 모양, 정숙한 모양.
   무쌍(無雙): 서로 견줄만한 짝이 없음.

10) 삼춘(三春): 봄의 삼개월. 음력 정월인 맹춘(孟春). 음력 이월이 중춘(仲春). 음력 삼월인 계춘(季春).

37. 江南曲2)
강남곡2)

유운
(柳惲)1)

汀洲采白蘋3)	모래섬 위에 흰 마름풀 캐는
日暖江南春4)	따뜻한 강남의 봄날
洞庭有歸客5)	동정산에서 돌아온 어떤 나그네
瀟湘逢故人6)	소상강에서 우리님 만났다고 하네
故人何不返7)	우리님은 어찌 돌아오지 않은가
春花復應晚8)	봄 꽃은 다시 시들어 갈텐데
不道新知樂9)	새 애인과 즐긴다 말하지 않고
只言行路遠	다만 길이 멀어서라고 말할 뿐

주 석

1) 유운(柳惲): (465-511) 하동해(河東解)[지금의 산서성(山西省)]사람. 남조 양(梁)나라 때 시인. 일찍이 심약(沈約)과 새로운 율조를 정했다.

2) 강남곡(江南曲): 악부 ≪상화가사 相和歌辭≫에 속한다.

3) 정주(汀洲): 얕은 물 가운데 토사가 쌓여 물 위에 나타난 곳.
평(蘋): 사엽채(四葉菜)라고도 일컫는 궐류(蕨類)식물, 마름풀에 속한다.

*마름: 바늘꽃과에 속하는 풀.부리는 진흙속에 많으나 줄기는 물속에서 길게 자라서 물위에 나온다. 잎은 능형의 삼각형이고 방사상으로 자라며 잎꼭지에 공기가 있어 뜬다. 연못 우물 등에 나는데 한국 일본 대만 등지에 분포한다.

4) 난(暖): 따뜻하다

5) 동정(洞庭): 산이름. 동정호 가운데 있다.

6) 소상(瀟湘): 물이름. 상수(湘水)가 영릉현(零陵縣) 서쪽에 이르러 소
   수(瀟水)와 함께 합쳐 흐르므로 소상(瀟湘)이라고 칭한다.

7) 고인(故人): 오래전부터 사귀어 오던 사이, 벗, 친구.

8) 만(晚): 저물다. 해가 지다. 시들다.

9) 도(道): 말하다.

   신지(新知): 새 애인.

   지(知): 사귐, 짝

38. 關山月2)
관산월2)

서릉
(徐陵)1)

關山三五月	관산에 보름달 비치니
客子憶秦川3)	나그네는 고향 진천을 생각하네
思婦高樓上	그리움에 젖은 아낙은 높은 누대에 올라
當窓應未眠4)	창문을 마주하고 아직 단잠을 못 이루겠지
星旗映疏勒5)	성기별은 소륵땅을 비추고
雲陣上祁連6)	구름떼는 기련산을 덮었네
戰氣今如此	전쟁의 기운이 지금도 이와 같으니
從軍復幾年7)	종군생활 다시 몇 해나 더할꼬

주 석

1) 서릉(徐陵): (507-583) 자(字)는 효목(孝穆), 동해섬(東海剡)사람. 남조 진(陳)의 문학가. 그 시가와 변문은 경미(輕靡), 기염(綺艶)하며 당시 궁체시(宮體詩)의 중요 작가 중의 한사람이었다. 유신(庾信)과 더불어 이름이 높아 세상에서 서유(徐庾)라 칭했다.

2) 관산월(關山月): 이는 악부 <횡취곡 橫吹曲>의 제목이다.
관산(關山): 산이름. 영하회족(寧夏回族)자치구 남부. 이는 일반적으로 관애산천(關隘山川)을 가르킨다.

3) 진천(秦川): 관중(關中)을 가리키며, 바로 롱산(隴山) 동쪽으로부터 함곡관 일대에 이르는 지방까지이다.

4) 당(當): 마주대함.

　응(應): 응당, 마땅히 --하겠지.

　면(眠): 자다.

5) 성(星): 이십팔수(二十八宿)의 하나. 주조칠수(朱鳥七宿)의 네째 성

　수로써 남방에 속하며 별 일곱으로 이룸.

　기(旗): 별이름

　영(映): 비추다

　소륵(疏勒): 한(漢) 서역 제후의 나라 중 하나.

6) 기련(祁連): 산이름.

7) 기(幾): 얼마

39. 獨不見2)
독불견2)

盧家少婦鬱金堂3)	노씨댁 젊은 부인 방엔 울금향 가득하고
海燕雙栖玳瑁梁4)	바다제비 한쌍이 대모 들보에 깃든다
九月寒砧催木葉5)	구월의 차가운 다듬이 소리 낙엽을 재촉하니
十年征戍憶遼陽6)	십년 군생활하는 요양을 생각나게 하네
白狼河北音書斷7)	백랑하 북쪽 소식은 끊겼으니
丹鳳城南秋夜長8)	단봉성 남쪽 가을밤은 길기만 하네
誰爲含愁獨不見	누가 시름에 겨워 홀로 보지 못하는가
更敎明月照流黃9)	다시 밝은 달더러 누런 비단을 비추게 하는데

주 석

1) 심전기(沈佺期): (656-712), 분주(汾州)[지금 산서 분양(山西 汾陽)] 사람. 시로서 송지문(宋之問)과 이름을 나란히 했고 응제(應制)하여 지은 작품이 많다. 율시가 근엄하고 정밀하여 율시체제의 정형에 상당한 영향을 주었다.
2) 독불견(獨不見): 악부 ≪잡곡가사(雜曲歌辭)≫의 옛 제목에 속한다.
3) 노가소부(盧家少婦)의 시구: 양무제 소연(蕭衍)의 <하중지수가(河中之水歌)>에 이렇게 되어 있다. "-----십오세에 시집 가서 노씨집의 부인이 되고 십육세에 아들을 낳았는데 자가 아후(阿侯)였다. 노씨 부인의 거실은 대들보를 계수나무로 만들었는데 가운데에 울금 소합향(鬱金蘇合香)이 있었다.

후대 시인들은 바로 이 노가부(盧家婦)로써 일반 젊은 부인을 대신 일컬었다. 울금(鬱金): 생강과에 속하는 다년초. 지하경(地下莖)의 분말은 황색의 물감으로 씀.

4) 서(棲): 깃들이다

량(梁): 들보

대모(玳瑁): 바다에서 사는 거북의 껍질을 이용하여 장식품으로 만든 것.

5) 구월한침(九月寒砧)의 시구: 고대의 장정이 있는 집은 대부분 가을에 출전하는 자를 위하여 겨울옷을 세탁하고 꿰메었기 때문에 다듬이(즉 옷을 두드리는 돌)소리가 날 때면, 나뭇잎도 바로 떨어졌다.

6) 정(征): 치다

수(戍): 지키다 *征戍: 변방(변방)을 지킴 또는 그 군사

억(憶): 기억하다. 생각하다.

요양(遼陽): 요동일대를 가리키며, 당시 변방의 중요한 지방이었다.

7) 백랑하(白狼河): 지금의 요령(遼寧) 대릉하(大凌河).

음서(音書) : 소식을 전하는 편지

8) 단봉성(丹鳳城): 장안을 가리킨다. 당시 대명궁(大明宮) 정문을 단봉문이라 명했다.

9) 갱(更): 다시

유황(流黃): 엷은 녹색의 비단포, 또는 노란 고치실로 짠 천

40. 春江花月夜2)
춘강화월야2)

張若虛
(장약허)1)

春江潮水連海平3)	봄 강의 조수는 바다에 잇닿아 평평하고
海上明月共潮生	바다 위의 밝은 달은 조수와 함께 떠오른다
灩灩隨波千萬里4)	달빛은 출렁이는 물결따라 천만리
何處春江無月明5)	어느 곳의 봄 강물인들 밝은 달빛이 없겠는가!
江流宛轉繞芳甸6)	강물은 굽이 굽이 흘러 꽃 들녘을 감돌고
月照花林皆似霰7)	달은 꽃숲을 비추어 모두 싸락눈 같구나
空裏流霜不覺飛8)	하늘에서 서리 흘려도 날리는 줄 모르고
汀上白沙看不見9)	강가의 흰 모래는 보아도 보이질 않네
江天一色無纖塵10)	강물 하늘 한 빛이 되어 티끌하나 없는데
皎皎空中孤月輪11)	공중에 외로운 둥근 달만이 밝게 비추네
江畔何人初見月12)	강가에서 그 뉘가 처음 달을 보았던가?
江月何年初照人	강에 비친 달은 어느 해 처음 사람을 비쳤던고?
人生代代無窮已13)	사람은 태어나 대대로 그 끝이 없는데
江月年年只相似	강에 비친 달은 해마다 서로 같을 뿐이구나
不知江月待何人	강에 비친 달은 뉘 기다리는지 모르겠고
但見長江送流水14)	긴 강이 물 흘러 보내는 것만 보일뿐
白雲一片去悠悠15)	흰 구름 한 조각이 아득히 멀리 떠나가는데
靑楓浦上不勝愁16)	단풍 푸른 나룻터에서 시름에 겨워 하노라
誰家今夜扁舟子17)	뉘 집 아들이 오늘 밤 조각배를 띄웠는가?
何處相思明月樓	어느 곳 달밝은 누대에서 생각하는가?

可憐樓上月徘徊18)　　가련하다 누대위의 배회하는 달은
應照離人粧鏡臺19)　　헤어진 사람의 경대를 비추고 있으니
玉戶簾中卷不去20)　　구슬방 발 안에는 걷어도 사라지지 않고
搗衣砧上拂還來21)　　다듬이돌에 다듬질로 털어도 다시 오네

此時相望不相聞　　　지금 서로 바라보아도 소식들을 길 없으니
願逐月華流照君22)　　달빛 좇아 흘러가 님을 비춰 볼거나.
鴻雁長飛光不度23)　　기러기 멀리 날아도 달빛을 건너지 못하고
魚龍潛躍水成文24)　　물고기 오르내려도 강물에 파문만 이네
昨夜閑潭夢落花25)　　어제 저녁 빈 못에 꽃 지는 꿈꾸었네
可憐春半不還家　　　가련타! 봄은 반이 지났건만 집에 돌아가지 못하는구나
江水流春去欲盡　　　강물따라 흐르는 봄은 벌써 다 가려 하고
江潭落月復西斜26)　　강가에 지는 달은 다시 서쪽으로 기운다
斜月沈沈藏海霧27)　　비끼는 달은 깊숙히 바다안개에 숨고
碣石瀟湘無限路28)　　갈석산에서 소상강까지 길은 끝이 없어라
不知乘月幾人歸　　　모를레라 달빛 타고 몇이나 돌아갈런지
落月搖情滿江樹29)　　지는 달은 이별의 정 흔들어 강가의 나무에 가득하다

주 석

1) 장약허(張若虛): (대략 660-720), 양주(揚州)[지금의 강소성(江蘇省)
   의 양주시]사람. 초당(初唐) 때, 그와 하지장(賀知章), 포융(包融), 장
   욱(張旭) 등과 함께 오월문사(吳越文士)로써 이름이 서울까지 알려
   져, 오중사사(吳中四士)라고도 불려졌다. 시로는 <춘강화월야>가
   유명한데, 묘사가 섬세하고 음절이 잘 조화되어 있다. 지금은 겨우
   시 두 수만이 존재한다.
2) <춘강화월야 春江花月夜>: 악부 ≪청상곡·오성가 清商曲·吳
   聲歌≫에 실려 있고, 곡조는 진나라 후주(后主) 진숙보(陣叔寶)에
   의해서 창제되었다. 이 시는 일찍이 문일다(聞一多) 선생에 의해
   "시중의 시, (산 정상 위의 정상)"이라고 극찬을 받았다. 그래서 천
   고의 절창으로 알려져 있다.
3) 련(連): 잇닿아 있다.
4) 염염(灩灩): (물결에 달빛이) 비치는 모양. 아리따운 모양.

수(隨): 따르다

　　파(波): 물결

5) 월명(月明): 달빛이 밝음, 월광(月光)

6) 완전(宛轉): 꾸불꾸불 구비진 모양

　　요(繞): 감기다, 돌다.

　　방전(芳甸): 꽃 들녘

7) 조(照): 비추다

　　사(似): 같다

　　산(霰): 싸라기눈

8) 각(覺): 깨닫다. 알아차림.

　　비(飛): 날리다

9) 정(汀): 물가

10) 섬진(纖塵): 아주 작은 티끌

11) 교교(皎皎): 달이 밝은 모양, 달이 밝게 빛나는 모양

　　월륜(月輪): 달의 둘레, 전하여 달의 둥근 모양.

12) 강반(江畔): 강가

13) 궁(窮): 다하다. 다 없어짐 또는 끝남.

14) 장강(長江): 보통은 양자강이나 여기서는 긴 강이라는 뜻

15) 유유(悠悠): 아득하게 먼 모양.

16) 청풍포(青楓浦): 원래는 지명이다. 포(浦)는 강의 어귀이다. 여기서
　　는 두루 강변에 배를 정박하는 곳을 가리킨다.

17) 편주(扁舟): 작은배, 거룻배

18) 배회(徘徊): 천천히 이리저리 왔다갔다 함. 배회함

19) 장경대(粧鏡臺): 거울을 달아 세운 화장대,

20) 옥호(玉戶)의 두구: 침(砧): 옷을 두드릴 때 사용하는 다듬이 돌로
　　이 두 구의 함축적 의미는 달빛이 가져다주는 근심스런 마음을
　　스스로 위로할 방법이 없다는 것을 말해준다.

　　염중(簾中): 발을 친 안쪽.

　　권(卷): 말다, 두루루 맒, 捲과 同字

21) 도의침(搗衣砧): 옷을 두드리는 다듬이 돌

22) 축(逐): 뒤따름

　　월화(月華): 달빛, 월광(月光)

23) 홍안(鴻雁)의 두 구: 모두 수심어린 부녀자가 남녀간의 사랑에서
　　생기는 지각없는 정을 달빛을 빌어서 천리 밖의 애인에게 보내는
　　것을 표현했다.
　　홍안(鴻雁): 큰 기러기와 작은 기러기
　　도(度): 건널 도
24) 잠약(潛躍): 물 속에 숨었다 물 위로 튀어올랐다 하는 것.
　　문(文): 무늬
25) 한담(閑潭): 빈 못, 쓸쓸한 못
26) 사(斜): 해나 달이 서쪽으로 기욺.
27) 침침(沈沈): 깊은 모양, 심(深)과 같다.
　　장(藏): 숨다, 무(霧): 안개
28) 갈석(碣石), 소상(瀟湘): 전자는 산 이름이고 지금의 하북성에 있
　　다. 보통 북방을 가리킨다. 후자는 두개의 강 이름이고 지금의 하
　　남성에 있다. 보통 남방을 가리킨다.
29) 요(搖): 흔들다

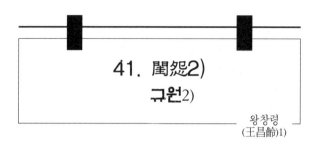

41. 閨怨2)
규원2)

왕창령
(王昌齡)1)

閨中少婦不知愁3)	규방의 젊은 부인 시름을 모르다가
春日凝粧上翠樓4)	봄날 화장하고 푸른 누대에 올랐네
忽見陌頭楊柳色5)	갑자기 길가의 버들 빛 바라보다
悔教夫壻覓封侯6)	벼슬을 찾으라고 남편 보낸 것 후회하네

주 석

1) 왕창령(王昌齡): (約 698-756), 자(字)는 소백(少伯). 경조장안(京兆長安)[지금의 섬서성 서안(西安)]서북쪽 사람. 7언절구에 가장 뛰어나며, 그 당시 변방의 군대생활을 많이 묘사했다. 기세가 힘이 있고, 원숙하며 격조가 드높다. 당시 정치에 분개함이 있어서 궁중의 원망을 그리기도 하였다. 이 7언절구는 그 묘사가 세련되고 함축적이다.

2) 규원(閨怨): 아내가 남편에게 이별을 당한 원한 또는 그 원한을 읊은 시.

3) 부(婦): 지어미, 아내
   수(愁): 근심하다

4) 응(凝): 바르다, 단정하다, 엉기다.
   장(粧): 단장, 화장하다.
   취(翠): 비취색
   취루(翠樓): 푸른빛을 칠한 누각

5) 맥(陌): 길, 동서로 통하는 밭두둑 길.

　　맥두(陌頭): 길가 또는 길거리

　　양(楊): 버들

　　맥두양류(陌頭楊柳): 옛날 사람들이 이별할 때 버들가지를 꺾어 이
　　별의 증표로 주는 풍습이 있었다.

6) 회(悔): 뉘우치다

　　교(敎): 하여금, ~로 하여금 ~하게 함 (＝令)

　　서(壻): 남편

　　멱(覓): 구하다

　　봉(封): 북돋우다, 봉하다

　　후(侯): 후작. 오등작의 둘째로 공(公)의 아래 백(伯)의 위.

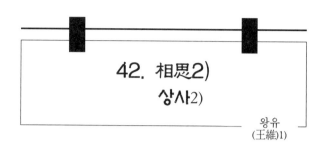

42. 相思2)
상사2)

왕유
(王維)1)

紅豆生南國3)　　　홍두 나무는 남국에서 자라

春來發幾枝4)　　　봄이 왔나니 몇 가지나 돋았는가?

願君多采撷5)　　　그대여 부디 많은 열매 따 주세요

此物最相思　　　이 열매씨가 임 그리움에 가장 좋대요

주 석

1) 왕유(王維): (701-761), 자(字)는 마힐(摩詰), 하동(河東) [지금의 산
   서성 영제현山西省 永濟縣] 사람. 당나라 시인 겸 화가이다. 북송
   때 소식은 그의 시 속에는 그림이 있고 그림 안에는 시가 있다고
   칭찬하였다. 이것은 왕유 시의 특징이 시정(詩情)과 화의(畵意)가
   서로 결합되었다는 것을 잘 설명한다.
2) 상사(相思): 즉 홍두, 속명으로 상사자(相思子)라 한다. 나무가 크고
   길이가 1장(丈) 여가 되고(1장은 3.33미터), 남방에서 자란다. 이 시
   의 시어를 살펴보건대 맑고 정이 깊다. 일찌기 그 당시에 가곡으로
   작곡되어 광범위하게 사회에 전파되었다.
3) 홍두(紅豆): 팥
4) 기(幾): 얼마
   지(枝): 가지
5) 채(采): 캐다, 채취하다, 나물.
   힐(撷): 뽑다. 손으로 뽑음.

43. 伊州歌1)
이주가1)

———— 왕유(王維) —

淸風明月苦相思　　　맑은 바람 밝은 달에 님 그리움 간절한데

蕩子從戎十載余2)　　군대가러 떠난 이 어언 십 여 년

征人去日殷勤囑3)　　님 떠난 날에 은근한 사랑 부탁했으니

歸雁來時數附書4)　　기러기 돌아올 적에 편지 듬뿍 가져오려무나

주 석

1) 이주(伊州): 곡조명이다. 이 7언절구는 당시 이원(梨園)에서 전해져 부른 유명한 노래이다. 정을 감춰 드러나지 않아서 상당히 함축적인 미를 지니고 있다.

2) 탕자(蕩子): <古詩.靑靑河畔草>의 주 참고. 나그네와 같은 의미로 이곳 저곳 돌아다니며 돌아오지 않는 사람.
   융(戎): 군사. 병정
   재(載): 해

3) 정(征): 치다, 가다. 먼 곳에 여행함.
   정인(征人): 여행하는 사람, 나그네
   은근(殷勤): 정성어림. 남녀간의 애정
   촉(囑): 청촉하다. 부탁하다라는 의미

4) 수부서(數附書): 많은 서신을 가지고 오다.(보내다)
   안(雁): 기러기

44. 子夜吳歌
자야오가

이백
(李白)1)

秋歌	가을 노래
長安一片月3)	장안에 뜬 한조각의 달
萬戶搗衣聲4)	집집마다 다듬이 소리 들리네
秋風吹不盡	가을 바람 불어 끝이 없는데
總是玉關情5)	모두가 옥관에 가있는 심정이구나
何日平胡虜6)	어느 날에나 오랑캐를 평정하여
良人罷遠征7)	낭인이 원정을 마칠까

주 석

1) 이백(李白): (701-762), 자(字)는 태백(太白)이고 호는 청련거사(靑蓮居士)다. 쇄엽(碎葉) [지금의 파이객십(巴爾喀什) 호남면(湖南面)의 초하(楚河) 유역]에서 출생 하여 어릴 적 아버지를 따라 면주(綿州) 창륭(昌隆)[지금의 사천성(四川省) 강유현(江油縣)] 으로 이사하여 청련향(靑蓮鄕)으로 이사하였다. 그는 당대 위대한 낭만주의 시인이다. 시풍은 웅장하고 기괴하며 호방하고, 상상이 풍부하고 언어가 청신하고 명쾌하다. 또 정서가 매우 아름답고 훌륭하며 여러가지 종류의 예술적 특징을 표현하였다. 중국 고대의 적극적인 낭만주의 시가의 절정을 이루어서 그 영향이 아주 심원하였다.

2) 자야오가(子夜吳歌): 즉 자야가(子夜歌)이다. 악부의 <오성가곡 吳
聲歌曲>의 곡조 이름이다. 자야가 오나라에서 태어났기 때문에 <
자야오가> 라고도 한다.

3) 장안(長安): 지금의 섬서성 서안시이다. 당시의 수도로써 인구 1백
만이 넘는 대도회지이다.
  편월(片月): 조각달

4) 도의(搗衣): 옛날에 바느질 할 때에는 두 사람이 마주 서서 한 웅큼
씩 잡아서 깔아 놓은 직물을 먼저 두드려 평평하게 한 후에 바느질
을 하여 옷을 지었다.
  성(聲): 울리다, 소리가 진동함

5) 옥관(玉關): 즉 옥문관을 말한다. 지금 감숙성의 돈황현 서쪽에 있
다. 전쟁에 나간 남편을 그리워하는 정. 옥문관은 감숙성에서 신강
성으로 나가는 데에 있는 관문으로 중국인에게는 곧 전장을 상징
하는 이름이다.

6) 호(胡): 오랑캐. 중국 북쪽에 살던 만족(蠻族)
  로(虜): 오랑캐

7) 낭인(良人): 옛날 부녀자의 남편에 대한 호칭
  파(罷): 파하다. 그치다.

冬歌	겨울 노래
明朝驛使發1)	내일 아침에 역사가 출발한다기에
一夜絮征袍2)	밤 새도록 군복 속옷 짓네
素手抽鍼冷3)	맨손으로 바느질하니 손이 시려워
那堪把剪刀4)	가위질조차 버겁구나
裁縫寄遠道5)	재봉하여 먼길에 붙이지만
幾日到臨洮6)	며칠이나 걸려야 임조에 계신 임에게 닿을까

1) 역사(驛使): 옛날에 공문과 우편물을 배달하던 사람, 옛날에 빠른 말로서 문서를 전달하던 사람으로 역을 나누어 설치 하였으니 곧 오늘의 우편 배달원이다.

2) 서(絮): 동사로 사용되었다. 옷에 면화를 깔다 (옷에 솜을 넣다) 버들 강아지의 솜털로서 중국에서 목화는 송나라 때야 퍼졌다.
   포(袍): 솜옷

3) 소수(素手): 희고 아름다운 손. 미인의 손.
   추(抽): 당기다, 빼다.
   침(鍼): 바늘

4) 나(那): 어찌
   감(堪): 견디다. 능히
   파(把): 잡다, 쥐다
   전도(剪刀): 가위

5) 재봉(裁縫): 바느질

6) 임조(臨洮): 지금의 감숙성 임조현. 당나라 때 서역으로 통하는 요지로서 장안으로부터의 거리는 약 500Km이다.

45. 烏夜啼1)
오야제

— 이백(李白) —

黃雲城邊烏欲栖2)　　　누런 구름 덮인 성가에 까마귀가 깃들고자

歸飛啞啞枝上啼　　　　돌아와 가지위에 날며 까악까악 우네

機中織錦秦川女3)　　　베틀에서 비단 짜던 진천의 여자

碧紗如煙隔窓語4)　　　연기처럼 푸른 깁 바른 창너머로 소리들리자

停梭悵然憶遠人5)　　　북을 놓고 서글프게 먼곳의 님 그리워

獨宿孤房泪如雨　　　　독수공방에 빗물같은 눈물 짓네

주 석

1) 오야제(烏夜啼): 악부 ≪서곡가 西曲歌≫의 곡조 명으로써 대부분 남녀가 이별하여 서로 그리워하는 고통을 많이 묘사했다.

2) 황운(黃雲): 먼지가 구름과 잇닿아 누렇게 보이는 것.

3) 기중직금진천녀(機中織錦秦川女): 십육국 시대 부진(符秦)의 진주 간사 두도(竇滔)가 죄를 지어 유사(流沙) (서북사막 지대)로 유배되자, 그의 처 소혜(蘇蕙)가 비단을 짜서 회문선기도시(回文璇璣圖詩)를 지어 그에게 증정하여 깊은 그리움을 표현했다. 여기서는 이와 연관시켜 시 가운데 원정나간 사람의 부인을 가리킨다. 진천(秦川)은 <관산월 關山月>주)3 참조.

4) 벽사(碧紗): (자수한 것같이) 도안 그림이 있는 채색 견직물
　　어(語): 새, 벌레 등의 우는 소리

5) 창연(悵然): 뜻과 같이 되지 않아 원망하는 모양. 실의하여 한탄하는 모양

46. 長干行1)
장간행

이백(李白)

妾髮初覆額　　제 머리카락 이마를 막 덮을 때

折花門前劇　　문앞에서 우리 꽃 꺾으며 놀았지요

郎騎竹馬來　　당신은 죽마타고 오셔서

遶床弄靑梅2)　우물난간 돌며 청매로 희롱했어요

同居長干里3)　우리는 장간리에 함께 살면서

兩小無嫌猜　　둘다 어려 미움도 시샘도 없었기에

十四爲君婦　　열네 살 때 제가 당신의 아내 되어

羞顔未嘗開　　부끄러워 얼굴 한 번 못 폈지요

低頭向暗壁　　고개숙여 어두운 벽만 바라보다

千喚不一回　　천 번 불러도 한 번을 돌아보지 못했어요

十五始展眉　　열다섯이 되어서야 비로소 미간을 펴고

願同塵與灰　　티끌되고 재 되도록 우리 함께 하길 원했죠

常存抱柱信4)　언제고 목숨 바칠 믿음 가졌거니

豈上望夫臺5)　어찌 망부대에 오를 줄이야

十六君遠行　　열여섯에 당신은 멀리 떠나

瞿塘灩澦堆6)　구당 협곡 염여 암초라도 만나면

五月不可觸　　5월이라 부딪치면 안되는데

猿聲天上哀7)　원숭이 우는 소리 하늘 위로 슬프게 퍼지네

門前舊行跡　　문앞의 그대 자취 옛 것이 되어

一一生綠苔　　일일이 푸른 이끼만이 자라났네

苔深不能掃8)	이끼 무성해져 쓸지도 못했는데
八月蝴蝶黄	팔월이라 노랑나비 날아와
雙飛西園草	서쪽 동산 풀밭에 짝지어 나는구나
感此傷妾心	이를 느끼자니 제 마음 아파요
坐愁紅顏老	근심 탓에 불그레한 얼굴도 늙어가요
早晚下三巴9)	언제고 삼파로 내려오실 때는
預將書報家	편지 미리 내어 집으로 알려 주세요
相迎不道遠	당신 맞으러 가는 길 멀다 하지 않고
直至長風沙10)	곧바로 장풍사까지 달려가겠어요

주 석

1) 장간행 (長干行): 고대 가곡중 옛 제목의 하나. 악부의 <잡곡 가사>에 속하는 곡조명이다. 이 시는 "어린 여자아이의 실제 상황이 가슴속으로 부터 직접나온 것으로써 복잡하게 얽힌 사정이 얽히고 설켜 애정이 매우 깊어진 것"을 묘사했다. ≪당송시순 唐宋詩醇≫

2) 청매죽자 (青梅竹馬): 죽마는 어린아이들이 놀 때 말로 간주하는 대나무이다. 청매는 푸른 매실이다. 청매죽마는 남녀 아이들이 천진난만하게 함께 노는 것을 형용한다.

3) 장간리(長干里): 강소성(江蘇省) 남경시(南京市) 진회하(秦淮河)의 남쪽에, 옛날에는 장간리가 있었다.

4) 포주신(抱柱信): 약속을 지킴을 비유한다. 옛날 미생 이라는 남자는 다리 밑에서 한 여자와 만날 약속을 했는데 여자가 오기전에 갑자기 강물이 불어났다. 그러나 미생은 약속한 장소를 떠나는 것은 신용을 잃는 것이라 여겨 다리의 기둥을 끌어안고 기다리다가 마침내 익사했다 한다. <穆穆青風至> 주)4에 보인다.

5) 망부대(望夫臺): 전해지는 말로 옛날 어떤 부인이 산꼭대기에서 남편이 돌아오기를 기다리다가 날짜가 오래 지나 마침내 돌로 변했다고 한다.
망부석은 먼길을 떠난 남편을 기다리다 그대로 화석이 되었다는 전설적인 돌, 또는 그 위에서 기다렸다는 돌이다.

중국각지에는 망부석, 망부산 이라는 곳이 많이 있으며, 우리나라
에도 신라시대 박제상의 아내가 서서 기다리던 치술령의 바위가
있다.

6) 구당(瞿塘): 양자강의 유명한 세 협곡중의 하나로써 사천성 봉절
현에 있다.

염여퇴(灩澦堆): 瞿塘灩澦堆. 구당협에 있는 거북모양의 큰바위
로써 갈수기에는 물위로 나타나지만 물이 불어나는 오월 경에는
물속에 살짝 잠겨 항해에 커다란 위험이 된다.

7) 원성천상애(猿聲天上哀): ≪사부총간 四部叢刊≫ 본의 장주에
'鳴'자는 모두 '聲'으로 되어있다. ≪수경 水經≫ 주에 <파동삼
협가>가 있는데 "파동 세 협곡 중에 무협이 길어, 원숭이 세 번
울음에 눈물이 치마를 적신다."라고 하였다.

8) 태심 불능소(苔深不能掃): 시 가운데 왕왕 녹태(綠苔)로서 근심을
비유하는데, 태심이란 이끼가 많다는 말로 또한 근심이 많다는
것이다. 소(掃)자는 두 곳에 연관되었다. 하나는 푸른 이끼를 쓸어
버린다는 뜻이고 하나는 근심을 쓸어버린다는 뜻이다.

9) 삼파(三巴): 지금 사천성 동북 지역, 고대 파군(巴郡), 파동(巴東),
파서(巴西) 모두를 삼파라고 했다. 지금의 삼협 부근이다.

10) 장풍사(長風沙): 지금 안휘성 안경시(安慶市) 동쪽의 양자강 연안.
여기서 장간리가 있는 남경시와의 거리는 매우 멀다. 직선거리는
약 200KM이다.

47. 長相思1)
장상사

이백(李白)

(一)　　　　　　첫 번째
長相思　　　　　기나긴 그리움
在長安　　　　　님은 장안에 있네
絡緯秋啼金井闌　가을날 베짱이는 우물난간에서 우는데
微霜凄凄簟色寒2)　얇은 서리는 쌀쌀하여 대자리도 차가운 빛
孤燈不明思欲絶　외로운 등불 희미하여 그리움 끊어질 듯
卷帷望月空長歎　휘장 걷고 달을 보며 부질없이 길게 탄식하네
美人如花隔雲端　꽃 처럼 고운님 구름 저 끝에 떨어져
上有靑冥之長天　위로는 푸르고 긴 하늘
下有淥水之波瀾　아래로는 물결치는 맑은 물
天長地遠魂飛苦　하늘은 길고 땅은 멀어 혼조차 날기 괴로워
夢魂不到關山難　꿈에도 이르지 못할 관산 길의 험난함
長相思　　　　　기나긴 그리움
摧心肝　　　　　애간장이 무너지네

(二)　　　　　　두 번째
日色欲盡花含煙3)　햇볕은 지려하고 꽃은 안개를 머금었는데
月明如素愁不眠　흰 실처럼 달은 밝아 시름에 잠 못이루네
趙瑟初停鳳凰柱4)　조나라 비파를 타다 막 봉황주에 멈춰두고
蜀琴欲奏鴛鴦絃5)　촉나라 거문고로 원앙현을 타려하네

此曲有意無人傳	이 가락에 담긴 뜻을 전할 사람 없어
願隨春風奇燕然6)	봄 바람 따라 연연산으로 보냈으면
憶君迢迢隔靑天	생각하면 당신과 아득히 푸른 하늘 사이에 두어
昔時橫波目	예전엔 곁눈짓 하며 애교 띤 눈에서
今作流淚泉7)	이제는 흐르는 눈물샘이 되어 버렸네
不信妾腸斷	애 끊는 제 마음 믿지 못하신다면
歸來看取明鏡前	돌아와 거울 앞에서 보옵소서

주 석

1) 장상사(長相思): 악부 ≪잡곡가사 雜曲歌辭≫의 옛 제목에 속하며 내용은 대부분 남·녀 혹은 친구와 오랫동안 이별하여 그리워하는 정을 쓴 것이기 때문에 명명되었다. 남조(南朝)와 당대(唐代) 시인 가운데 이 제목을 쓴 사람이 매우 많았는데, 항상 장상사(長相思) 세 글자로 시작되며 시구형식의 길이는 들쑥날쑥하여 일치하지 않았다. 또 이는 당나라 교방(敎坊)의 곡명이었기 때문에 후에 사패(詞牌)로 사용되었다.

2) 점(簟): 대나무로 엮은 돗자리

3) 一作에는 欲이 已로 되어 있다.

4) 조슬(趙瑟): 슬(瑟)은 악기명. 고대 조(趙)나라 부녀자들이 비파를 잘 탄다고 전해졌으므로 '조슬(趙瑟)'이라 일컬었다.
   봉황주(鳳凰柱): 봉황의 형상을 조각한 현주(絃柱)이다.

5) 촉금(蜀琴)의 시구: 촉(蜀)나라 사람 사마상여(司馬相如)가 거문고를 잘탔기 때문에 '촉금(蜀琴)'이라 일컫는다.
   원앙현(鴛鴦絃): 또한 자모현(子母絃)이라고도 일컫는다. 원앙새가 짝을 잘 이루고 있기 때문에 이것을 거문고의 현에 비유했다. 또 짝을 그리워 찾는다는 의미도 있다.

6) 연연(燕然): 지금의 몽고 항애산(杭愛山)을 가리키는 산인데, 여기서는 두루 변새 바깥을 가리킨다.

7) 一作에는 作이 成으로 되어 있다.

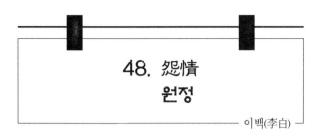

48. 怨情
원정

—— 이백(李白) ——

美人卷珠簾1)	고운 님 주렴 걷고
深座顰蛾眉2)	깊은 밤 홀로 앉아 예쁜 눈썹 찡그리네
但見淚痕濕	옷에 적신 눈물자욱만 촉촉하게 보일 뿐
不知心恨誰	그 마음 누구를 한스러워 하는지 모르네

주 석

1) 주렴(珠簾): 구슬을 엮어서 만든 발
2) 아미(蛾眉): 아(蛾)는 아(娥)의 가차자(假借字). 뜻은 곧 아름답다.

49. 玉階怨1)
옥계원

───── 이백(李白) ─┘

玉階生白露	옥같은 섬돌에 흰 이슬 맺히니
夜久侵羅襪	밤은 너무 길어 버선까지 스며드네
却下水精簾2)	물러나 수정 주렴 내리고서
玲瓏望秋月3)	영롱한 가을 달 바라보네

주 석

1) 옥계원(玉階怨): 악부 ≪상화가사・초조곡 相和歌辭・楚調曲≫에 속한다.
2) 각(却): 도리어, 뒤로 물러나는 것으로 방으로 돌아온다는 뜻이다. 수정렴(水精簾)은 수정으로 만드는 발인데 지금의 유리발과 같다.
3) 영롱(玲瓏)의 시구: 도치문. 즉 영롱한 가을달을 바라보았다.

이백(李白)

燕草如碧絲1)　　　그 곳 연나라 풀은 푸른 실과 같고
秦桑低綠枝　　　이곳 진땅의 뽕잎은 푸른 가지를 낮게 드리웠네
當君懷歸日　　　이런 날 님은 돌아올 생각하겠지요
是妾斷腸時　　　이런 때 저는 창자가 끊어지네요
春風不相識　　　봄바람은 이런 마음 알지 못하면서
何事入羅幃2)　　　어인 일로 내 비단휘장 속으로 불어오나요

주 석

1) 연(燕): 지금의 하북(河北), 요녕(遼寧) 일대
2) 춘풍(春風)의 두 시구: 남편에 대한 애정이 굳고 곧아서 바뀌지 않음을 가리킨다.

51. 荆州歌
형주가

이백(李白)

白帝城邊足風波1)	백제성 주위에 풍파 많은데
瞿塘五月誰敢過2)	구당협곡 오월이라 뉘 감히 지나가리
荆州麥熟繭成蛾3)	형주에는 보리 여물고 누에고치 나방 되어
繰絲憶君頭緒多	실 올 켜니 그대 생각하는 실마리도 많은데
撥谷飛鳴奈妾何	뻐꾸기 울며 날아갈 제 이내 몸 어이하나

주석

1) 백제성(白帝城): 지금의 사천성(四川省) 봉절현(奉節縣) 동쪽에 있음. 성(城)은 산위에 있고 서쪽으로 큰 강과 닿아 있다.
2) 구당(瞿塘): 장강(長江)의 산 협곡중의 하나. 여름철에는 강물이 급격히 불어나고 암초는 물 속에 가라앉아 있기 때문에 배로 지나가는 길은 매우 위험함.
3) 형주(荆州): 지금의 호북성(湖北省) 강릉현(江陵縣) 일대.

52. 關山月1)
관산월

이백(李白)

明月出天山2)	밝은 달이 천산에 솟아 올라
蒼茫雲海間3)	아득히 구름 낀 바다 비춘다
長風幾萬里	멀리서 오는 바람 몇 만리인고
吹度玉門關4)	옥문관을 휩쓸고 지나리
漢下白登道5)	한나라 군사는 백등산길로 내려오고
胡窺靑海灣6)	오랑캐들은 청해만을 엿보는데
由來征戰地	옛부터 전쟁터에 가서
不見有人還	돌아오는 사람 보지 못했다
戍客望邊色7)	수자리의 나그네 변방 형색 바라보고
思歸多苦顔	돌아갈 생각에 괴로움이 많은 얼굴
高樓當此夜8)	높은 누대에서 이런 밤에는
歎息未應閒	장탄식이 여전히 그치지 않으리라

주 석

1) 관산월(關山月): 악부(樂府)의 옛 제목으로서 횡취곡(橫吹曲)에 속
한다. 이 시는 광활한 공간과 시간 속에서 이전의 고향 생각과 정
을 함께 하여 시의 경계(境界)가 아주 웅장하고 힘차면서도 심원
(深遠)하게 드러난다. 횡취(橫吹): 예전에 서역(西域)에서 중국으로
전래된 피리의 한가지.

2) 천산(天山): 기련산(祁連山). 지금의 감숙성(甘肅省) 서화현(西和縣)에 있음.

3) 창망(滄茫): 넓고 멀어서 푸르고 아득한 모양.

4) 옥문관(玉門關): 지금의 감숙성 돈황현(甘肅省 敦煌縣) 서쪽에 있으며 서역(西域)으로 통하는 중요 관문(關門)이다.

5) 백등(白登): 산이름. 지금의 산서성(山西省) 대동시(大同市) 동쪽에 있음. ≪사기·흉노열전 史記·匈奴列傳≫의 기록에 의거하면, 한(漢) 고제(高帝) 7년 (기원전 200년) 겨울에, 유방(劉邦)이 친히 군대를 이끌고 흉노와 교전하다가, 백등산에서 포위를 당하여 7일이 지나서야 비로소 풀려났음.

6) 청해(青海): 지금의 청해성(青海省)에 있는데 황하(黃河) 양자강(揚子江)이 여기서 발원함.

7) 수객(戍客): 국경지대를 수비하는 전사.

8) 고루(高樓): 고시(古詩)에서는 대부분 고루(高樓)로써 규중(閨中)을 대신 가리킨다. 앞서 번역되었던 서릉(徐陵)의 <관산월 關山月>에 "남편을 그리는 아낙이 높은 누각에서 창문 앞에 잠못 이루는구나. 思婦高樓上,當窓應未眠"라는 시구가 있는데 이백(李白)의 시(詩)는 여기에 뿌리를 두고 있다.

53. 月夜
월야

── 두보(杜甫) ┘

今夜鄜州月1)	오늘밤 부주에 뜬 달을
閨中只獨看2)	안방에서 혼자서 바라보겠지
遙憐小兒女	멀리 사랑스런 어린 딸들은
未解憶長安3)	이해도 못하고 장안을 그리워할 줄도 모르겠지
香霧雲鬢濕4)	향기로운 안개는 구름같은 머리채 적시고
淸輝玉臂寒	맑은 저 달빛은 옥 같은 팔을 차갑게 하겠지
何時依虛幌5)	어느때뇨 얇은 창가리개 기대어
雙照淚痕乾6)	우리 두 사람 비추어 눈물 흔적 마르게 할 날이

주 석

*두보(杜甫): (712-770), 자(字)는 자미(子美), 공(鞏)[지금의 하남성 공현(河南省 鞏縣)]사람. 그의 시편(詩篇)을 보면 당시 통치집단의 부패함을 폭로하고, 일반 대중의 고난과 사회모순을 반영하였다. 애국주의정신을 표현하고, 당대(唐代)의 흥망성쇠(興亡盛衰)의 역사과정을 분명히 지적하였기 때문에 '시사(詩史)'로 일컬어졌다.시의 풍격이 매우 다양하고, 침울함을 위주로 써서 후대의 시인들이 깊은 영향을 받았다.그와 이백은 다 같이 유명하여,'이두(李杜)'로 병칭되었다.

1) 부주(鄜州): 두보의 처자가 살았던 곳으로 지금의 섬서성 부현(陝西省 富縣).
2) 규(閨): 안방. 여자의 침실.
3) 미해억장안(未解憶長安): 장안에 있는 아비 그리워할 줄도 모르고 아비 걱정하는 어미 시름도 이해하지 못한다는 뜻이 겹쳐있다.
4) 운환(雲鬟): 푸른 구름처럼 아름다운 미인의 머리채.
5) 허황(虛幌): 속이 비치는 엷은 창가리개.
6) 쌍조(雙照): 둘이서 달빛을 받으며.

54. 春望1)
춘망

— 두보(杜甫) —

國破山河在	나라는 무너지고 산하만 남아 있어
城春草木深2)	봄이 온 장안에는 초목만 짙어졌네
感時花濺淚3)	시절에 느껴져 꽃은 눈물을 뿌리게 하고
恨別鳥驚心	이별의 한스러움에 새는 마음을 놀래키내
烽火連三月	봉화는 삼월까지도 이어지니
家書抵萬金4)	집의 편지는 만금의 값어치
白頭搔更短5)	흰 머리털 긁을수록 더 빠지니
渾欲不勝簪6)	정말 비녀를 꽂으려해도 그럴 수 없구나

주 석

1) 춘망(春望): 이 시는 서기 757년(안록산[安祿山]의 반란후의 2년째) 3월,두보가 서울인 장안성(長安城)이 적에게 함락되어 포위되었을 때에 쓴 것이다. 시 전체가 함축성이 깊고 매우 비통하게 쓰였다. 사마광(司馬光)이 일찍이 말했다. "옛사람들은 시를 쓸 때 언외(言外)의 뜻을 중요시하여, 사람으로 하여금 생각하여 그것을 체득하게 하였다. 예를들면 '山河在'는 남은 물건이 없다는 것을 밝혔고, '草木深'은 사람이 없다는 것을 밝혔고, 꽃과 새는 평상시에는 즐길만한 경물이지만, 그것을 보았으나 눈물이 나고, 소리를 들었으나 슬퍼진다면 그 시절을 알 수가 있는 것이다."(≪속시화 續詩話≫)

2) 성춘(城春): 여기서 '春'은 동사. 곧 성에 봄이 왔다는 뜻.

3) 감시(感時): 당시의 세상일 되어가는 것을 슬프게 여김.

4) 가서(家書): 가족으로부터의 편지.

　저만금(抵萬金): 만금(萬金)만큼 값지고 귀함.

5) 소(搔): 손톱으로 긁으니, 짧고 적어진다.

6) 혼(渾): 그야말로, 전혀, 정말, 완전히.

　불승(不勝): 받아들이지 못하다, 적합하지 못하다, 좋지 못하다.

55. 新婚別1)
신혼별

두보(杜甫)

兎絲附蓬麻2)　　　실새삼은 쑥과 삼에 붙어 자라나니

引蔓故不長　　　이끌린 덩굴이기에 자라지 못하고

嫁女與征夫3)　　　군대 갈 남자에게 딸 시집 보냄은

不如棄路旁　　　길가에 내버림만 못하리다

結髮爲君妻4)　　　머리를 쪽져 당신의 아내가 되었건만

席不暖君床　　　님의 잠자리 따뜻해질 겨를도 없이

暮婚晨告別　　　저녁에 신방 차려 새벽에 헤어지니

無乃太忽忙5)　　　아니 너무 황망하지 않나요

君行雖不遠　　　님 가는 곳　멀지는 않다해도

守邊赴河陽6)　　　변방을 지키러 하양땅으로 떠나시면

妾身未分明7)　　　소첩의 신분 아직 분명하지 못한데

何以拜姑嫜8)　　　어떻게 시부모님 뵈오리오?

父母養我時　　　우리 부모 날 기르실 제

日夜令我藏9)　　　밤낮으로 날 고이 간수해 주셨지만

生女有所歸10)　　　딸 낳으면 시집 보내야 할 곳 있는 법이니

鷄狗亦得將　　　닭과 개도 함께 챙기도록 하였습니다

君今往死地　　　님은 이제 사지로 가시니

沈痛迫中腸　　　침통함이 창자속으로 짓누릅니다

誓欲隨君去　　　맹세코 님따라 가려건만

形勢反蒼黃11)　　　형편은 도리어 황급하기만 합니다

勿爲新婚念　　　신혼 생각일랑 마시고

努力事戎行12)　　　군대 일이나 힘써 하세요
婦人在軍中13)　　　아낙이 군중에 있으면
兵氣恐不揚　　　　군의 사기가 드날리지 못할테니까요
自嗟貧家女　　　　스스로 가난한 집 딸이라 한탄하다가
久致羅襦裳14)　　　오랜만에 비단 저고리 치마입게 되었지만
羅襦不復施　　　　비단 저고리 다시 차려입지 못할테니
對君洗紅粧　　　　님 앞에서 붉은 화장 지우리라
仰視百鳥飛　　　　우러러 날아가는 온갖 새를 보니
大小必雙翔　　　　크거나 작거나 반드시 쌍으로 나는군요
人事多錯迕15)　　　사람 일이란 뒤틀림이 많으니
與君永相望　　　　님과 영원히 바라만 보고 있어야 하나요

주 석

1) 신혼별(新婚別): 이것은 유명한 연작시 <삼별 三別> 중의 한편으로, 말이 폐부에서 나와 진지하게 사람을 감동시킨다.

2) 토사(兎絲): 일종의 등나무로서 다른 나무에 기생해야만 비로소 살아남을 수 있는 식물이다. 봉마(蓬麻):두 종류의 식물로서 모두 매우 왜소하게 성장한다.

3) 정부(征夫): 원정(遠征)하여 타향에 있는 군사, 여행하는 사람, 나그네.

4) 결발(結髮): <古詩爲焦仲卿作>시의 주석 13을 참조할 것.

5) 무내(無乃): 어찌~하지않으랴
총망(忽忙): 황급하고 매우 바쁘다.

6) 하양(河陽): 지금의 하남성(河南省) 맹현(孟縣)서쪽.

7) 첩신미분명(妾身未分明): '妾'은 아내의 겸칭(謙稱), 신부로서의 신분이 확실하지 않음.

8) 하이(何以): 무엇으로써, 무슨 일로써.

9) 장(藏): 바깥 일 안시키고 집안에서 곱게 자라도록 거두어 보호했다는 뜻.

10) 귀(歸): 시집감, 우귀(于歸)

11) 창황(蒼黃): 너무 황망하여 어찌 할 줄을 모르는 모양.

12) 융항(戎行): 군대.

13) 부인재군중(婦人在軍中): 이릉(李陵)이 선우(禪宇)와의 싸움에서 한군(漢軍)의 사기가 떨어지는 것을 보고, 군대 내에 필시 여자가 있기 때문이리라 추측하여 수색한 끝에 모조리 처형했다는 고사가 있다.

14) 구치(久致): 오랜만에 가까스로 이룸.
    라유상(羅襦裳): 비단 저고리와 치마.

15) 착우(錯迂): 뜻대로 되지 않다. 마음에 들지 않다.

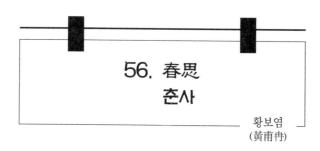

56. 春思
춘사

황보염
(黃甫冉)

鶯啼燕語報新年	꾀꼬리 울고 제비 지저귀어 새해를 알리는데
馬邑龍堆路幾千2)	마읍 용퇴는 몇천리 길인가
家住層城隣漢苑3)	집은 경성에 있어 한원을 이웃했는데
心隨明月到胡天	마음은 밝은 달을 따라 호땅의 하늘을 간다
機中錦字論長恨4)	베틀위의 비단글자 긴 한을 말해주고
樓上花枝笑獨眠	누각 위의 꽃가지는 홀로 잠든 나를 비웃네
爲問元戎竇車騎5)	묻노니 두헌 거기장군이시여
何時返旆勒燕然6)	어느날 연연산에 공적 새기고 개선하시려나

주 석

1) 황보염(皇甫冉): (716-769) 안정(安定)[지금의 감숙성(甘肅省) 경천(涇川) 북쪽] 사람. 대력(大曆) 십재자(十才子)의 한사람.

2) 마읍용퇴(馬邑龍堆): 마읍(馬邑)은 옛 지명으로서 지금의 산서성(山西省) 삭현(朔縣) 동북쪽에 있다. 용퇴(龍堆)는 사막을 가리킨다. 여기서는 모두 변방의 전쟁을 치르는 땅을 가리킨다.

3) 층성(層城): 전설속의 신선이 사는 곳으로, 여기에서는 경성(京城)을 가리킨다.
한원(漢苑): 한대(漢代)의 궁궐의 화원. 여기서는 당나라궁을 대신 가리킨다.

4) 금자(錦字): 서신을 가리킨다. 전진(前秦) 때 두도(竇滔)가 죄를 지어 멀리 수자리를 살게 되었다, 그의 처 소혜(蘇蕙)는 서신이 도착하지 않자, 곧 비단을 짜서 회문시(回文詩)를 완성하여 그에게 부쳤다. 그래서 '금자(錦字)'라고 일컫는다. 이백의 <오야제烏夜啼>의 주3)과 같다.

5) 원융(元戎): 원수, 장군.
거기(車騎): 장군의 호칭, 훈공자 또는 충신에게 내려주었다. 한나라 문제 때 설치했다가 당나라 때 폐지했다

6) 두거기(竇車騎), 륵연연勒燕然: ≪후한서 後漢書≫ <두헌전 竇憲傳>에 두헌(竇憲)이 거기장군(車騎將軍)이 되어, 북쪽으로 선우(單于)를 쫓았는데, "연연산에 올라, 변방 3천여리를 떠나, 돌에 그 공을 세겼다. 登燕然山, 去塞三千餘里, 刻石勒功"라 하였다.
연연산(燕然山): 지금의 몽고 인민 공화국(蒙古人民共和國) 국내의 항애산 (杭愛山)

57. 春怨
춘원

김창서
(金昌緒)

打起黃鶯兒	꾀꼬리 쫓아버려
莫敎枝上啼	가지 위에서 울지 못하게 하여라
啼時驚妾夢	울 때면 내 꿈을 깨워
不得到遼西2)	님 계신 요하 서쪽에 이를 수 없게 하니까

주 석

1) 김창서(金昌緒): 생애의 사적이 자세하지 않다.
2) 요서(遼西): 요하(遼河) 서쪽의 지역으로, 가리키는 곳은 현재 요녕성(遼寧省) 서부인데 당시 군대가 주둔하던 지방이다.

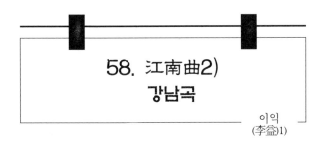

58. 江南曲2)
강남곡

이익
(李益)1)

嫁得瞿塘賈3)	구당의 행상에게 시집갔더니
朝朝誤妾期	날마다 나와의 기약 그르쳤어요
早知潮有信	조수 믿을 수 있음을 진작 알았더라면
嫁與弄潮兒4)	조수에 능숙한 청년에게 시집 갈 것을

주 석

1) 이익(李益): (748~821)농서(隴西) 고장(姑臧) [지금의 감숙성(甘肅省) 무위현(武威縣)]사람. 그는 7언절구(七言絶句)에 뛰어나서, 시가 완성되고 나면 항상 악공들에 의해 여러 곳으로 전해져 불려졌다.

2) ≪강남곡 江南曲≫: 고대 가곡중의 옛 제목중의 하나. 일반적으로 강남지구의 생활을 썼다. 이시는 백묘(白描)의 수법으로 썼고, 상인 아내의 원망의 정을 표현하였다.

3) 구당(瞿塘): 구당협(瞿塘峽). 삼협의 하나로 사천성 양자강 상류의 험한 협곡.
고(賈): 상인.

4) 농조아(弄潮兒): 물의 성질을 아는 젊은 사람.

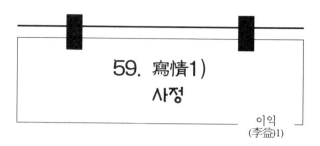

59. 寫情1)
사정

이익
(李益)1)

水紋珍簟思悠悠2)　　물결무늬 진귀한 대자리에서 임생각 끝이 없지만
千里佳期一夕休　　천리먼길 좋은 기약 하루밤에 무너지니
從此無心愛良夜3)　　이로부터 좋은 야경을 사랑하는 마음도 무심해져
任他明月下西樓4)　　밝은 달이 서쪽 누각으로 져도 상관없네

주석

1) 이 시는 한 연인이 약속을 어긴 후 비통한 심정을 쓴 것으로, 아름
　다운 풍경으로 비정한 마음을 표현해 사람의 심금을 울리고 동정을
　불러일으킨다
2) 점(簟): 앉거나 누울 수 있도록 사용되는 대자리.
3) 양야(良夜): 깊은 밤중, 경치 좋은 밤
4) 임타(任他): 조금도 개의치 않는다

---

60. 列女操2)
열녀조

맹교
(孟郊)1)

梧桐相待老3)	오동나무는 서로 같이 늙고
鴛鴦會雙死4)	원앙새는 쌍쌍이 모여서 죽는구나
貞婦貴徇夫5)	정조깊은 아내는 남편따라 죽는 길이 귀하니
舍生亦如此	생명조차 버림도 이와 같구나
波瀾誓不起	맹세코 마음의 물결 일지 않으리니
妾心古井水	제 마음은 오래된 우물속의 물이기에

주 석

1) 맹교(孟郊): (751-814) 자(字)는 동야(東野)이고, 호주(湖州) 무강(武康)[지금의 절강성(浙江省) 무강현(武康縣)]사람이다. 그의 시는 자기의 불행한 처지를 슬피 느낀 것이 많고 또한 곤궁한 생활의 고통을 읊은 것이 많다. 그는 글자를 사용하고 만들면서 평범하고 쉬운 것을 힘써 피했고 건조하고 딱딱한 것을 추구했다. 그는 가도(賈島)와 함께 유명하여, 세상에서 맹교는 차갑고 가도는 파리하다[郊寒島瘦]고 일컬어졌다.

2) 열녀조(列女操): 열(列)은 열(烈)과 같은 뜻이다, 조(操)는 거문고의 곡에 속하는 일종의 체제이다, 즉 악부의 제목으로 거문고 가락에 얹는 가사다

3) 오동(梧桐): 전하는 바로는 오동은 암수가 다른 나무로서 오(梧)는 수그루, 동(桐)은 암그루라고 한다.

4) 원앙(鴛鴦): 물새이다. 전하는 바에 의하면 수컷 혹은 암컷이 죽으면 나머지 한쪽도 따라서 함께 죽는다고 한다.

5) 정부(貞婦): 정조가 깊은 여자.
   순(徇): 순(殉)과 같은 뜻이다. 남을 따라 죽는다는 뜻이다.

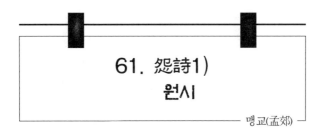

61. 怨詩1)
원시

맹교(孟郊)

試妾與君淚　　저와 임의 눈물 시험해 보려니
兩處滴池水　　두 곳에서 연못물에 떨어뜨려요
看取芙蓉花　　바라보다 연꽃을 따니
今年爲誰死　　금년에는 누구 탓에 죽게 될까

주 석

1) 이 시는 한 여자가 님을 생각하는 고통과 애석한 정을 쓴 것이다. 그러나 시인은 서정적 언어로써 정을 묘사한 것이 아니라 서경의 언어로써 정을 묘사함으로써 예술적 구상이 정묘하고 절륜하다고 일컬을 만하다

62. 長恨歌
장한가

백거이
(白居易)1)

漢皇重色思傾國2)　　한 황제 미색 탐내 경국의 미인을 그리워하나

御宇多年求不得3)　　천하 통치 몇 년토록 얻지 못하였네

楊家有女初長成　　양씨 집 한 여자 갓 성장하였으나

養在深閨人未識4)　　깊은 규방에서 자라 사람들이 아직 몰랐네

天生麗質難自棄5)　　타고난 미모는 그대로 버려두기 어려워

一朝選在君王側6)　　하루아침에 뽑히어 임금 곁에 있게 되었네

回頭一笑百媚生7)　　고개 돌려 한 번 미소지으면 백가지 아름다움 생겨
　　　　　　　　　　나니

六宮粉黛無顔色8)　　후궁의 화장한 미녀들 얼굴빛 없어지네

春寒賜浴華淸池9)　　차가운 봄 날씨엔 화청지 온천욕 하사 받아

溫泉水滑洗凝脂10)　　온천물 매끄러워 흰 살결 씻어주네

侍兒扶起嬌無力11)　　시녀들이 부축해도 아리땁고 힘이 없으니

是始新承恩澤時12)　　이즈음 비로소 새로이 은총을 받을 때로구나

雲鬢花顔金步搖13)　　검은 머리 꽃 같은 얼굴로 금장식 흔들며 걷고

芙蓉帳暖度春宵14)　　연꽃 수놓은 휘장에서 따뜻하게 봄밤을 보낸다

春宵苦短日高起　　봄밤 짧아 고단하니 해가 높이 솟아 일어나고

從此君王不早朝　　이 때부터 임금도 조회를 못하신다

承歡侍宴無閑暇15)　　총애 받아 잔치 모시니 쉴 겨를 없고

春從春遊夜專夜16)　　봄이면 봄 따라 놀고 밤이면 온밤을 독점하네

後宮佳麗三千人17)　　후궁의 미녀들 삼천명이나 되건만

三千寵愛在一身18)　　삼천이 받을 총애 그 한 몸에 다 있네

金屋妝成嬌侍夜19)　　금옥에서 화장하고 교태부리며 모시는 밤
玉樓宴罷醉和春20)　　옥루의 잔치 끝나면 취기가 춘정에 녹아드네
姉妹弟兄皆列土21)　　형제 자매들 모두 제후로 봉해지니
可憐光彩生門戶22)　　아름다운 광채가 온 가문에 빛나는구나
遂令天下父母心23)　　드디어 온 세상 부모들 마음 속으로
不重生男重生女　　　득남을 경시하고 득녀를 중시하게 했네
驪宮高處入靑雲24)　　화청궁(華淸宮) 높이 있어 푸른 하늘 속에 들었고
仙樂風飄處處聞25)　　신선의 풍악이 바람 따라 곳곳에서 들려온다
緩歌慢舞凝絲竹26)　　느린 노래 느린 춤 관현악과 한데 어울리니
盡日君王看不足　　　해 지도록 임금께선 봐도 봐도 모자라네
漁陽鼙鼓動地來27)　　어양의 북소리 땅을 진동하며 울려오니
驚破霓裳羽衣曲28)　　예상우의곡도 놀래 파하였다
九重城闕煙塵生29)　　구중궁궐에 연기와 먼지 일고
千乘萬騎西南行30)　　천승의 군대 서남쪽으로 피난 간다

翠華搖搖行復止31)　　천자의 수레 깃발 흔들흔들 가다가 다시 서고
西出都門百餘里32)　　서쪽 도성 문 나와 백 여리 만에
六軍不發無奈何33)　　근위대 가지 않으니 이를 어찌 할꼬
宛轉蛾眉馬前死34)　　이리 저리 뒹굴던 미녀도 말 앞에서 죽고 마는구나
花鈿委地無人收35)　　꽃 비녀 땅에 떨어져도 줍는 사람 하나 없고
翠翹金雀玉搔頭36)　　취교 금소 옥소두 비녀까지도
君王掩面救不得37)　　임금도 얼굴 가린 채 구하지도 못하고
回看血淚相和流38)　　돌아보니 피눈물이 범벅되어 흘러내리네
黃埃散漫風蕭索39)　　누런 먼지 흩어지고 바람은 쓸쓸한데
雲棧縈紆登劍閣40)　　구부러진 구름 사다리 지나 검문산에 오른다
峨嵋山下少人行41)　　아미산 아래에는 행인도 적은데
旌旗無光日色薄42)　　깃발은 빛을 잃고 햇빛도 저물어 간다
蜀江水碧蜀山靑43)　　촉 나라 강물 푸르고 산도 푸르건만
聖主朝朝暮暮情44)　　거룩하신 임금께선 아침이나 저녁이나 그리움 뿐
行宮見月傷心色45)　　행궁에서 달을 보니 달빛에 마음 아파 오고
夜雨聞鈴斷腸聲46)　　밤비에 방울 소리 들으니 애 끊는 소리이네

天旋地轉廻龍馭47)　　　세상이 바뀌어 임금 탄 수레 돌아올 적에
到此躊躇不忍去48)　　　이 곳에 이르러서는 주저하며 차마 떠나지 못하시네
馬嵬坡下泥土中49)　　　마외 언덕 아래 진흙 속에
不見玉顔空死處50)　　　옥같은 얼굴 보이지 않고 죽은 곳 텅 비어 있네
君臣相顧盡霑衣51)　　　임금 신하 서로 보며 눈물로 옷을 다 적시고
東望都門信馬歸52)　　　동쪽으로 도성 문 바라보며 말을 따라 돌아간다
歸來池苑皆依舊53)　　　돌아오니 연못도 정원도 모두 옛날 그대로이고
太液芙蓉未央柳54)　　　태액궁의 연꽃 미앙궁의 버들조차도
芙蓉如面柳如眉　　　　연꽃은 얼굴 같고 버들은 그녀의 눈썹 같으니
對此如何不淚垂55)　　　이를 대하고서 어찌 눈물 흘리지 않으리오!
春風桃李花開日　　　　봄 바람에 복숭아 오얏 꽃 피는 날
秋雨梧桐葉落時　　　　가을 비에 오동잎이 지는 때에
西宮南內多秋草56)　　　태극궁과 흥경궁엔 가을 풀만 무성하고
落葉滿階紅不掃57)　　　낙엽은 섬돌 가득 붉은 잎 쓸지도 않네
梨園子弟白髮新58)　　　이원의 악공들도 백발이 새로 돋고
椒房阿監靑娥老59)　　　초방의 태감도 궁녀도 모두 다 늙었버렸네
夕殿螢飛思悄然60)　　　밤이 되어 궁전에 반딧불 날면 그리움에 서러워지고
孤燈挑盡未成眠61)　　　외로운 등불 심지를 다 돋워도 잠은 오지를 않는구나
遲遲鍾鼓初長夜62)　　　느릿느릿 종소리 긴 밤에 처음 들리고
耿耿星河欲曙天63)　　　밝고 밝은 별들은 날을 새려 하는구나
鴛鴦瓦冷霜華重64)　　　원앙기와 차가운 곳엔 서리꽃이 무겁고
翡翠衾寒誰與共65)　　　비취 이불 추운 곳엔 누구와 함께 할 것인가?
悠悠生死別經年66)　　　아득한 삶과 죽음의 결별 해를 넘겨도
魂魄不曾來入夢　　　　혼백은 아직껏 꿈속에도 아니 들어오네

臨邛道士鴻都客67)　　　임공땅의 도사 궁궐의 손님 되어
能以精誠致魂魄　　　　정성으로 귀비의 혼백을 부를 수 있다는데
爲感君王展轉思68)　　　임금의 잠 못 이루는 그리움에 감동되어
遂敎方士殷勤覓69)　　　마침내 방사를 시켜 정성스레 찾도록 하였네
排空馭氣奔如電70)　　　허공을 가르고 운무를 타면서 번개처럼 내달려
升天入地求之遍71)　　　하늘에 오르고 땅으로 들어가 두루두루 찾았다네

上窮碧落下黃泉72)	위로는 하늘 끝 아래로는 황천까지
兩處茫茫皆不見73)	두 곳 다 아득하여 혼백은 보이지 않네
忽聞海上有仙山74)	홀연히 듣자니 바다 위에 신선의 산이 있다는데
山在虛無縹緲間75)	산은 허무하고 아득한 사이에 있다네
樓閣玲瓏五雲起76)	누각은 영롱하여 오색 구름 일어나고
其中綽約多仙子77)	거기엔 아릿다운 신선 많지만
中有一人字太眞78)	그 중에 한 사람 있는데 자는 태진
雪膚花貌參差是79)	눈 같은 살결 꽃 같은 얼굴 거의 비슷할 거라네
金闕西廂叩玉扃80)	황금집 서쪽 행랑 구슬문을 두드려
轉教小玉報雙成81)	소옥에게 시키어 쌍성에게 일렀더니
聞道漢家天子使82)	한나라 천자의 사신이라는 말을 듣고
九華帳裏夢魂驚83)	찬란한 휘장 속에 꿈꾸던 혼이 놀라서
攬衣推枕起徘徊84)	옷을 잡고 베개 밀며 일어나서 서성이다가
珠箔銀屛迤邐開85)	주렴발과 은병풍이 나란히 열려진다
雲鬢半偏新睡覺	구름같은 머리 한쪽으로 흐트러져 새잠에서 깨어나
花冠不整下堂來86)	화관도 매만지지 않은 채 대청에서 내려오는구나
風吹仙袂飄飄擧87)	바람 불어 신선의 소매자락 나풀거리는데
猶似霓裳羽衣舞	생전에 예상우의 걸치고 춤을 추는 듯
玉容寂寞淚闌干88)	옥 같은 얼굴 적막속에 눈물은 마구 흘러
梨花一枝春帶雨	봄날 가지에 달린 배 꽃에 비를 머금은 듯 하네
含情凝睇謝君王89)	정을 머금고 응시하며 임금에게 감사하며 말하네
一別音容兩渺茫90)	한번 이별에 음성도 얼굴도 아득하기만 합니다
昭陽殿裏恩愛絶91)	전생의 소양전엔 은애 끊겼지만
蓬萊宮中日月長92)	이승의 봉래궁엔 장생불사 하오리라
回頭下望人寰處93)	고개 돌려 아래로 인간 세상 내려보니
不見長安見塵霧94)	장안은 보이지 않고 먼지와 안개만 보입니다
唯將舊物表心情	오직 옛 선물로 심정을 드러내고자
鈿合金釵寄將去95)	금합과 금차를 부쳐 보내며
釵留一股合一扇96)	금차는 한 다리를, 금합은 한 조각을 남깁니다
釵擘黃金合分鈿97)	금차는 황금을 쪼개었고 금합은 새긴금을 나눕니다
但教心似金鈿堅98)	다만 마음이 금처럼 굳게 하신다면

天上人間會相見　　천상에서, 인간세상에서 만날 날이 있으리다
臨別殷勤重寄詞99)　이별에 임하여서 은근히 거듭 글을 부치니
詞中有誓兩心知100)　글 가운데 서약 있어 두 사람만 알 것입니다
七月七日長生殿101)　어느 해 7월7일 장생전에서
夜半無人私語時　　한밤 중 아무도 없어 사사롭게 말씀하실 때
在天願作比翼鳥102)　하늘에선 비익조가 되자구나
在地願爲連理枝103)　땅에서는 연리지가 되자구나 하셨으니
天長地久有時盡　　하늘은 길고 땅은 오래되어도 다할 날이 있겠지만
此恨綿綿無絶期104)　이 한은 면면히 이어져 끊어질 날 없으리라

주 석

1) 백거이(白居易): (772-846), 자(字)는 낙천(樂天), 만호(晚號)는 향산 거사(香山居士)이다. 하규(下邽)[지금의 섬서성(陝西省) 위남현(渭南縣)]사람이다. 그는 중국 역사상 저명한 현실주의 시인 중의 한 명이다. 문학에 대해서 '문장은 시기에 맞을 때 짓고, 시가는 사건과 맞을 때 쓴다. 文章合爲時而著, 歌詩合爲事而作'라는 주장을 했다. 그리고 '풍설을 조롱하고, 화초를 희롱한다. 嘲風雪, 弄花草'에 반대 하여 의탁한 작품이 없다. 그래서 신악부(新樂府) 운동의 창도자가 되었다. 그의 장편 서사시 <장한가 長恨歌>와 <비파행 琵琶行>은 사상과 예술성에 있어 인구에 회자되는 유명한 작품이다. 시의 언어는 통속적이고 예술적 성취는 매우 높다. '長恨'의 고사를 차츰차츰 펼쳐 보임으로써, 사람들로 하여금 느끼는 도중에 인식하도록 하고 의미심장하여 자세히 음미하게 한다. 그와 원진(元稹)은 우의가 돈독하고 이름을 나란히 하여 세상에서 '원백(元白)'이라고 일컬었다. 또 유우석(劉禹錫)과 함께 시사(詩詞)를 많이 주고 받아서 사람들이 '유백(劉白)'이라고 일컬었다.
2) 한황(漢皇): 한(漢) 무제(武帝). 여기에서 시인이 당조(唐朝)를 직접 말하기가 불편하기 때문에 이에 한황을 빌어 당현종(唐玄宗) 이융기(李隆基)를 가리키는 것이다.

경국(傾國): 경국지색(傾國之色). 한 나라에서 첫째 가는 미인. 임금이 가까이 하면 홀딱 반하여 나라를 뒤집을 만한 절세의 미인.

3) 어우(御宇): 천자(天者)가 재위(在位)하는 동안의 치세(治世)

4) 양(養): 기르다. 성장하다.

   식(識): 알다.

5) 여질(麗質): 고운 바탕. 아름다움의 본질, 미인.

   난자기(難自棄): 자기의 미모를 용납하여 저버릴 수 없다.

6) 선(選): 가리다. 여럿 가운데서 뽑음.

7) 회두(回頭): 고개를 돌아봄.

   미(媚): 아름답다.

8) 육궁(六宮): 천자의 후궁(後宮).

   분대(粉黛): 얼굴에 바르는 분과 눈썹을 그리는 먹. 전(轉)하여 화장, 미인을 말함.

   안색(顔色): 얼굴에 나타나는 기색. 얼굴 빛.

9) 사(賜): 주다. 하사하다.

   욕(浴): 미역감다. 목욕하다.

   화청지(華淸池): 소응현(昭應縣)[지금의 섬서성(陝西省) 임동현(臨潼縣)] 남쪽의 여산(麗山)에 있다. 그 곳엔 온천이 있는데 이융기(李隆基)는 이곳에 화청궁(華淸宮)을 증축했고 여러곳에 욕탕을 개척했다.

10) 활(滑): 반드럽다. 미끄러지다.

    세(洗): 씻다.

    응지(凝脂): 희고 윤택있는 살결.

11) 시아(侍兒): 귀비(貴妃)를 모시는 궁녀.

    부기(扶起): 도와 일으킴.

    교(嬌): 아리땁다.

12) 승(承): 받들다.

    은택(恩澤): 은혜(恩惠)

13) 운빈(雲鬢): 미인의 머리털을 검은 구름에 비유하여 이른 말.

    화안(花顔): 꽃같은 용모.

    금보요(金步搖): 여자의 머리 장식. 은사로 매우 가늘게 용수철을 만들고 그 위에 금으로 된 새 모양을 만들어 붙여 걸을 때마다 떨게 되어 있다.

14) 부용(芙蓉): 연의 이칭. 즉 연꽃을 의미한다.

　　장(帳): 휘장.

　　난(暖): 따뜻하다.

　　도(度): 건네다. 보내다.

　　춘소(春宵): 봄밤.

15) 승환(承歡): 사람을 기쁘게 함. 기분을 맞춤.

　　연(宴): 잔치.

16) 유(遊): 놀다.

　　전야(專夜): 한밤을 황제와 함께 함.

17) 가려(佳麗): 용모가 아름다움. 즉 미녀를 뜻한다.

18) 총애(寵愛): 특별히 귀엽게 여겨 사랑함.

19) 금옥(金屋): 황궁(皇宮) 내원(內院)에서 부녀들을 전문으로 수련시
키기 위한 화려한 방을 가리킨다.

　　장성(妝成): 모양을 가지런히 하는 것으로 여기서는 화장의 의미
이다. 교(嬌): 요염한 자태로 아양부리는 모양.

20) 옥루(玉樓): 지극히 화려한 누각(樓閣)으로 황궁 내원을 가리킨다.

　　파(罷): 파하다.

21) 자매구(姉妹句) 시구: 양귀비의 세 언니와 두 오빠도 모두 봉하여
졌는데 언니 셋이 한국부인(韓國夫人), 괵국부인(虢國夫人), 진국
부인(秦國夫人)의 칭호를 받았고, 종형(從兄) 섬(銛)은 홍려경(鴻
臚卿), 기(錡)는 시어사(侍御史), 종조형(從祖兄) 조(釗)는 재상이
됨(황제가 국충(國忠)이라는 이름을 지어줌)

　　열토(列土): 토지를 구획해서 분봉(分封)하는 것.

22) 가련(可憐): 모양이 어여쁘고 아름다운.

23) 수(遂): 드디어.

　　령(令): 하여금.

24) 여궁(驪宮): 화청궁(華淸宮)을 가리킨다. 여산(驪山)에 있다.

　　처(處): 곳.

　　청운(靑雲): 푸른 하늘. 청천(靑天).

25) 선악(仙樂): 신선의 풍악. 아름다워 듣기 좋은 음악을 칭찬하는 말.

　　표(飄): 회오리 바람, 바람에 날리다.

26) 완가(緩歌): 박자가 완만한 가곡이다.

　　만무(漫舞): 만무(慢舞)와 통한다. 즉 느린 춤을 의미한다.

　　응사죽(凝絲竹): 사(絲)는 현악기이고, 죽(竹)은 관악기이다. 응사

죽은 즉 각종 악기를 합주하여 서서히 소리를 내는 것이다.

27) 어양(漁陽句) 시구: 천보(天寶) 14년 (755년) 안록산(安祿山)이 범양(范陽)에서 반란을 일으킨 것을 말한다. 다음해 유월 장안을 함락시켰다.

어양(漁陽): 지금의 하북성(河北省) 계현(薊縣)에 있다. 당시에 안록산의 군대가 주둔한 곳이다.

비고(鼙鼓): 전고(戰鼓)로서 기병이 마상에서 치는 북이다.

28) 경(驚): 놀래다.

파(破): 깨지다. 완료하다.

예상우의곡(霓裳羽衣曲): 춤곡의 이름. 서역(西域)의 음악 반주가 있는 춤의 하나이다. 이융기(李隆基)가 젊었을 적에 도사의 힘을 빌려 월궁의 선녀들이 춤추고 노래 부르는 것을 보고 직접 개편하였다 한다. 양옥환(楊玉環: 양귀비)이 왕을 알현 할 때 일찍이 이 곡을 연주하였다.

29) 구중성궐(九重城闕): 황성(皇城)을 말함.

연진생(煙塵生): 전란이 발생하여 도처에 연기 불과 먼지가 일어남을 말함.

30) 천승만기서남행(千乘萬騎西南行): 당(唐) 현종(玄宗)이 안록산(安祿山)의 난을 피해 도망쳐서 촉(蜀)에 들어간 일을 가리킨다.

기(騎): 기병.

31) 취화(翠華): 황제의 수레 덮개와 깃발로서 바로 의장(儀仗)으로 전용된다. 요요(搖搖): 흔들흔들 흔들리어 안정하지 아니한 모양.

부(復): 다시

지(止): 그치다.

32) 도문(都門): 장안(長安) 제성(帝城)의 연추문(延秋門)을 말한다.

33) 육군(六軍): 고대 천자의 육군으로서, 여기서는 우림군(羽林軍) 즉 근위군(近衛軍)을 가리킨다.

34) 완전(宛轉): 양귀비(楊貴妃)가 죽음 앞에 임하여 힘써 버티는 모습을 형용한 말.

아미(蛾眉): 미녀의 대칭(代稱). 여기서는 양귀비를 말한다.

35) 화전(花鈿): 금과 꽃을 끼워 넣은 머리 장식을 가리킨다.

위지(委地): 땅위에 던져 버림.

수(收): 거두다.

36) 취교(翠翹)・금작(金雀)・옥소두(玉搔頭): 모두 머리에 꽂는 장신

구이다.

37) 엄면(掩面): 얼굴을 가리다.

　　구(救): 구원하다.

38) 혈루(血淚): 피눈물.

39) 황애(黃埃): 누런 먼지.

　　산만(散漫): 어수선하게 흩어져 퍼져있음.

　　소삭(蕭索): 쓸쓸한 모양. 처량함.

40) 운잔(雲棧): 높이 구름낀 허공으로 들어가는 사다리 길(棧道)이다.

　　영우(縈紆): 구부러진 모습.

　　검각(劍閣): 곧 검문산(劍門山)인데 지금의 사천성(四川省) 검각현

　　(劍閣縣) 북쪽에 있다.

41) 아미산(峨嵋山): 성도(城都)의 서산(西山)에 있는데 곧 천내(川內)

　　의 명산이다. 그러므로 시인들이 사천(四川)의 대칭(代稱)으로 빌어

　　쓴다.

42) 정기(旌旗): 천자가 사기를 고양할 때 쓰던 깃발.

43) 벽(碧): 푸르다.

44) 조조(朝朝): 매일 아침.

　　모모(暮暮): 매일 밤.

45) 행궁(行宮): 황제가 다른 지방을 순행할 때 잠깐 거처하는 곳.

　　상심(傷心): 마음이 상하다.

46) 영(鈴): 집 처마귀에 달아놓는 풍령(風鈴)이다.

　　장단(腸斷): 창자가 끊어짐. 즉 대단히 애통해 함.

47) 천선지전(天旋地轉): 난리가 평정됨을 말함.

　　용어(龍馭): 황제의 차가(車駕)이다.

48) 차(此): 마외파(馬嵬坡). 즉 양귀비가 죽은 곳이다.

　　주저불능거(躊躇佛能去): 현종이 여기서 배회하여 차마 떠나가지

　　못함을 가리킨다.

49) 마외파(馬嵬坡): 지금의 섬서성(陝西城) 흥평현(興平縣) 서쪽.

　　니토(泥土): 진흙.

50) 옥안(玉顔): 양귀비를 가리킴.

51) 고(顧): 돌아보다.

　　진(盡): 다하다.

　　점(霑): 젖다.

52) 망(望): 바라보다.

　　신마(信馬): 말을 따라감.

　　귀(歸): 돌아가다.

53) 지(池): 연못.

　　원(苑): 동산.

　　의구(依舊): 옛날과 다름이 없다.

54) 태액(太液): 태액지(太液池)로서 대명궁(大明宮) 안에 있는 연못이
다. 여기서는 한(漢)을 빌어 당(唐)을 말한다.

　　미앙(未央): 미앙전(未央殿), 한대(漢代)의 미앙궁(未央宮)의 옛 이
름을 계속하여 사용한다. 옛터가 지금의 서안시(西安市) 성구(城區)
서북쪽에 남아있다.

55) 루수(淚垂): 눈물을 흘리다.

56) 남내(南內): 당(唐)나라의 홍경궁(興慶宮). 궁성(宮城)의 남부에 있
다. 이융기(李隆基)가 장안(長安)으로 돌아온 후 더 이상 황제를 할
수 없어 우선 홍경궁에서 살았는데 후에 서내(西內)[서궁]에 거처
하였다.

57) 계(階): 섬돌.

　　소(掃): 쓸다.

58) 이원(梨園): 이융기(李隆基)가 가무(歌舞) 예술인을 배양하던 곳.

　　자제(子弟): 예술 생도를 가리킨다.

　　백발(白髮): 하얗게 센 머리.

59) 초방(椒房): 후비가 거주하던 곳으로 화초(花椒), 즉 산초나무의
열매를 진흙과 섞어 벽에 바르면 따뜻하고 향기가 은은하며 아들
을 많이 낳으라는 뜻을 취했다.

　　아감(阿監): 태감(太監)이다.

　　청아(靑娥): 소녀, 여기서는 궁녀를 가리킨다.

60) 전(殿): 큰집. 궁성.

　　형비(螢飛): 반딧불이 날다.

　　초연(悄然): 고요한 모양. 쓸쓸한 모양.

61) 고등(孤燈): 한사람이 지키는 등으로 외롭고 혼자임을 형용한다.

　　도진(挑盡): 등불을 돋우다. 즉, 밤이 깊었음을 형용한다.

62) 지지(遲遲): 침착하고 진중한 모양. 더딘 모양.

63) 경경(耿耿): 별이 밝은 모습.

서천(曙天): 새벽 하늘. 새벽.

64) 원앙와(鴛鴦瓦): 기와를 말함과 같다.

상화(霜華): 상화(霜花). 서리를 꽃에 견주어 이른 말.

65) 비취금(翡翠衾): 수를 놓아 문채가 있는 이불.

66) 유유(悠悠): 근심하는 모양. 아득하게 먼 모양.

경년(經年): 여러 해를 지남.

67) 임공(臨邛): 지금의 사천성(四川省) 공래현(邛峽縣)이다.

홍도객(鴻都客): 서울에 있는 나그네. 홍도는 한궁(漢宮)의 문 이름
인데 뒤에 서울의 대칭(代稱)이 되었다.

68) 전전(展轉): 밤에 잠이 오지 않아 몸을 엎치락 뒤치락함.

69) 방사(方士): 신선을 만나고 연단술을 배워 생노병사를 초월하여
불노장생을 구할 수 있다는 사람.

70) 배(排): 밀치다.

어(馭): 부리다.

분(奔): 달리다.

71) 승천(升天): 하늘에 오르다.

편(遍): 두루

72) 벽락(碧落): 도가에서 말하는 푸른 하늘.

황천(黃泉): 도가에서 말하는 지하의 세계.

73) 망망(茫茫): 넓고 멀어 아득한 모양.

74) 홀(忽): 홀연히.

75) 표묘(縹緲): 표묘(縹眇). 높고 먼 모양. 아득한 모양.

76) 영롱(玲瓏): 정교한 모습.

77) 작약(綽約): 유약(柔弱)한 모습.

78) 태진(太眞): 양옥환(楊玉環)이 여도사가 되었을 때의 호(號)가 태
진이다.

79) 참치시(參差是): 양귀비와 서로 차이가 얼마 안된다는 뜻.

80) 고(叩): 두드리다.

옥경(玉扃):옥으로 된 문

81) 소옥(小玉), 쌍성(雙成): 모두 고대 신화 속의 선녀의 이름이다. 여기
서는 양옥환(楊玉環)이 선산(仙山)에 있을 때의 여종을 가리킨다.

82) 문도(聞道): 들으니

83) 구화장(九華帳): 지극히 화려하고 아름다운 장막이다.

리(裏): 안. 속.

경(驚): 놀라다.

84) 남(攬): 잡다. 추침(推枕): 베게를 밀어 올리다.

배회(徘徊): 노닒. 천천히 이리저리 왔다 갔다 함.

85) 주박(珠箔): 구슬을 엮은 발.

은병(銀屏): 은 병풍.

이리(迤邐): 이어져 끊이지 않고 잇달아 뻗은 모양.

86) 화관(花冠): 아름답게 장식한 관.

정(整): 가지런하다. 정돈하다.

87) 메(袂): 소매.

표표거(飄飄擧): 바람에 가볍게 들려 나부끼는 모양.

88) 누난간(淚闌干): 눈물이 많이 나오는 모양.

89) 응제(凝睇): 주시(注視)함.

90) 묘망(渺茫): 묘묘(渺渺). 수면이 한없이 넓은 모양.

91) 소양전(昭陽殿): 한(漢)나라의 후궁(後宮)들의 내전(內殿), 조비연 (趙飛燕) 자매가 거처하였다. 여기서는 양귀비가 생전에 거처하 던 궁을 가리킨다.

92) 봉래(蓬萊): 동해에 신선이 사는 산(山).

일월장(日月長): 귀비가 신선이 된 후 장생불사함을 형용한다.

93) 인환(人寰): 사람이 사는 곳. 곧 이 세상.

94) 진무(塵霧): 먼지와 안개.

95) 전합(鈿合): 황금을 끼워 박은 합이다.

금차(金釵): 금으로 된 머리 장신구로 꽃의 가지처럼 다리가 나뉘 어져 있다.

기(寄): 부치다.

장(將): 보내다.

96) 유(留): 머무르다.

고(股): 넓적다리.

선(扇): 문짝. 조각. 부채

97) 벽(擘): 나누다.

98) 견(堅): 굳다.

99) 임(臨): 임하다.

100) 서(誓): 맹세. 서약.

101) 장생전(長生殿): 천보(天寶) 원년(元年)에 만들었다. 화청궁(華淸宮)안에 있는 전당(殿堂)이다.

102) 비익조(比翼鳥): 암수가 날개를 가지런히 하여 날아가는 새. 은애(恩愛)가 나누어지지 않음을 비유함.

103) 연리지(連理枝): 두개의 가지가 서로 이어져 있는 나무인데 부부 일체를 비유한다.

104) 면면(綿綿): 길고 멀어 끊이지 않는 모습

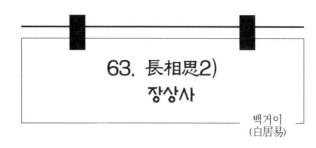

63. 長相思2)
장상사

백거이
(白居易)

汴水流3)	변수는 흐르고
泗水流4)	사수도 흐르고 흘러
流到瓜洲古渡頭5)	과주의 옛 나루터에 다다랐는데
吳山點點愁6)	오산은 점점이 우수에 차있구나
思悠悠	생각은 끝이 없고
恨悠悠7)	한도 끝간 데 없어
恨到歸時方始休	이별의 한 임 돌아오실 적에야 그칠테니
明月人倚樓	밝은 달아 이 사람은 누각에 기대었네

주 석

1) 백거이(白居易): 중국 중당기(中唐期)의 시인. 자는 낙천(樂天). 호는 취음선생(醉吟先生)·향산거사(香山居士). 산서성[山西省] 태원[太原]. 낙양[洛陽] 부근의 신정[新鄭] 출생. 이백(李白)이 죽은 지 10년, 두보(杜甫)가 죽은 지 2년 후에 태어났으며, 같은 시대의 한유(韓愈)와 더불어 '이두한백(李杜韓白)'으로 병칭된다. 평범한 관료의 가문에서 성장하였으며, 어린시절 빈곤과 전란에 시달렸다. 젊어서 벼슬에 나아간 뒤 직언과 간쟁(諫諍)을 하여 미움을 사 좌천되기도 했으며, 현실비판적인 시를 많이 썼으나 후기에는 한적과 은일을 주로 읊었으며 사상적으로 도교와 불교에 심취했다

2) 장상사(長想思): 이백의 47. ≪장상사≫ 주1)을 참고
3) 변수(汴水): 하남성에서 회수(淮水)로 흐르고 강소성의 운하와 통한다. 하남성(河南省) 영양현(榮陽縣)의 서남쪽을 흐르는 황하의 지류.
4) 사수(泗水): 산동성에서 회수로 흘러 운하와 통한다.
5) 과주(瓜洲): 강소성 양주시(揚州市) 남쪽에 있다. 운하는 양자강 입구의 큰 마을과 통한다.
   도두(渡頭): 나룻터
6) 오산(吳山): 장강 하류의 남쪽 일대의 산을 가리킨다. 옛날에는 오나라의 영토였기 때문에 이름이 지어졌다.
   점점(點點): 군데군데
7) 유유(悠悠): 아득하게 먼 모양, 근심하는 모양

64. 寒閨怨1)
한규원

백거이
(白居易)

寒月沈沈洞房靜2)　　깊어가는 밤 차거운 달은 규방에 고요한데

眞珠簾外梧桐影3)　　진주 주발 밖에는 오동나무 그림자

秋霜欲下手先知　　가을 서리 내리려나 내 손이 먼저 알아차려

燈底裁縫剪刀冷4)　　등불 아래 재봉질 가위는 차기만 하네

주 석

1) 한규원(寒閨怨): 이 시는 규중의 젊은 아낙이 저물어 가는 가을 늦은 밤에, 먼 곳으로 원정 나가 있는 남편에게 붙여 주기 위해 겨울 옷을 급히 만드는 정경을 묘사한 것이다. 시의 후반 두 구는 정을 묘사했다. 이는 규중 아낙의 매우 섬세하고 치밀한 자아의 감수를 통해서 이별의 원망과 슬픔을 토로하고 있는데, 이러한 함축의 미는 사람을 높고 먼 이상으로 승화시킨다.

2) 침침(沈沈): 밤이 깊어가는 모양, 그윽하고 조용한 모양, 어둡거나 흐린 모양, 무성한 모양

　동방(洞房): 깊숙한 방이라는 말과 같다.

3) 주렴(珠簾): 구슬을 꿰어 만든 발

4) 재봉(裁縫): 자르고 꿰매다. 재봉질하다.

　전도(剪刀): 가위

65. 琵琶行1)
비파행

백거이
(白居易)

尋陽江頭夜送客2)	심양강가 밤에 손님을 보내자니
楓葉荻花秋瑟瑟3)	단풍잎 갈대꽃에 가을 바람소리
主人下馬客在船4)	주인은 말에서 내려오고 손님은 배를 타며
擧酒欲飮無管絃	이별주 한잔 마시려 하나 음악이 없구나
醉不成歡慘將別	취해도 기쁘지 않아 참담히 헤어지려 하는데
別時茫茫江浸月5)	이별 즈음에 저 멀리 달이 강으로 잠기더라
忽聞水上琵琶聲	홀연히 들려오는 강 위의 비파소리에
主人忘歸客不發	주인은 돌아감을 잊고 나그네는 출발할 줄 몰라
尋聲暗問彈者誰6)	소리 찾아 몰래 묻네 타는 사람 누구냐고
琵琶聲停欲語遲	비파소리 그쳐지고 느릿느릿 말해온다
移船相近邀相見	배 옮겨 가까이 하고 맞이하여 보고자
添酒回燈重開宴	술 더 내오고 등잔에 또 기름 부어 잔치 거듭 열며
千呼萬喚始出來7)	천 번을 외치고 만 번 부르자 비로소 나오는데
猶抱琵琶半遮面	망설이며 비파를 안고서 얼굴을 반이나 가리더라
轉軸撥絃三兩聲8)	거문고 줄 맞춰 두세번 튕기는 소리
未成曲調先有情	곡조도 타기 전에 정 먼저 품었구나
絃絃掩抑聲聲思9)	줄마다 낮추어 소리소리 생각이 서려
似訴平生不得志	평생에 못 이룬 뜻을 하소연 하는 듯
低眉信手續續彈10)	눈썹 내려 깔고 손 뻗쳐 이어이어 타는데
說盡心中無限事	마음속 끝이 없는 일들을 다 말하는 듯

輕攏慢拈抹復挑11)	가볍게 느리게 온갖 솜씨 다하여
初爲霓裳後六么12)	처음에는 예상곡 나중에는 육요곡
大絃嘈嘈如急雨13)	큰 줄은 요란스레 소나기 오듯
小絃切切如私語14)	작은 줄은 간절하게 속삭이듯
嘈嘈切切錯雜彈15)	요란스레 간절히 얽히어 타는데
大珠小珠落玉盤	큰 구슬 작은 구슬 옥 쟁반에 떨어지고
間關鶯語花底滑16)	꾀꼬리 소리 꽃 아래로 미끌어지며
幽咽泉流水下灘	졸졸 흐르는 샘물 여울로 내려가고
水泉冷澁絃凝絶17)	샘물 차가워 얼어붙듯 줄도 엉켜 끊어지네
凝絶不通聲漸歇	엉기고 끊겨 소통 못하자 소리 점점 그치는데
別有幽情暗恨生	그윽한 슬픔 남 모를 한탄 따로 있어 일어나니
此時無聲勝有聲	이때서야 소리 없음이 있음보다 더 좋아라
銀瓶乍破水漿迸18)	갑자기 은병 깨져 물이 쏟아지고
鐵騎突出刀槍鳴	철기병 돌출하여 창칼이 부딪쳐 울리네
曲終收撥當心畫19)	곡을 마치고 채 거두며 중심을 그으니
四絃一聲如裂帛20)	네 줄이 한 소리로 베를 찢어내듯
東船西舫悄無言	동서의 배에선 사람들이 초연하여 말이 없고
唯見江心秋月白	오직 강 속의 밝은 가을달만 보이더라
沈吟放撥揷絃中21)	침울하게 한숨 지으며 채를 줄 속에 꽂고
整頓衣裳起斂容22)	옷을 여미고 얼굴을 가다듬어
自言本是京城女	스스로 하는 말 저는 본디 서울여자로
家在蝦蟆陵下住23)	집은 하마릉 아래 있었답니다
十三學得琵琶成	열 세 살에 거문고 다 배우고
名屬教坊第一部24)	이름은 교방 제일부에 속했다오
曲罷曾教善才服25)	연주 마치고 나면 일찍이 악사들을 탄복시켰고
粧成每被秋娘妬26)	화장하면 언제고 기녀들의 질투 받고
五陵年少爭纏頭27)	오릉의 젊은이들 다투어 돈 뿌리고
一曲紅綃不知數28)	한 곡조에 붉은 비단 부지기수였지요
鈿頭銀篦擊節碎29)	금장식 은비녀도 박자 치다 부서지고
血色羅裙飜酒汚30)	붉은 빛 비단 치마 술을 엎어 더럽히며
今年歡笑復明年31)	금년에 기뻐 웃고 명년에도 그러하고

秋月春風等閑度32)	가을달 봄바람도 한가로이 넘겼다오
弟走從軍阿姨死33)	동생은 군대 가고 자매는 죽어가고
暮去朝來顔色故34)	저녁 가고 아침 오니 얼굴은 늙어
門前冷落車馬稀35)	문 앞은 냉랭하고 수레는 드물어져
老大嫁作商人婦36)	늙은 몸 시집가니 장사꾼의 아내라오
商人重利輕別離	장사꾼 이끗만 중시하고 이별을 경시하니
前月浮梁買茶去37)	지난 달 부량 땅에 차를 사러 가버렸소
去來江口守空船	강나루 오고 가며 빈배만 지키는데
繞船月明江水寒38)	뱃전을 휘감은 달은 밝고 강물은 차갑구려
夜深忽夢少年事	깊은 밤 홀연히 젊은 날 꿈꿀 적에
夢啼妝淚紅闌干39)	꿈속에도 울어 화장에 붉게 얼룩진 눈물 주루루 흘렀소
我聞琵琶已嘆息	나는 비파소리 듣고 나서 이미 탄식하였더니
又聞此語重唧唧40)	이 얘기 듣고 나니 거듭 슬퍼지네
同是天涯淪落人41)	똑같이 강호에서 떠도는 사람끼리
相逢何必曾相識42)	하필이면 일찍이 상봉하여 알아야만 될까?
我從去年辭帝京43)	이 몸은 지난해부터 서울을 떠나온 뒤로
謫居臥病尋陽城44)	심양성에 귀양와서 병들어 누웠다오
尋陽地僻無音樂	심양땅 외진 곳이라 음악도 없어
終歲不聞絲竹聲45)	일년 내내 악기 소리 듣지를 못하였소
住近湓江地低濕46)	집 근처 분강 땅은 낮고도 습하여서
黃蘆苦竹繞宅生47)	누런 갈대 참 대가 집을 둘러 돋았으니
其間旦暮聞何物48)	그 속에서 아침 저녁 무엇을 듣단 말고?
杜鵑啼血猿哀鳴49)	두견새 피울음 원숭이 슬픈 울음
春江花朝秋月夜	봄날 강가 꽃피는 아침 가을 달 뜨는 저녁에
往往取酒還獨傾50)	가끔씩 술 가져다 혼자서 기울였네
豈無山歌與村笛51)	산 노래 촌 피리 어찌 없겠는가마는
嘔啞嘲哳難爲聽52)	박자 맞지 않아 듣기도 어려워라
今夜聞君琵琶語	오늘밤 그대의 비파소리 듣고 나니
如聽仙樂耳暫明53)	신선음악 들은 듯 귀가 한때 맑아지오
莫辭更坐彈一曲54)	사양 말고 다시 앉아 한 곡조 타 주시면
爲君翻作琵琶行55)	그대 위해 악보 따라 비파행을 지으리다

感我此言良久立	내 말 듣고 감격하여 한참 서 있다가
却坐促絃絃轉急	다시 앉아 줄 당겨 줄을 급히 타니
凄凄不似向前聲56)	처절하여 앞소리와 같지 않더라
滿座重聞皆掩泣57)	가득 앉아있는 사람들 다시 듣고는 모두 얼굴 가려 흐느낀다
座中泣下誰最多58)	좌중에 흘린 눈물 누가 가장 많다 하던고?
江州司馬靑衫濕59)	강주사마 푸른 적삼은 눈물에 젖었더라

주 석

1) 비파행과 장한가는 모두 국내외에서 사람의 입에서 입으로 전하여 외워진 이름난 시편이다. 일찍이 작가의 생전에 이미 "어린 아이도 <장한곡>을 해석하고 오랑캐 아이도 <비파>편을 노래할 수 있다"라고 했다.

2) 심양강(尋陽江): 지금의 강서성(江西省) 구강시(九江市) 북쪽 편에 있는 장강.

3) 적(荻): 물가에서 생기는 일종의 식물, 형태는 갈대와 흡사하다.
슬슬(瑟瑟): 가을 바람의 소리

4) 주인(主人): 작자 본인
객인(客人): 작자의 친구

5) 강침월(江浸月): 달 그림자가 강 안쪽에 떨어진 것.

6) 탄(彈): 악기 같은 것을 탐.

7) 호(呼): 오라고 소리를 내어 부름.

8) 전축(轉軸): 방향을 바꾸는 것으로 현악기의 줄을 고르는 데 쓰는 기러기발로 현을 조절하여 음조를 알맞게 하는 것.
발(撥): 현악기 줄을 튕김.

9) 엄(掩): 가리다. 숨기다.
억(抑): 누르다. 굽히다.

10) 신수(信手): 손이 움직이는대로 둠.
속속(續續): 계속하여 끊어지지 아니함.

11) 롱, 년, 말, 도(攏, 拈, 抹, 挑): 모두 비파를 타는 운지법이다. 누르고, 비비고, 쓰다듬고, 튕기는 기법.

12) 예상(霓裳): 월궁항아(月宮姮娥)의 음악을 모방한 노래라고 함. 즉 예상우의곡이다. 본래 외부에서 들여온 악곡으로 먼저 신강, 감숙에서부터 점차 내륙까지 전해졌다.
   육요(六么): 또한 당조 때 유행한 악곡이다.
13) 조조(嘈嘈): 시끄러운 모양, 떠들석하게 지껄이는 모양.
   급우(急雨): 소나기
14) 절절(切切): 매우 간절한 모양
   사어(私語): 비밀 이야기
15) 착잡(錯雜): 뒤섞여서 순서가 없음.
16) 간관(間關): 새가 우는 소리
   활(滑): 미끄러지다.
17) 삽(澁): 굳어서 매끄럽지 않다.
18) 은병(銀瓶): 옛 사람들이 우물에서 물을 긷는 기구
19) 발(撥): 비파를 타는 공구
20) 열백(裂帛): 비단을 찢음
21) 침음(沈吟): 깊이 생각에 잠기다.
   삽(揷): 꽂다.
22) 정돈(整頓): 가지런히 하다.
   렴용(斂容): 용모를 단정히 하다.
23) 하마릉(蝦蟆陵): 장안(長安), 지금의 섬서성(陝西省) 서안(西安) 동남쪽에 있는 동중서(董仲舒)의 무덤인데, 당시 행락(行樂) 지역이었다.
24) 속(屬): 속하다. ~에 붙어있다.
   교방(教坊): 당조(唐朝)때 고악청이 주관하여 가녀(歌女)를 교련시키던 기관이다.
25) 파(罷): 끝나다. 파하다. 그만두다.
   선재(善才): 당조 때 악사의 총칭, 비파에 능한 사람들.
   증(曾): 일찍이.
   교(敎): ~하여금.
26) 장(粧): 단장하다. 얼굴 등을 꾸미다.
   피(被): 당하다.
   추랑(秋娘): 당나라 때 미녀의 총칭

27) 오릉(五陵): 장안성 밖에 있다. 본래 한나라 조정의 다섯명의 황제를 장사 지낸 곳에 있는데, 나중에는 부유한 사람들의 행락 지역이 되었다.

　년소(年少): 어린 사람.

　전두(纏頭): 가녀들에게 주는 재물.

28) 홍초(紅綃): 홍색의 견직물.

29) 전두, 은비(鈿頭, 銀篦): 모두 고대 부녀자들이 머리 위에 사용하는 장식품.

　격절(擊節): 노래를 부를 때 박자를 맞추는 동작.

30) 나군(羅裙): 얇은 비단으로 만든 치마.

　번(飜): 날다. 나부끼다. 엎다.

31) 환(歡): 기뻐하다.

32) 등한도(等閑度): 한가로이 세월을 보냄.

33) 아이(阿姨): 어머니나 아내의 자매를 일컫는 말.

34) 고(故): 쇠하다.(=古)

35) 냉락(冷落): 쓸쓸한 마음.

36) 노대(老大): 늙은 것. 나이먹음.

37) 부량(浮梁): 지금의 강서성(江西省)에 속한다.

38) 요(繞): 두르다. 휘감다.

39) 제(啼): 울다.

　장루(妝淚): 붉은 분으로 화장한 얼굴에 내리는 눈물.

　난간(闌干): 눈물이 많이 나오는 모양.

40) 즉즉(喞喞): 탄식하는 소리, 벌레가 요란하게 우는 소리.

　중(重): 거듭하다.

41) 천애륜락인(天涯淪落人): 강호(江湖)에서 유랑하는 사람.

42) 봉(逢): 만나다.

43) 사(辭): 작별하고 멀리 떠나다.

　제경(帝京): 임금이 계신 서울.

　거년(去年): 지난해.

44) 적거(謫居): 귀양살이 하고 있는 처지.

　심양성(潯陽城): 심양현의 한 지명.

45) 사죽(絲竹): 음악. 사는 현악기이고, 죽은 퉁소 종류로 대나무를 사용해서 만든 악기이다.

46) 분강(湓江): 강서성 청분산(清湓山)에서 발원(發源)하여 동으로 흐르는 양자강(揚子江)의 한 지류.

47) 로(蘆): 갈대.
고죽(苦竹): 대의 종류로써 참대를 말함.

48) 하물(何物): 어떤 것(물건).

49) 두견(杜鵑): 뻐꾸기 비슷한 철새. 소쩍새. 망제(望帝)의 죽은 넋이 화(化)하여 되었다는 전설이 있다.
원(猿): 원숭이.

50) 왕왕(往往): 이따금. 가끔씩.

51) 적(笛): 피리.

52) 구아조찰(嘔啞嘲哳): 새 소리가 시끄럽게 지저귀는 것.

53) 잠(暫): 잠깐, 한때.

54) 사(辭): 사양하다.
탄(彈): 탄환. 악기를 타다.

55) 번작(飜作): 비파의 곡을 번역하여 시로 씀.

56) 처처(凄凄): 싸늘한 모양. 쓸쓸한 모습.
향전(向前): 앞서 전에 것.

57) 엄(掩): 가리다.

58) 강주(江州): 지금의 강서성 구강시(九江市).
사마(司馬): 당나라 때의 지방관직명으로 자사(刺史)를 도와 정무를 처리했다. 이것은 작자 자신을 가리킨다.
청삼(青衫): 당나라에서 비교적 직위가 낮은 관원이 입는 옷.

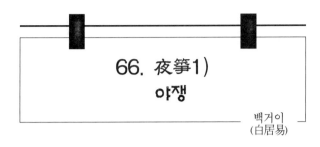

66. 夜箏1)
야쟁

백거이
(白居易)

紫袖紅弦明月中2)　　밝은 달빛에 자주빛 소매로 붉은 현 타니
自彈自感闇低容3)　　스스로 타다가 스스로 느끼며 정색을 하네
弦凝指咽聲停處4)　　현이 엉기고 손가락 밑의 삼킨 소리마저 그친 곳에
別有深情一萬重　　따로 천만 겹의 깊은 정이 있네

주석

1) 야쟁(夜箏): 이 <야쟁 夜箏>은 흡사 시인이 <비파행>시를 요약한 것 같아서 응축 세련된 묘미는 단지 시인 자신만이 지니게 될 경지에 도달할 수 있다. 쟁(箏)은 대쟁과 비슷한 13줄로 된 악기이다.

2) 자수홍현(紫袖紅弦): 자수(紫袖)는 쟁(箏)을 연주하는 사람을 가리킨다. 홍현(紅弦)은 쟁(箏)을 가리킨다.(이러한 수사는 상당히 형상미를 갖추었다.)

3) 탄(彈): 연주하다.
   암저용(闇低容): '바로 태도를 바로 잡다', '정색을 하다'는 뜻이다. 암(闇)은 '암(暗)'의 이체자(異體字)이다.

4) 연(咽): 삼키다. 목메다(열). 목구멍(인)
   정(停): 머무르다

67. 竹枝詞二首(選一首)2)
죽지사 이수(선일수)

유우석
(劉禹錫)1)

楊柳靑靑江水平3)　하늘거리는 버들 나무 가지 강물과 수평인데
聞郞岸上唱歌聲4)　언덕에서 님의 노랫소리 들려오네
東邊日出西邊雨　동쪽에 해 뜨고 서쪽에 비 내리니
道是無晴却有晴5)　개임이 없다 할 손가 아니면 개임이 있다 할까

주 석

1) 유우석(劉禹錫): 자는 몽득(夢得), 팽성(彭城) [지금의 강소성(江蘇
城) 서주시(徐州市)] 사람. 그는 유종원(柳宗元)과 함께 왕숙문(王叔
文)의 정치혁신단체의 주요인물이 되었다. 그가 기주(夔州) [지금
의 사천(四川) 봉절현(奉節縣)]에서 관직을 맡고 있을 때 그 지방
민가로부터 자양분을 흡수하여 작품을 써왔는데 낙관적이고 유창
하게 썼다. 말마다 모두 노래가 될 수 있었다.
2) 죽지사(竹枝詞): 본래 고대 서남지방의 민간가요이다. 시인은 민간
정가를 모방하여 첫사랑에 빠져버린 소녀의 심정을 썼다. 죽지(竹
枝)는 가사(歌詞)의 한 체(体)로 남녀의 정사 또는 지방의 풍속을
읊은 노래를 가리킨다.
3) 양유(楊柳): 버들나무, 강수평(江水平): 즉 봄에 조수가 불어나 물과
언덕의 높이가 같아지는 것이다.
4) 안(岸): 언덕
5) 청(晴): 정(情)과 중국어 발음이 같다.

68. 竹枝詞1)九首,(選一首)
죽지사 구수(선일수)

유우석
(劉禹錫)

山桃紅花滿山桃2)　　산도나무 붉은 꽃은 산봉우리에 그득하고
蜀江春水拍山流3)　　촉강의 봄물은 산을 치며 흘러가네
花紅易衰似郞意4)　　붉었다가 쉬 지는 꽃은 그대 뜻과 흡사하고
水流無限似儂愁5)　　끝없이 흐르는 강물은 나의 시름 닮았어라

주 석

1) 이것은 구수(九首) 중 두 번 째 수(首)이다.
2) 산도(山桃): 소귀나무과에 속하는 상록교목, 붉은 꽃이 피며, 열매
   도 먹을 수 있다.
3) 박(拍): 치다
4) 쇠(衰): 쇠하다. 미약해지다.
   랑(郞): 낭군, 아내가 남편을 부르는 말
5) 수류무한(水流無限) 시구: 남당(南唐) 이욱(李煜)이 지은 <우미인
   虞美人>의 "그대에게 묻노니 얼마나 수심이 많을손가? 마치 동쪽
   으로 흐르는 봄의 강물 같구나. 問君能有幾多愁, 恰是一江春水向
   東流"라는 명구(名句)가 있는데 바로 이 구(句)에서 탈화하여 나온
   것이다.
   농(儂): 나, 고대에 여자가 스스로를 일컫는 말이다.

69. 和樂天≪春詞≫1)
화낙천≪춘사≫

유우석
(劉禹錫)

新粧宜面下朱樓2) 새 화장 얼굴에 잘 받아 붉은 누각 내려가니
深鎖春光一院愁3) 봄볕을 꼬옥 가두어 온 담안에 수심만이 서린다
行到中庭數花朶4) 거닐다 뜰 안에 이르니 몇 송이 꽃들이여
蜻蜓飛上玉搔頭5) 잠자리들은 옥비녀 위로 날아오르는데

주 석

1) 춘사(春詞): 낙천에게 화답했다는 춘사<春詞>는 바로 백거이(白居易)가 지은 아래의 춘사<春詞>에 화답한 것이다. "낮게 드리운 꽃핀 나무는 아담하게 단장한 누각에 비치고, 봄은 미간에 들어와 두 점에 근심서렸네. 低花樹映小粧樓, 春入眉心兩點愁. 비스듬히 난간에 기대어 앵무새를 등지고, 무슨 일로 돌아오지 않는지 생각하네. 斜倚欄杆背鸚鵡, 思量何事不回頭."에 화답하는 시이다. 유우석(劉禹錫)의 화답시 역시 똑같이 규방 여자의 이별의 근심을 썼다.

2) 의면(宜面): 용모와 잘 어울린다는 뜻이다.

3) 쇄(鎖): 가두다. 잠그다
   원(院): 담, 뜰.

4) 화타(花朶): 꽃송이

5) 청정(蜻蜓): 잠자리.

소두(搔頭): 머리 장식품, 비녀의 다른 이름. 백거이(白居易)의 <장한가 長恨歌>: "꽃비녀 땅에 떨어져도 거두는 이 없네, 취교도 금작도 옥비녀까지. 花鈿委地無人收, 翠翹金雀玉搔頭."

70. 遣悲懷2)
견비회

其一   첫째 시

謝公最小偏憐女3)   사공이 가장 사랑한 어린 따님

自嫁黔婁百事乖4)   검루에게 시집온 뒤 모든 일 어그러졌어라

顧我無衣搜藎篋5)   날 돌보느라 옷 없으면 옷상자를 뒤졌고

泥他沽酒拔金釵6)   남편을 달래고자 술 사주러 금비녀 뽑았지

野蔬充膳甘長藿7)   채소로 밥 때우고 긴 콩잎 달게 먹으며

落葉添薪仰古槐8)   낙엽을 땔감에 보태려 마른 홰나무 쳐다보았지

今日俸錢過十萬9)   이제는 봉급이 십만냥도 더 되었으니

與君營奠復營齋10)   융숭한 제물 갖추어 영령에게 고합니다

其二   둘째 시

昔日戲言身後事11)   옛날 죽은 뒤의 일을 농담처럼 했는데

今朝都到眼前來   오늘 아침 모두가 내 눈 앞에 닥쳐왔구료

衣裳已施行看盡12)   남은 옷은 이미 다 처분했지만

針線猶存未忍開13)   쓰던 바느질 고리 아직 있는데 차마 열지 못하겠네

尙想舊情憐婢僕14)   여전히 옛 정 생각에 종들을 가엾게 여겨

也曾因夢送錢財15)   일찍이 꿈에서라도 돈을 보냈겠지

誠知此恨人人有   진실로 이런 이별의 한, 사람마다 있으련만

貧賤夫妻百事哀   가난하고 미천했던 부부 만사가 애닯어라

其三   셋째 시

154   ■ 中國古典愛情詩歌

閑坐悲君亦自悲	하릴없이 앉아 당신을 슬퍼하니 나도 슬퍼져
百年多是幾多時	백년이 길다면 얼마나 긴 시간이던가
鄧攸無子尋知命16)	등유는 자식이 없자 이윽고 천명을 알았고
潘岳悼亡猶費詞17)	반악의 도망시조차 오히려 가사만 허비했네
同穴窅冥何所望18)	깊은 무덤에 같이 묻히길 어찌 바랄 수 있으며
他生緣會更難期19)	내세에 인연 따라 만남은 더욱 기약하기 어렵네
惟將終夜長開眼20)	오직 밤새 뜬눈으로 길게 지샘으로
報答平生未展眉21)	평생 얼굴 한 번 펴보지도 못한 당신에게 갚을까 합니다

주 석

1) 원진(元稹): (779-831) 자(字)는 미지(微之), 하남(河南) 하내(河內)[지금의 하남성(河南省) 낙양시(洛陽市) 부근)]사람이다. 그는 백거이(白居易)와 친한 친구로 일찍이 문학관점이 똑같아 세인들은 '원백(元白)'이라 불렀다. 신악부운동의 지지자였다. 몇 개의 시편에 악부형식을 사용하여 당시 사회의 불합리한 현상을 폭로한 바 있다. 후기에는 오히려 염정시를 많이 써서 시가 창작에 좋지 않은 영향을 끼쳤다. 이조(李肇)의 ≪국사보 國史補≫에서 당시 시단에 미친 상황을 설명하길 : "원화(元和)이후, …원진(元稹)에게서 음란과 퇴폐를 배웠다." 고 하였다. 또한 전기(傳奇) 작품인 ≪앵앵전 鸚鸚傳≫을 지었는데 이는 후에 ≪면상기 面廂記≫ 줄거리의 소재가 되었다.

2) <견비회 遣悲懷>: 견(遣)은 없애버리다, 제거하다의 뜻. 작자의 본처 위총(韋叢)은 아름답고 현명하였다. 원진(元稹)과 결혼 후 감정도 매우 좋았으나 불행히도 겨우 27세에 바로 세상을 떴다. 이것은 시인이 죽은 처를 애도하는 연작시이다. 감정이 진실한데 제목을 <견비회 遣悲懷>라고 한 것은 실제 그 비애를 풀어버릴 수 없음을 설명한다. 청대(清代) 형당퇴사(衡塘退士)는 이 시를 평하여 말하길 " 고금에 죽은 아내를 애도하는 시는 많으나 결국에는 이 삼수(三首)의 범주를 벗어날 수 없다."고 하였다.

3) 사공(謝公): 동진(東晋)의 사혁(謝奕)을 가리킨다. 그의 어린 딸 사도온(謝道韞)이 총명하고 재능과 식견이 있어서 딸을 매우 사랑했다. 후에 왕응(王凝)에게 시집갔다. 원진(元稹)의 처 위총(韋叢)의 아버지 위하경(韋夏卿)은 벼슬이 태자소보(太子少保)에 이르렀다. 위총(韋叢)은 바로 그의 어린 딸이다. 이것은 사도온(謝道韞)을 위총(韋叢)에 비유한 것이다.

   편련(偏憐): 몹시 사랑함. 지나치게 사랑함.

4) 자(自): ～로부터

   괴(乖): 어그러지다. 거스르다.

   검루(黔婁): 춘추(春秋) 시대 제(齊)나라의 세속에 물들지 않고 자신의 절개를 지킨 가난한 선비로서 작자가 이와 연결시킴으로써 자기를 비유한 것이다.

5) 수(搜): 찾다.

   신협(藎篋): 신(藎)은 조개풀(벼과에 속하는 월년초)의 뜻이고, 협(篋)은 상자이다. 왕골 따위의 풀로 엮어 만든 옷상자를 말한다.

6) 니(泥): '부드러운 말로 구하다' 즉 '달래다'라는 뜻이다.

   고주(沽酒): 술을 사다.

   발(拔): 뽑다.

   금차(金釵): 금비녀

7) 야소(野蔬): 야채

   선(膳): 요리한 음식, 밥.

   장곽(長藿): 덩굴에 달린 긴 콩잎

8) 첨(添): 보태다. 더하다.

   신(薪): 땔나무.

   괴(槐): 홰나무(콩과에 속하는 낙엽교목)

9) 봉전(俸錢): 봉급으로 받은 돈.

10) 영(營): 마련하다. 차리다.

   영전(營奠): 제물을 차리다(奠은 제물). 즉 명복을 빌다라는 뜻이다.

   영재(營齋): 재를 올리다.(齋는 재계하다의 뜻)

11) 희언(戱言): 농담(戱는 놀다, 희롱하다의 뜻)

   후사(後事): 죽은 뒤의 일

12) 이시행간진(已施行看盡): 이미 다 처분하여 버렸다.

13) 침선(針線): 바느질

유(猶): 여전히
미인(未忍): 아직 차마 ~ 하지 아니하다.
14) 상(尙): 여전히, 아직
비복(婢僕): 계집종과 사내종
15) 야(也): 발어사
증(曾): 일찍이.
인(因): ~를 거쳐서, ~에 의하여.
전재(錢財): 돈
16) 등유무자(鄧攸無子): 서진(西晋) 말, 하동태수(河東太守) 등유(鄧
攸)는 피난 때문에 아들과 조카 양쪽 모두를 데리고 갈 수 없자
할 수 없이 아들을 포기하였다. 그 이유는 자기는 아직 다른 자식
을 낳을 수 있기 때문이었다. 그러나 후에 끝내 자손이 없었다.
시인은 이를 빌려 위총(韋叢)과 결혼한 후 자식이 없음을 슬퍼 탄
식하는 것이다.
심(尋): 이윽고
지명(知命): 천명을 알다.
17) 반악도망(潘岳悼亡): 반악(潘岳)은 서진(西晋)의 시인이다. 처가
죽자 <도망시 悼亡詩> 삼수를 지어 도망시풍(悼亡詩風)을 열었
다. 도망(悼亡)은 죽은 아내를 애도한다는 뜻이다.
유(猶): 오히려
비사(費詞): 노래가사를 허비한다라는 뜻으로 여기서는 추도문을
지어 애닲은 심정을 하소연하였지만 슬픔만 여전히 남아 글월만
부질없이 허비한다는 뜻이다.
18) 혈(穴): 무덤
동혈(同穴): 부부를 합장하다.
요(窅): 깊다.
명(冥): 어둡다.
요명(窅冥): 보이는 게 깊고 멀고 그윽하고 어두운 모양이다.
19) 타생(他生): 내세에 다시 태어남.
연(緣): 인연.
타생연회(他生緣會): 내세에 다시 만날 인연
20) 유(惟): 오직.
장(將): ~으로(써).

종야장개안(終夜長開眼): 긴 밤을 눈을 뜨고 자지 못함. 아내가 없는 홀아비의 외로운 밤을 형용했다.
21) 전(展): 펴다, 가지런하다.
미(眉): 눈썹.
전미(展眉): 찌푸렸던 눈쌀을 펴다. 즉 근심이 사라지다.
미전미(未展眉): 미간을 찌푸리고 얼굴에 화기를 펴지 못하는 모습

71. 六年春遣懷 八首1)
육년춘견회 팔수)

원진(元積)

其二　　　　　둘째 시

檢得舊書三四紙2)　　보내준 옛 편지 서너장 살펴보니

高低闊狹粗成行3)　　높고 낮으며 넓고 좁아 엉성하게 행을 이루었네

自言幷食尋常事4)　　자신의 끼니 거름은 예삿일이라 말하면서도

惟念山深驛路長5)　　나의 산 깊고 역참길 긴 것만을 걱정해주네

주 석

1) 육년춘견회(六年春遣懷): 시인의 아내가 원화(元和) 4년(809) 7월에 세상을 떠난 후, 그는 진실로 사람을 감동시키는 죽은 아내를 애도하는 시를 잇따라 적지 않게 썼다. <六年春遣懷>는 그가 원화 6년 봄에 쓴 것으로 일련의 애도시이다. 원시는 모두 8수이나, 지금은 2수만 선택했다.

2) 검(檢): 검사하다, 살펴보다.
   구서(舊書): 아내가 생전에 자신에게 보냈던 서신(書信)을 가리킨다.

3) 고저(高低) 시구: 편지를 높고 낮음이 가지런하지 않게 쓰고, 간격이 넓은 것도 있고 좁은 것도 있으니 힘써 행간을 메운 것으로 보인다는 것을 가리킨다.
   활협(闊狹): 넓음과 좁음
   조(粗): 엉성하다.

4) 자언(自言)시구: 본래의 편지에서 말하기를 자신의 집안 생활이 매우 어려웠기 때문에 이틀끼니를 하루끼니로 간주하여 먹었지만 습관이 되어 예사로운 일과 같았다고 했다. (이것은 바로 남편을 위로하기 위해 쓴 글귀이다.)

병(幷): 합치다.

병식(幷食): 끼니를 합치다. 두끼를 합쳐 한끼만 먹는다 즉 끼니를 거르다라는 뜻이다.

심(尋): 보통

심상(尋常): 예사롭다, 평범하다.

5) 유념(惟念) 시구: 편지에서 염려하는 것은 남편이 바깥에서 바쁘게 뛰어다니며 고생하는 고통에 있었다.

념(念): 걱정하다, 마음에 두다.

심(深): 깊다. 험하다.

역로(驛路): 역참으로 통하는 길.

역(驛): 공문서 전달이나 사신왕래를 위해 주차 인마등을 갖추어 놓고 교통 통신의 편리를 도모하는 곳

其五　　　　　다섯째 시

伴客銷愁長日飮1)　나그네 따라 시름 달래고자 긴 낮동안 마시니

偶然乘興便醺醺2)　우연히 흥이 나서 얼큰하게 취했네

怪來醒後傍人泣3)　놀라 술 깨보니 곁에 있는 사람 울고 있는데

醉裏時時錯問君4)　내가 취중에 내내 당신을 번갈아 물었다는군요

주 석

1) 소(銷): 녹이다. 달래다.
2) 승흥(乘興): 흥이 오르다.
　훈훈(醺醺): 술에 얼큰히 취하다.

3) 괴(怪): 깜짝 놀라다.
4) 취리(醉裏) 시구: 취한 후 계속 소리내어 아내를 부르고 있는 것이다.
   리(裏): 속. 안.

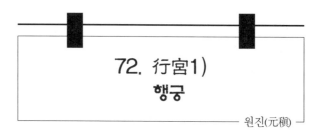

廖落古行宮2)　　　쓸쓸한 옛 행궁

宮化寂寞紅　　　궁전의 꽃들만 적막하게 붉었더라

白頭宮女在　　　흰머리의 궁녀들 있어

閑坐說玄宗3)　　　한가로이 앉아 현종을 얘기한다

주 석

1) 행궁(行宮): 고대의 황제가 출행(出行)할 때 머물렀던 궁전. 여기서
   는 연창궁(連昌宮)을 가리킨다. 지금의 하남성(河南省) 의양현(宜陽
   縣) 안에 있다.

2) 요락(廖落): 쓸쓸하고 적막함.

3) 현종(玄宗): 당(唐) 현종(玄宗) 이융기(李隆基). 당(唐) 명황(明皇)이
   라고도 칭한다.

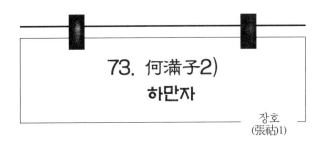

73. 何滿子2)
하만자

장호
(張祜)1)

古國三千里3)   고향은 삼천리요

深宮二十年   깊은 궁궐에 이십년이라

一聲何滿子   한 곡조 하만자에

雙淚落君前4)   두 눈에 눈물 그대 앞에 떨어지네

주 석

1) 장호(張祜): 당(唐)나라 남양(南陽) [지금의 하남성(河南省) 남양현(南陽縣)]사람으로, 함축되고 정교함이 있으며, 특히 궁사(宮詞)를 짓는 것이 상당히 훌륭하다.

2) 하만자(何滿子): 곡조명으로 궁인(宮人)들의 고되고 슬픈 일과 비참한 처지를 묘사하고 있다.

3) 고국(古國): 이 시에서는 고향(故鄕)을 나타낸다.

4) 군(君): 당(唐) 무종(武宗)을 가리킨다. ≪당시기사 唐詩紀事≫에 의하면 당 무종은 병이 위독하자 맹씨(孟氏) 재인(才人)과 함께 순장(殉葬)을 하기를 원했다. 이에 맹(孟)이 바로 "한 곡조 하만자"를 부른 후 곧 기(氣)가 막혀 죽었다.

74. 秋夕2)
추석

두목
(杜牧)1)

銀燭秋光冷畫屛	촛불은 가을빛의 그림병풍에 차가운데
輕羅小扇撲流螢3)	가벼운 비단 부채로 반딧불을 잡는다
天階夜色凉如水4)	궁안 섬돌에 물처럼 차가운 밤빛이 어리는데
臥看牽牛織女星	누워서 견우직녀성을 바라본다

주 석

1) 두목(杜牧): (803~853) 자(字)는 목지(牧之)로, 경조만년(京兆萬年) [지금의 섬서성(陝西城) 서안(西安)]사람이다. 그는 만당(晚唐) 시기의 유명한 시인이다. 그의 시는 "본래 높은 절조를 추구하여 기이하고 화려함에 힘을 쏟지 않고 세속에 빠지지도 않으며 금문도 고문도 아니다"(≪헌시계 獻詩啓≫)라고 했는데 그의 뜻은 새로움을 창조하는 데 있다. 품격은 상쾌하고 명랑하여 상당히 높은 예술적 감화력이 있다.

2) 추석(秋夕): 가을 밤. 이 시는 청춘과 행복을 잃은 궁녀에 대한 동정을 표현하였고, 그 뜻이 의미심장(意味深長)하여 자세히 음미할 가치를 지니고 있다.

3) 박(撲): 쫓다. 잡다.

4) 천계(天階): 궁안의 섬돌.

75. 旅宿
여숙

두목(杜牧)

旅館無良伴	여관에 벗할 좋은 이 없어
凝情自悄然1)	답답한 마음에 저절로 쓸쓸해지네
寒燈思舊事2)	차가운 등불은 옛일 생각나게 하고
斷雁警愁眠3)	외로운 기러기마냥 놀라 근심려 잠 못이루네
遠夢歸侵曉4)	머언 고향 꿈꾸다 새벽이 돌아오고
家書到隔年5)	집안의 편지는 해를 넘긴다
滄江好煙月	안개 어린 푸른 강물엔 은은한 달빛
門繫釣魚船6)	문 밖엔 고기잡이 배가 매어있네

주 석

1) 응정(凝情): 마음이 엉키다.
   초연(悄然): 쓸쓸한 모양.
2) 구사(舊事): 옛날 일.
3) 단안(斷雁): 무리를 잃은 외로운 기러기.
   경(警): 놀라서 편안한 잠을 이루지 못함.
4) 침효(侵曉): 새벽. (侵晨). 침(侵)은 차츰 가까워지다. 침입하다.
5) 격년(隔年): 해를 거름.
6) 계(繫): 매달다.

76. 贈別二首(選一首)1)
증별이수(선일수)

두목(杜牧)

多情却是總無情2)   다정함이 도리어 언제나 무정함이라

唯覺樽前笑不成3)   오직 알거니 술잔 앞에서 웃음 이루지 못함을

蠟燭有心還惜別4)   초에도 마음이 있어 도리어 이별을 아쉬워하니

替人垂淚到天明5)   우리 대신 눈물 흘리다 새벽에 이른다

주 석

1) 이 시는 유창하고 청신한 언어를 사용하여 시인이 묘령의 노래하
   는 여자에 대해 그리움을 남기고 애석하게 이별하는 심정을 서술
   하였다. 묘사가 애절하여 사람을 감동시키고 정이 매우 깊다.

2) 다정(多情)시구: 웃으려고 해도 웃음을 이루지 못한다(笑不成)
   너무 다정하기 때문에 이별에 대한 근심으로 괴로워하는 시인 내
   면세계의 극동 1 모순을 그려냈다. 각시(却是): 도리어 유각(唯覺):
   오직 알(깨달을) 뿐이다.

3) 납촉유심(蠟燭有心): 양초에는 본래 심지가 있는데 여기서는 이별
   에 대한 상심을 의인화 함.

4) 이 마지막 구는 송별연이 새벽에 이르자, 이별을 괴로워하여 연연
   해하며 헤어지기 어려운 고통을 표현한 것이다.

5) 천명(天明): 새벽.

77. 無題2)
무제

이상은
(李商隱)1)

昨夜星辰昨夜風　　　어젯밤 별 뜨고 어젯밤 바람 불었지
畫樓西畔桂堂東3)　　화루의 서쪽과 계당의 동쪽에서
身無彩鳳雙飛翼4)　　내 몸엔 채봉의 두 날개 없으나
心有靈犀一點通5)　　마음엔 서령있어 한 점 마음으로 통한다
隔座送鉤春酒暖6)　　자리를 격한 송구놀이에 봄 술은 따뜻하고
分曹射覆蠟燈紅7)　　무리를 나눈 사복놀이에 촛불은 붉게 타오르네
嗟余聽鼓應官去　　　아! 나는 북소리 들려　조정에 가야하리
走馬蘭臺類轉蓬8)　　란대로 말달리니 헝클어진 쑥같네

주 석

1) 이상은(李商隱): (813 - 858) 자(字)는 의산(義山), 회주(懷州) 하내(河內)[지금의 하남(河南) 심양현(沁陽縣)] 사람이다. 정치에 있어서 그는 당시 군웅이 할거하고 환관이 권력을 마음대로 휘두르는 국면을 불만스럽게 여겨 항상 시가로서 당시의 정치 상황을 폭로하고 비판하였다. 이에 '영사시(詠史詩)', 즉, 역사를 읊은 시를 지어 대부분 옛 것에 의탁하여 풍자하였다. 이는 그의 여러 애정 시편과 함께 모두가 적지 않은 사상성과 예술성을 고도로 통일하였으며 그의 침울과 좌절의 예술 풍격을 가장 잘 대표할 수 있다.

2) 無題: 이상은의 무제(無題) 시는 복잡한 심리 활동과 생활 내용을 포함하고 있으며, 항상 토로한 애정을 감개 무량한 인생과 결합하였다. 이 시는 대략 회창(會昌) 6년 봄에 썼다. 시에서 남녀 사이 애정의 복잡한 심리를 상세하고 충분하게 묘사했다. 어떤 사람은 그것을 고대 시가 중의 '의식류(意識流)' 작품이라고 말한다.

3) 화루(畫樓): 화려하게 채색한 누각, 그림을 진열한 누각.
   계당(桂堂): 계피나무가 있는 큰 홀

4) 채봉(彩鳳): 화려한 색깔의 봉황

5) 령서(靈犀): 전하는 말에 의하면 코뿔소는 서로 간에 뿔로써 서로 심령을 표시하는데 뿔에는 실과 같은 흰무늬가 있어 정말로 두 머리를 직통한다고 한다. 여기서는 마음속으로 사모하는 애인의 마음과 서로 통함을 가리킨다.

6) 송구(送鉤): 옛날 연회 자리에서 손안에 물건을 숨겨 그것을 알아 맞춤으로서 승패를 결정하는 유희이다.

7) 사복(射覆): 그릇 아래에 덮어놓은 물건을 사람으로 하여금 추측하게 하는 것으로 이것 또한 옛날 하나의 유희이다.

8) 란대(蘭臺): 즉 비서성(秘書省)이다. 이상은은 이전에 세번 비서성 교서랑(校書郞)을 지냈다. 한대(漢代) 제실(帝室)의 문고(文庫), 또는 어사대(御史臺)의 다른 이름.

78. 無題1)
무제

이상은
(李商隱)

相見時難別亦難　만나기 어렵더니 헤어지기 또한 어렵네
東風無力百花殘　동풍이 힘이 없어도 온갖 꽃들 다 시드네
春蠶到死絲方盡2)　봄 누에는 죽어서야 실이 다 뽑아지고
蠟炬成灰淚始乾3)　촛불은 재가 되어서야 눈물 겨우 마르네
曉鏡但愁雲鬢改4)　새벽에 거울 보니 검은 머리 세어질까 걱정이고
夜吟應覺月光寒　저녁에 읊조리니 응당 달빛 차가움을 느끼겠지
蓬山此去無多路5)　봉래산은 여기서 아주 먼길 아니니
靑鳥殷勤爲探看6)　파랑새야 은근히 찾아가 보겠니

주 석

1) 무제(無題) : 이 시의 주제는 "슬프고 침울하여 넋을 잃게 하는 것
은 오직 이별일 따름이다." 강엄(江淹) <별부 別賦>
2) 사(絲): "사(思)" 자와 음이 같다. 즉 " 서로 그리워하다. " 라는 뜻
이다.
3) 루(淚): 촛농, 초가 연소할 때 흘러내리는 촛물을 가리킨다. .
4) 운빈(雲鬢): 미인의 머리털을 푸른 구름에 비유하여 이른 말.
5) 봉산(蓬山): 즉, 봉래산(蓬萊山)으로 바다 밖 신선산이라 전한다. 여
기서는 이를 빌어 마음속으로 사모하는 애인의 거처를 가리킨다.

6) 청조(靑鳥): 전하는 말에 의하면 서왕모(西王母)가 사육하여 전문적
으로 글을 전하고 소식을 알리는 새라고 한다.
은근(殷勤): 정성스럽다. 친절함, 공손함.
탐간(探看): 찾아 봄.

79. 無題 四首(選二首)
무제사수(선이수)

이상은
(李商隱)

其一	첫째 시
來是空言去絶踪	온다더니 빈말이요 가고서는 발길 끊었네
月斜樓上五更鍾1)	달은 누각 위에 기울고 새벽 종소리 들리네
夢爲遠別啼難喚	멀리 헤어진 꿈에 울다 부르기도 힘들어
書被催成墨未濃	급하게 쓰는 편지 먹물도 짙지 못해
蠟照半籠金翡翠	촛불은 금비취 병풍에 반쯤 비추고
麝薰微度繡芙蓉	사향내음은 연꽃 수놓은 휘장에 은미하게 스미네
劉郎已恨蓬山遠2)	유랑도 이미 봉래산 멀다 한탄하거늘
更隔蓬山一萬重	우린 봉래산보다 일만 겹이나 더 떨어져 있네
其二	둘째 시
颯颯東風細雨來3)	동풍은 살랑거리고 가랑비 나리네
芙蓉塘外有輕雷	연꽃 핀 연못밖에는 희미한 천둥소리
金蟾齧鎖燒香入4)	금 두꺼비 향로의 다문 손잡이로 향 넣어 사르고
玉虎牽絲汲井回5)	옥호 도르래 줄당겨 우물 긷고
賈氏窺簾韓掾少6)	가씨 딸은 발 틈으로 젊은 한연을 엿보고
宓妃留枕魏王才7)	복비는 재주있는 위왕에게 베게 남겼지
春心莫共花爭發8)	사랑하는 마음아 꽃과 다투어 피지 말아라
一寸相思一寸灰9)	한 치의 그리움마다 한 치의 재가 되는 것을

171 ▮ 中國古典愛情詩歌

1) 오경(五更): 해질녘부터 새벽가지 오등분한 야간의 시각의 마지막.
   새벽 3~5시 사이.
2) 유랑(劉郎): 동한(東漢) 때의 유신(劉晨)이다. 전하는 말에 의하면
   그와 완조(阮肇)가 함께 천태산(天台山)에 약을 캐러 들어갔는데
   우연히 두 명의 선녀를 만나 가족을 이루게 되었다. 집에 돌아간
   후에 선녀는 속세의 길이 막혀 이로부터 만날 수 없었다. 이것은
   이를 빌어 서로 만나 봄의 어려움을 설명한 것이다.
   봉산(蓬山): 동해 가운데 있는 신선이 산다는 산.
3) 삽삽(颯颯): 바람이 쌀쌀하게 부는 소리.
4) 소향(燒香): 향을 피움.
   금섬(金蟾): 금이나 구리로 주조하여 두꺼비 모습으로 만든 향로이
   다. 쇄(鎖)는 향로의 손잡이로 손잡이를 열면 향료를 채울 수 있
   다.
5) 옥호(玉虎): 즉, 도르래로 물을 길어 올리는 공구이다. 옥을 호랑이
   모양으로 조각하였기 때문에 이처럼 일컫는다.
   살펴 보건대 금섬(金蟾) 두 구는, 애정은 어떠한 것도 가로막을 수
   없다는 것을 비유한다.
6) 가씨(賈氏): 서진(西晋) 때에 가충(賈充)의 딸 가오(賈午)이다. 한(韓)
   은 한수(韓壽)이다. 수(壽)의 자태는 아름다웠는데 가오가 그 용모
   를 훔쳐보고는 드디어 그와 서로 사랑하게 되어 그에게 시집갔다.
7) 복비(宓妃): 전하는 말에 의하면 복희씨(宓羲氏)의 딸로 낙수(洛水)
   에서 익사하여 낙수의 신(神)이 되었다고 한다. 여기서는 견씨(甄
   氏)를 가리킨다. 위왕(魏王)은 즉 조식(曹植)으로써 꽤 견씨를 좋아
   했는데 조조(曹操)가 그녀를 조비(曹丕)에게 주었다고 한다. 후에
   견은 자살하였다. 조비는 이에 뒤에 남겨놓은 금으로 띠를 두른 베
   개를 조식에게 주었다. 조식은 낙수 가에 이르러 한 여인을 보았는
   데 그 여인은 군왕에게 침구로 바쳐 쓰기를 원한다는 말을 하고
   말을 마친 후 보이지 않았다. 조식은 이에 <감견부 感甄賦> 즉 <
   낙신부 洛神賦>를 지었다.
8) 춘심(春心): 남녀의 정욕, 봄에 느끼는 정서.
9) 상사(相思): 서로 사모함, 서로 그리워 함.

80. 無題二首
무제이수

이상은
(李商隱)

其一   첫째 시

鳳尾香羅薄幾重1)   아름다운 여러겹의 얇은 비단에

碧文圓頂夜深縫2)   깊은 밤 푸른 문양 수놓아 둥글게 휘장을 짓네

扇裁月魄羞難掩3)   수줍어 달처럼 둥근 부채로 얼굴 가리기도 어렵고

車走雷聲語未通4)   수레 떠나는 우뢰같은 소리에 말도 못 건넸지

曾是寂寥金燼暗5)   일찍이 금빛 촛불 타버린 적적한 어둠속에

斷無消息石榴紅6)   소식은 끊겼는데 석류는 붉어만가네

斑騅只繫垂楊岸7)   얼룩말은 언덕의 수양버들에 매어 있건만

何處西南待好風8)   서남풍 좋은 바람 어디서 기다려오

其二   둘째 시

重幃深下莫愁堂9)   겹 휘장은 막수의 마루에 깊이 드리워지고

臥後清宵細細長10)   돌아누워도 적막한 밤 더디고 길기만 하네

神女生涯原是夢11)   선녀의 생시는 원래 꿈속의 모습이고

小姑居處本無郎12)   아가씨 사는 곳은 본래 사내가 없었지

風波不信菱枝弱13)   풍파는 마름가지 연약함을 아랑곳 않고

月露誰教桂葉香   달빛의 이슬에 누가 계수나무 잎 향내 알려주리오.

直道相思了無益14)   곧바로 그립다 말한들 아무 보탬 없이

未妨惆悵是清狂15)   한없는 슬픔에 멀쩡히 미쳐가는 듯 하네

1) 기중(幾重): 옛날에 바느질해서 만든 휘장을 만드는데 겹휘장이 있으므로 몇 겹이라고 했다.

2) 원정(圓頂): 둥근 머리. 돔(圓屋頂, dome)
   봉(縫): 꿰매다.

3) 선(扇): 부채
   재(裁): 마름질하다.
   월백(月魄): 달의 혼백. 달.
   수(羞): 부끄러워하다.
   엄(掩): 가리다.

4) 미(未): 아니다.

5) 적료(寂寥): 적막. 적적하고 쓸쓸함.
   신(燼): 타고 남다.

6) 석류(石榴): 석류 나무과에 속하는 열매.

7) 반추(斑騅): 얼룩말
   계(繫): 잡아맴.
   안(岸): 언덕

8) 서남대호풍(西南待好風): 조식의 <칠애>시: "바라건대, 서남풍이 되어 멀리 날아 그대 품으로 가고싶소. 願爲西南風, 長逝入君懷

9) 막수(莫愁): 옛날 낙양(洛陽) 여자. 노씨(魯氏)가문으로 시집가서 아내가 됨. 악부고시 <하중지수가 河中之水歌>: "황하의 물은 동쪽으로 흐르고, 낙양 여자의 이름은 막수이다. 河中之水向東流, 洛陽女兒名莫愁" 여기서는 일반적으로 젊은 여자를 가리킨다.

10) 청소(淸宵): 맑게 갠 밤.
    세세(細細): 가늘고 긴 모양.

11) 신녀(神女): 송옥(宋玉)의 <신녀부 神女賦>에서 초나라 양왕(襄王)이 일찍이 꿈에 여신과 만났는데 그 얼굴이 아주 예쁘다고 말했다.
    애(涯): 끝

12) 소고(小姑): 아가씨. 시누이. 자기 남편의 자매.
    랑(郞): 사내

13) 릉(陵): 마름

14) 도(道): 말하다.

15) 방(妨): 거리끼다.
    추창(惆悵): 실망하여 탄식하는 모양.
    청광(淸狂): 욕심 없고 미친 사람 비슷한 백치.

이상은
(李商隱)

恨臥新春白袷衣2)	새봄에 흰 겹옷 입고 자리에 슬피 누우니
白門寥落意多違3)	백문의 적막속에 많은 추억 거슬리네
紅樓隔雨相望冷4)	붉은 누각에서 비 오는 저편 처량하게 바라보니
珠箔飄燈獨自歸5)	빗발속에 흔들리는 초롱불 들고 홀로 돌아오는데
遠路應悲春腕晚6)	갈 길 멀어 애닯어라 봄날 저무는 밤에
殘宵猶得夢依稀7)	새벽녘 꿈 속에서 어렴풋하구나
玉璫緘札何由達8)	귀엣고리옥 넣은 편지 어떻게 전달되려고
萬里雲羅 一雁飛9)	가득 낀 구름 만리 허공에 기러기 날고있는데

주석

1) 춘우(春雨): 이 시는 사랑하는 사람에게 떨어져 있는 고통을 써서
   준 것으로 감정이 진지하고, 형상이 살아 움직여, 자못 예술적 매
   력이 풍부하다.
2) 창(悵): 슬프다. 원망하다.
   백겹(白袷): 봄옷으로 겹옷이다. 당나라 사람들이 한가할 때 입는
   편안한 옷차림.
3) 백문(白門): 남조(南朝)의 송대(宋代)에 궁문(宮門) 밖에 있던 문. 전
   하여 금릉(金陵). 곧 지금의 남경(南京)을 이름. 여기서는 마음 속에
   있는 사람과 처음으로 연애했던 곳을 가리켜 썼다.
   요락(寥落): 쓸쓸함. 적막함.

4) 격(隔): 떨어지다.

5) 주박(珠箔): 주렴. 이것은 발처럼 가는 비를 가리킨다.

　표(飄): 나부끼다.

6) 완(腕): 해가 지려는 모습

7) 유(猶): ~와 같다.

　의희(依稀): 어렴풋이 보이는 모습.

8) 옥당(玉璫): 옥으로 만든 귀엣고리옥. 옛날 사람은 곧잘 몸에다 찬 장식을, 편지와 함께 부치는 증거물로 삼았다.

　함찰(緘札): 봉한 편지

9) 운라(雲羅): 하늘을 가득 덮은 구름.

　안(雁): 기러기

82. 嫦娥1)
항아

이상은
(李商隱)

雲母屛風燭影深2)	운모 장식 병풍에 촛불 그림자 깊이 드리워지고
長河漸落曉星沈3)	은하수 점점 떨어져 새벽별은 잠겨가네
嫦娥應悔偸靈藥4)	항아는 영약 훔쳐 먹고 응당 후회할텐데
碧海靑天夜夜心	푸른 바다 푸른 하늘에 밤마다 이 마음 어이하리

주 석

1) 항아(嫦娥): 고대 신화 속의 후예(後裔)[하대(夏代) 중국 군주의 이름]의 아내, 항아는 남몰래 장생불로의 영약을 먹고, 날아올라 달 속의 궁전에 이르러, 달나라 항아 선녀가 되었다. 이 시에서는 시인이 항아를 죽은 아내에 비유한다. 이 시는 마음속으로 독백하며 죽은 아내를 애도하는 시이다.

2) 운모(雲母): 일종의 투명한 광물로 병풍 등의 요구에 박아 넣는 장식으로 사용할 수 있다.

    병(屛):병풍

    촉(燭): 촛불

3) 장하(長河): 은하수

4) 응(應): 응당

    회(悔): 뉘우치다.

    투(偸): 훔치다.

    영약(靈藥): 영묘한 약, 효험이 신기하게 나는 약.

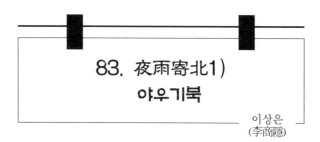

83. 夜雨寄北1)
야우기북

이상은
(李商隱)

君問歸期未有期　　　언제 돌아오려나 당신이 물었지만 아직 기약할 수 없는데
巴山夜雨漲秋池2)　　파산의 밤비가 가을 연못에 불어나는구려
何當共剪西窓燭3)　　언제나 서쪽 창에서 초 심지 함께 자르며
却話巴山夜雨時　　　파산에 밤비 내리는 시절을 말해줄꺼나

주 석

1) 야우기북(夜雨寄北): 즉, 비 오는 밤에 편지를 써서 북방의 아내에
게 보내는 것이다. 시의 의경은 허와 실이 서로 잘 맞고, 정과 경이
융합한다.
2) 파산(巴山): 사천성(四川省)의 중경(重慶)지방.
창(漲): 물이 불다. 넘쳐날 정도로 성하다.
3) 전(剪): 자르다

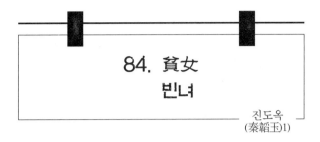

진도옥
(秦韜玉)1)

蓬門未識綺羅香2)	가난한 집이라 여태 비단 향도 알지 못했는데
擬託良媒亦自傷	좋은 중매인에게 부탁하니 저절로 슬퍼진다
誰愛風流高格調	누가 격조 높은 풍류를 좋아해 줄까?
共憐時世儉梳妝3)	지금 세상 모두가 수수한 차림새 가여워 하는데
敢將十指誇鍼巧4)	감히 열 손가락으로 바느질 솜씨 자랑할 뿐
不把雙眉鬪畫長	두 눈썹 그리기로 다투지 않네
苦恨年年壓金線5)	고생과 한으로 해마다 수를 놓아도
爲他人作嫁衣裳6)	남을 위해 시집갈 저고리와 치마 만들 따름이네

주 석

1) 진도옥(秦韜玉): 경조(京兆)[지금의 섬서성(陝西省) 서안시(西安市)] 사람. 젊은 나이에 시로써 유명하였다. 그는 만당(晩唐)의 저명한 시인 가운데 한사람이다. 시는 칠언 율시가 뛰어났고, 우아하고 화려하며 정교하고 깔끔하게 썼으나(典麗工整) 내용이 비교적 빈약하다. <빈녀> 시는 상당히 유명하다.

2) 봉문(蓬門): 초가집 대문으로 가난한 사람의 집을 가리킨다. 이 시는 가난한 여자가 외모나 치장하는 유행을 천시하는 정서를 노래하였다.

기라(綺羅): 비단

3) 시세검소장(時世儉梳妝): 당시 상류사회에서 유행한 화장의 일종.
   소장(梳妝): 빗과 화장. 즉 단장하며 꾸민다는 뜻.
4) 감장(敢將): 감히 ~으로써.
   침교(針巧): 바느질 솜씨
5) 압금선(壓金線): 자수를 가리킨다.
6) 위(爲): ~를 위하여

85. 春宮怨2)
춘궁원

두순학
(杜荀鶴)1)

早被嬋娟誤3)	일찍이 미모로 청춘을 그르쳤으니
欲妝臨鏡慵4)	화장하러 거울 대하기도 게을러지네
承恩不在貌	은총받는 일 외모에만 달려 있지 않는데
敎妾若爲容5)	절더러 어찌 얼굴 꾸미라 하시나요
風暖鳥聲碎	바람 따뜻하니 새소리 자지러지고
日高花影重	해가 높아지니 꽃그림자 무거웁다
年年越溪女6)	해마다 월계에서 빨래하던 궁녀들과
相憶採芙蓉	연꽃 캐던 그 시절 그리워지네

주 석

1) 두순학(杜荀鶴, 846-907): 자(字)는 언지(彦之)이며 지주석태(池州 石埭)[지금의 안휘성(安徽省) 석태현(石埭縣)]사람이다. 그는 "고심 하여 시가를 읊는다. 즉 고음(苦吟)"이라고 스스로 이름지은 만당 (晩唐) 시인이었다. 전기에, 그는 통치자의 죄악을 폭로하고, 백성 들의 고통을 동정하는 시를 썼다.
2) 춘궁원(春宮怨): 궁궐에서 원망하는 제재인 궁원시에 속하며, 섬 세하고 생생하게 쓰여졌다.
3) 선연(嬋娟): 아름다운 모습이다.

4) 욕장임경용(欲妝臨鏡慵): 장(妝)은 一作에 '歸'라고 하였다. 용은 게으르고 흐트러짐이다. 화장을 하려고 거울을 대하니 또한 게으르고 흐트러짐을 깨닫는다는 말이다.

5) 약위(若爲): 어찌 능히와 같다.

6) 월계녀(越溪女): 서시(西施)가 일찍이 월계(越溪)에서 빨래를 하고, 뒤에 궁궐에 들어가 총애를 얻었다. 여기서는 이와 관련지어 궁녀를 가리킨다.

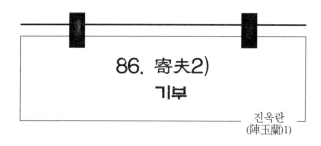

86. 寄夫2)
기부

진옥란
(陳玉蘭)1)

夫戍邊關妾在吳3)　　　남편은 변방관문 지키고 저는 오땅에 있으니

西風吹妾妾憂夫　　　서풍이 제게 불 때면 전 남편을 걱정하지요

一行書信千行淚4)　　　한줄의 편지글에 천줄의 눈물줄기

寒到君邊衣到無5)　　　추위가 당신곁에 닥쳤건만 옷이나 도달되었는지

주석

1) 진옥란(陳玉蘭): 만당(晩唐) 시인 왕가(王駕)의 아내이다.

2) 기부(奇夫): 이 시는 마음속으로 독백하는 기법을 통해 옷을 부친 전후의 일련된 심리활동을 진실하고 절실하게 표현하였다. 음절의 아름다움에 있어서는 바로 원매(袁枚)가 말한 바와 같다. : "시는 거문고를 타는 것과 같아서, 소리소리마다 심정이 나타난다."(≪속시품ㆍ재심 續詩品ㆍ齋心≫ *원매(袁枚) : 청(淸)나라 중기(中期)의 시인(詩人). 전당(錢塘)사람. 자(字)는 자재(子才). 호(號)는 간재(簡齋)이다. 수원시화(隨園詩話), 소창산방집(小倉山房集) 등을 저술하였다.

3) 첩(妾): 고대 여자들이 스스로를 부르던 호칭.

수변(戍邊): 변방을 지킴.

관(關) : 관문. 국경, 기타 요해처에 설치하여 출입하는 사람을 조사하는 문을 설치한 곳.

4) 서신(書信): 편지

5) 변(邊): 곁. 가장자리, 옆, 근처.

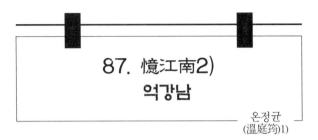

87. 憶江南2)
억강남

온정균
(溫庭筠)1)

梳洗罷	머리빗고 세수하고서
獨倚望江樓3)	홀로 강루에 기대어 바라본다
過千帆皆不是	뭇배들 지나가건만 모두가 아니구나
斜暉脈脈水悠悠4)	석양빛 길게 비추고 물은 아득히 흐르는데
腸斷白蘋洲5)	부평초 하얗게 핀 모래톱에서 애끊누나

주 석

1) 온정균(溫庭筠): (812?~870?) 자(字)는 비경(飛卿)이며 태원(太原)의 기(祁)[지금의 산서성(山西省) 기현(祁縣)]사람이다. 그는 만당(晩唐) 시기의 시인이며 사(詞)도 또한 잘 썼다. 시는 이상은(李商隱)과 더불어 함께 유명해서 세간에서는 온리(溫李)라고도 칭한다. 詞의 형식과 격률은 그의 수중에 이르러서 차츰차츰 완비되었다.

2) 억강남(憶江南): 사(詞)는 일종의 문체로서, 똑같이 시가류(詩歌類)에 속한다. 고대의 사(詞)는 모두 음악에 맞춰 노래한 것이었다. 남조(南朝)부터 시작하여 송대(宋代)에 이르러 상당히 성행했다. 구(句)의 장단(長短)은 일치되지 않았기 때문에 또 장단구(長短句)라고도 이른다. 사(詞)는 음악에 배합시켜 노래했기 때문에, 매 수의 사(詞)에는 모두 최소한 하나의 악보가 있다. 악보는 반드시 어떤 종류든지 궁(宮)이나 일정한 조(調)(지금의 C조, G조와 상당히 비슷하다)에 속했고, 일정한 음률과 리듬이 있었다. 이러한 구성요소들의 총체가 바로 '사조(詞調)'이다.

매 종류의 사조(詞調)마다 모두 하나의 명칭이 있는데, 이 명칭을 바로 '사패(詞牌)'라고 부른다. 예를 들면 <억강남 憶江南>같은 것이 바로 사조(詞調)의 명칭이다. 이 다음의 사(詞)도 모두 이와 같다.

3) 의(倚): 기대다. 물체에 의지함.

망(望): 바라보다. 먼 데를 바라봄.

4) 사휘(斜暉): 저녁 때의 비끼는 햇빛.

맥맥(脈脈): 상대에게 정을 품은 모양 (말없이 은근한 정을 나타내는 모양이다.)

유(悠): 멀 유. 아득하도록 멈.

유유(悠悠): 끝없이 흘러가는 모양.

5) 장단(腸斷): 창자가 끊어짐, 곧 대단히 애통해 함.

평(萍): 개구리밥(개구리밥과에 속하는 다년생 수초). 부평초, 부초.

백평주(白萍洲): 흰색의 부평초로 가득찬 작은 섬.

위장
(韋莊)1)

春日游	봄날 노니는데
杏花吹滿頭2)	살구꽃 불어와 머리에 가득
陌上誰家年少足風流3)	길가의 뉘집 젊은 도령님 풍류 넘치니
妾擬將身嫁與4)	내사 저 분에게 시집가고파
一生休5)	일평생 기다리려니
縱被無情棄6)	설사 무정하게 버림받아도
不能羞	부끄러울 게 없어라

주 석

1) 위장(韋莊 836-910): 자(字)는 단기(端己)이며 경조(京兆) 두릉(杜陵) [지금의 섬서성(陝西省) 서안시(西安市)]사람이다. 오대(五代) 때, 촉(蜀)나라 왕 왕건(王建)이 그를 재상으로 임명했다. 사(詞)에 있어서는 온정균(溫庭筠)과 더불어 함께 유명했고, 풍격(風格)은 청담하고 소박하다.

2) 행화(杏花): 살구꽃.

3) 맥상(陌上): 길 위를 말한다.
   연소(年少): 나이가 젊은 사람.

4) 의(擬): 헤아리다. 비교하다. 계획하다.
   장(將): 장차, ~을, ~으로써, 방금, 겨우

가(嫁): 시집가다.
5) 휴(休): 기뻐하다. 쉬다.
6) 종(縱): 가령. 설사.

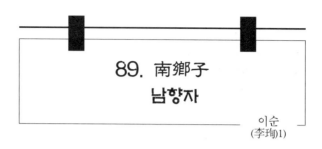

89. 南鄕子
남향자

이순
(李珣)1)

乘彩舫	화려한 배를 타고
過蓮塘	연못을 지나니
棹歌驚起睡鴛鴦2)	뱃노래에 졸던 원앙 놀라 깨누나
游女帶花偎伴笑	노니는 소녀들 꽃을 꽂고 무리지어 웃어대네
爭窈窕3)	저마다 어여쁨 겨루어가며
競折團荷遮晚照4)	다투어 둥근 연잎 꺾어 저녁햇살 가리우누나

주 석

1) 이순(李珣): (약855-약930). 자(字)는 덕윤(德潤)이고 재주(梓州)[지금의 사천성(四川省) 삼대현(三臺縣)]사람이다. 오대(五代) 서촉(西蜀)의 사인(詞人)가운데, 그의 사풍(詞風)은 비교적 조용하고 담담한 편이다.

2) 도가(棹歌): 배를 저을 때 부르는 노래.
   경기(驚起): 놀라 일어나다.

3) 요조(窈窕): 자태가 날씬하고 용모가 아름다움.

4) 만조(晚照): 저녁 때에 비추는 불그레한 햇빛. 석양.

풍연사
(馮延巳)1)

風乍起3)	불현듯 이는 바람에
吹皺一池春水	봄물 고인 연못에 잔물결 이누나
閑引鴛鴦芳徑裏	방초 만발한 오솔길로 가만히 원앙을 유인하고
手挼紅杏蘂4)	빠알간 살구 꽃술을 손으로 만지작 거리네
鬪鴨欄杆獨倚	난간에 홀로 기대어 보니 오리들 다투고
碧玉搔頭斜墜	머리에 꽂은 옥 비녀 기울어 떨어질 듯
終日望君君不至	종일토록 그대 바라봐도 그대는 아니 오고
擧頭聞鵲喜5)	고개 들어 반기는 까치소리 듣네

주 석

1) 풍연사(馮延巳): (903-960) 자(字)는 정중(正中). 오대광릉(五代廣陵)[지금의 강소성(江蘇省) 양주시(揚州市)]사람. 남당시대 이경(李璟) 임금 때 재상을 지냄. 남녀간의 이별의 한을 읊은 사가 많으며, 시어는 매우 청려하다. 경물로 정서를 드러내는 데 뛰어났다. 북송(北宋)초기 시인들에게 많은 영향을 끼쳤다.
2) 금문(金門): 궁궐을 일컬음. 금마문(金馬門). 한의 미앙궁(未央宮)의 문. 이 곳은 문학지사가 출사하는 곳이었다.

전(轉)하여 한림원(翰林院)의 이칭(異稱)

3) 사(乍): 갑자기

4) 나(挼): 나(挪)의 이체자. 손으로 주무르다.
   예(蘂): 꽃 술

5) 작희(鵲喜): 까치가 울면 사람에게 희소식을 전해준다는 풍속이 전 해진다.

91. 生查子
생사자

우희제
(牛希濟)1)

新月曲如眉	초승달은 눈썹처럼 굽어져
未有團圝意2)	아직 둥그래질 맘 없는 듯
紅豆不堪看3)	내 사랑 볼 수 없으니
滿眼相思淚	그리움의 눈물 눈에 가득
終日劈桃瓤4)	종일토록 복숭아 속 쪼개어 보니
仁在心兒裏5)	씨는 속에 들어있네
兩朶隔墻花	담 너머 핀 두 송이 꽃
早晚成連理6)	언젠가는 엉겨붙어 자라리라

주 석

1) 우희제(牛希濟): 오대(五代) 서촉(西蜀)[지금의 사천성(四川省)]의 시인. 전해지는 사는 그리 많지 않다.

2) 란(圝): 둥근 원, 둥글다.

3) 홍두(紅豆): 상사자(相思子)라고도 불린다. 상사자(相思子)는 홍두 (紅豆)의 씨(고대문학 작품에서 사모하는 마음을 상징한 표현)

4) 양(瓤): (오이, 수박, 귤 따위의)속, 과육.

5) 인(仁): '人'字와 음을 맞춘 것임. 또는 사랑하는 사람을 지칭하기 도 함. 의미가 서로 관련됨.

6) 연리(連理): 연리지(連理枝)를 뜻함. 근간(根幹)이 다른 두 나무 가지결이 서로 연결되어 하나가 된 것.

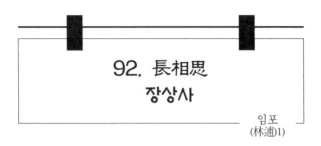

92. 長相思
장상사

임포
(林逋)1)

吳山靑2)	오산은 푸르고
越山靑3)	월산도 푸르네
兩岸靑山相送迎	푸른 산의 양 언덕에서 서로 보내고 맞이하니
誰知離別情	누군들 우리의 이별의 심정을 알아나줄까?
君淚盈	그대 눈물이 가득
妾淚盈4)	저도 눈물이 담뿍
羅帶同心結未成5)	비단끈 맺어 한 마음 되자던 약속 아직 못 이루었는데
江頭潮已平6)	강둑과 밀물은 어느새 수평이 되어버렸네

주 석

1) 임포(林逋): (967-1028) 자(字)는 군하(君夏). 북송 때 전당(錢塘)[지금의 절강성(浙江省) 항주시(杭州市)]사람. 그는 서호고산(西湖孤山)에 은거하며, 종신토록 벼슬하지 않았다. 후세 사람들은 그를 '화정선생(和靖先生)'이라 칭한다. 시풍(詩風)은 담박하고 원대하다. 은일생활을 많이 노래했으나, 전해지는 것은 매우 적다.

2) 오산(吳山): 지금의 절강성(浙江省) 항주(杭州) 전당강(錢塘江)의 북쪽 구릉.

3) 월산(越山): 전당강(錢塘江)의 남쪽 구릉을 가리킴. 소흥시(紹興市) 이북에 있다. 이 일대 지방은 이전에 월국(越國)에 속해 있었기 때문에 이름을 지음.

4) 루영(淚盈): 눈물이 떨어지기 직전의 상태. 눈가에 가득 맺힘.

5) 나대(羅帶) 시구: 옛 사람들은 종종 고운 비단 허리띠로 동심결을 맺어 영원히 서로 사랑함을 표시했다. 이 구절은 혼사가 방해를 받게 되었음을 말한다.

동심결(同心結): 두 고를 내고 맞죄어서 엮는 매듭으로, 결혼식의 초례 때에는 반드시 청실과 홍실을 이용하였다. 동심결은 정(井)자 모양으로 매듭을 만들어 한끝을 당기면 곧 풀리도록 된 것인데, 이 것을 사통팔달(四通八達)이라고도 한다. 영혼이 자유로이 통한다는 의미이다.

6) 조이평(潮已平): 전당강의 밀물이 불어나 강기슭까지 높아졌음을 가리킴.

93. 蘇幕遮
소막차

범중엄
(范仲淹)1)

碧雲天	하늘엔 푸르른 구름
黃葉地	땅에는 노란 잎들
秋色連波	가을빛은 연이은 물결이요
波上寒煙翠	물결 위엔 싸늘한 비취빛 안개
山映斜陽天接水	지는 해는 산을 비추고 하늘은 바다와 잇닿아 있네
芳草無情	향기로운 꽃들은 무정하게도
更在斜陽外	다시 석양 밖에 있네
黯鄕魂	고향을 그리는 서글픈 넋은
追旅思2)	나그네 수심을 좇아
夜夜除非	밤마다 잠잘 적에
好夢留人睡3)	달콤한 꿈으로 사람에게 남아 있네
明月樓高休獨倚4)	명월은 누각 높이 떴으니 난간에 홀로 기대지 마라
酒入愁腸	한잔 술 근심스런 마음에 들어와
化作相思淚	그대 그리는 눈물되어 흐르네

주 석

1) 범중엄(范仲淹)(986-1052): 자(字)는 희문(希文). 북송(北宋) 오현(吳
縣)[지금의 강소성(江蘇省) 소주시(蘇州市)]사람.

정계에서 혁신을 주장했다.

사람을 등용하는 데 있어서는 '음덕'으로 관리가 되는 것을 제한시키고, 유능하고 노련한 사람을 등용시킬 것을 주장했다. 그의 사의 의경은 호탕했고, 풍격이 밝고 건설적이다. 그러나 전해지는 시구가 많지 않다.

2) 암(黯): 원뜻은 '캄캄하다. 어둡다'의 의미이나 여기서는 '서글프다'라는 시적인 표현 용어로 쓰였다.

3) 야야제비(夜夜除非)두 구: 사의 뜻에 근거하면 한 구이며 두 구가 아니다.

　　호운익(胡云翼) ≪송사선 宋詞選≫주석 참조

　　제비(除非): 반드시 ~하여야 한다. ~않고는. 비록 ~이기는 하지만.

4) 휴(休): 이 작품에서는 '~ 하지 마라'의 의미이다.

94. 御街行1)
어가행

범중엄
(范仲淹)

紛紛秋葉飄香砌2)　　우수수 가을 낙엽은 향기를 섬돌에 흩날리고

夜寂靜　　밤은 적막하고 고요한데

寒聲碎3)　　찬바람에 낙엽 부서지는 소리

眞珠簾捲玉樓空4)　　진주발을 걷어올리니 옥루는 공허한데

天淡銀河垂地　　하늘은 맑고 은하수 땅에 드리워진다

年年今夜　　해마다 이 밤이면

月華如練　　달빛은 누인 비단 같건만

長是人千里5)　　그대는 길이 천리밖 사람

愁腸已斷無由醉6)　　수심에 이미 간장 끊겨 취할 길도 없어

酒未到　　술 대기도 전에

先成淚　　눈물 먼저 이루네

殘燈明滅枕頭欹7)　　꺼져가는 등불 가물거리며 베갯머리에 기울적에

諳盡孤眠滋味8)　　홀로 잠드는 재미를 실컷 맛보누나

都來此事　　도대체 이런 이별의 일이란

眉間心上　　눈썹 사이와 마음에서

無計相回避9)　　회피할 도리가 없는가 보다.

1) 어가행(御街行): 이상 두 수의 詞는 '유려(柔麗)'로써 후세에 일컬어
   졌고, 골력(骨力) 또한 비교적 강하다고 할 수 있다.

2) 분분(紛紛): 낙엽 등이 어지러이 떨어지는 모양.
   추(墜): 떨어지다.
   표(飄): 나부끼다.
   체(砌): 섬돌, 계단

3) 적정(寂靜): 고요하다. 적막하다.
   쇄(碎): 부서지다.

4) 진주(眞珠): 진주(珍珠).
   렴(簾): 발

5) 월화(月華): 달빛
   련(練): 흰(누인) 비단

6) 수장(愁腸): 근심스러운 마음.
   무유(無由): 어쩔 도리가 없다.
   취(醉): 취하게 하다.

7) 잔등(殘燈): 꺼지려고 하는 등불.
   멸(滅): 꺼지다. 소멸하다.
   침두(枕頭) : 베갯머리
   기(敧): 기울다.

8) 암(諳):잘 알다. 익숙하다.
   자미(滋味): 재미, 홍취, 맛

9) 무계(無計): 어찌할 도리가 없다.

95. 蝶戀花
접연화

안수
(晏殊)1)

檻菊愁煙蘭泣露1)	난간의 국화는 안개에 근심 서리고 난초는 이슬에 눈물짓네
羅幕輕寒	비단 장막으로 가벼운 한기 들어오고
燕子雙飛去	제비는 쌍쌍이 날아가네
明月不暗離恨苦	밝은 달은 이별의 서러움과 고통을 기억하지 못하는지
斜光到曉穿朱戶	기우는 달빛은 새벽이 되자 붉은 지게문을 뚫는구나
昨夜西風凋碧樹3)	어젯밤 서풍에 푸른 나무 시들었구나
獨上高樓	홀로 높은 누각에 올라
望盡天涯路3)	하늘 가 길을 끝없이 바라본다
欲寄彩牋兼尺素4)	편지도 엽서도 보내고자 하나
山長水闊知何處	산은 길고 물은 넓으니 어딘 줄 알겠는가!

주 석

1) 안수(晏殊 991-1055): 자(字)는 동숙(同叔), 임천(臨川)[지금의 강서성(江西省) 무주시(撫州市)사람, 송나라 인종(仁宗)때 재상을 지냈다, 사풍이 한적하고 아취가 있으며, 언어가 고상하고 아름다우며, 음운이 조화를 이룬다. 그는 남당의 풍연사(馮延巳)의 영향을 많이 받았고, 당시에 대가로 일컬어졌다.

2) 함국(檻菊) 시구: 전체 구의 의미가 멀리 떨어져 있는 사람의 안중에 내포되어 있으며, 화초 역시 근심과 고통으로 충만되어 있다.

3) 작야서풍(昨夜西風) 세 시구: 왕국유(王國維)≪인간사화 人間詞話≫에서 "고금을 통해 큰 사업과 큰 학문을 성취하려면 반드시 세가지 종류의 경계를 지나야 한다. '작야서풍조벽수, 독상고루, 망진천애로(昨夜西風凋碧樹, 獨上高樓, 望盡天涯路), 이것이 첫번째 경계이다. 제2경계는 유영의 <접련화> 주)3 참고. 제3경계는 신기질의 <청옥안> 주)7참고

4) 채전(彩牋)과 척소(尺素)는 모두 서신을 가리킨다. 여기서 중복하여 말한 것은 말의 의미를 배가시켜 그리움이 간절함을 표시한 것이다.

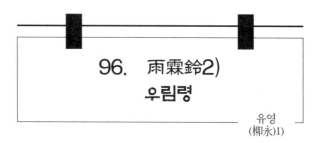

96. 雨霖鈴2)
우림령

유영
(柳永)1)

寒蟬凄切	차가운 쓰르라미 소리 처량하고
對長亭晚3)	장정에 황혼이 찾아드니
驟雨初歇	내리던 소나기 막 그친다
都門帳飮无緖4)	도성문 밖 포장 치고 마시며 갈피를 못 잡으니
方留戀處	미련은 곳곳에 남는데
蘭舟催發	목란 새긴 배 사공은 출발을 재촉하는 구나
執手相看淚眼	두 손 부여잡고 마주보니 흐르는 눈물에
竟無語凝咽	끝내 목이 메어 말 못하네
念去去千里煙波5)	갈 길 생각하니 천리 멀리 안개 낀 물결
暮靄沈沈楚天闊6)	저녁 노을 짙어지는 초 땅의 하늘 아득하구나
多情自古傷離別	옛부터 정 많은 사람 이별에 상처받으니
更那堪	어찌 더 감당하랴
冷落淸秋節	이 쓸쓸하고 처량하며 맑은 가을철을
今宵酒醒何處	오늘 밤 먹은 술 어디서 깨려나
楊柳岸	버드나무 늘어진 언덕
曉風殘月7)	새벽바람 불고 달빛은 쇠잔 한데
此去經年	이 뒤로 해 넘기면
應是良辰好景虛設	좋은 시절에 아름다운 경치도 헛것이 될텐데
便縱有千種風情	천 가지 풍치어린 정회 있다 한들

更與何人說　　　다시 어느 누구와 더불어 이야기할까

1) 유영(柳永): 생졸연대는 확실치 않다. 원명은 삼변(三變), 자(字)는 기경(耆卿), 북송 숭안(崇安) [지금의 복건성에 속함]사람이다. 그의 사(詞)는 오랫동안 타향에서 머물며 여행하는 심정을 묘사하는 데 능하였다. <우림령 雨霖鈴> 및 <팔성감주 八聲甘州> 두 사는 매우 유명하다. 그의 작품은 매우 널리 세상에 퍼져서 "우물이 있는 곳에서는, 곧 유영의 사를 노래 부를 수 있었다."라고 전해 온다.

2) 이 사는 유영의 유명한 대표작이다. 사가 마치 흐르는 구름과 흘러 가는 물 같아서 막힘없이 자연스럽고, 이별의 정경을 묘사하는 데 있어서 매우 생동감이 있다.

3) 장정(長亭): 고대 역로(驛路) 위에 10리마다 한 장정(長亭)이 있고, 5리마다 한 단정(短亭)이 있는데, 모두 사람들에게 걷다가 쉬어가게 하는 정자로서 배웅할 때 대부분 여기서 헤어졌다.

4) 도문(都門): 경성. 여기서는 변경(汴京)을 가리킨다.

5) 연파(煙波): 안개가 수면 상에 자욱히 끼어 있는 것.

6) 초(楚): 일반적으로 중국 남방 일대를 가리킨다.

7) 위의 세 사구(詞句)는 가을의 경치를 묘사한 것으로써 천고의 명구가 되었다.

97. 蝶戀花
접연화

유영(柳永)

佇倚危樓風細細1)	높은 누각에 기대어 서니 바람은 살랑이고
望極春愁	끝까지 바라보니 봄철의 뒤숭숭한 근심은
黯黯生天際	어둡게 하늘가에 생겨나네
草色煙光殘照裏	황혼에 풀빛의 안개 빛나고
无言誰會憑欄意	말없이 난간에 기대는 뜻을 뉘라 알랴
擬把疏狂圖一醉	미치도록 한바탕 취해 보고저
對酒當歌2)	술을 마주하고 노래 불러도
强樂還无味	억지로 즐기니 도리어 맛이 없네
衣帶漸寬終不悔	옷 띠가 점점 느슨해져도 끝내 후회하지 않고
爲伊消得人憔悴3)	그대 탓에 사람은 초췌해 졌네

주 석

1) 저(佇): 오랫동안 서 있다.
2) 대주당가(對酒當歌): 조조(曹操)의 <단가행短歌行>에 "술을 대하여 노래를 부르니, 인생이 그 얼마인가?"(對酒當歌, 人生幾何)

3) 이상의 두 구는 이미 왕국유(王國維)의 <인간사화 人間詞話>에 인용되었는데, 이는 고금을 통해 큰일과 큰 학문을 이루는 것의 제2경계로 비유되었다. 제1경계는 안수의 <접련화> 주3) 참고. 제3의 경계는 신기질의 <청옥안> 주7) 참고.

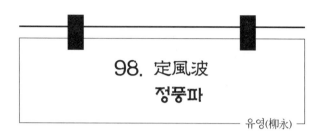

自春來	봄은 왔으나
慘綠愁紅1)	푸른 잎에도 처량하고, 붉은 꽃에도 슬프기만 하여
芳心是事可可2)	젊은 여인의 마음은 무엇에도 관심이 없네
日上花梢3)	태양은 꽃가지 위로 떠올랐고
鶯穿柳帶4)	꾀꼬리도 버드나무 사이를 빠져 날아가는데
猶壓香衾臥5)	여전히 향긋한 이불을 둘둘감고 누워 있구나
暖酥消6)	따뜻하고 고운 살결은 사라지고
膩雲嚲7)	머리카락도 헝클어 졌네
終日厭厭倦梳裹8)	종일토록 우울하여 빗질도 단장도 게을러지는구나
無那9)	어찌할 수 없네!
恨薄情一去10)	한스럽구나 박정한 님 한번 가신후에
音書無箇11)	편지 한 장 조차 없으니
早知恁麼12)	진작 이럴 줄 알았더라면...
悔當初	후회되네 애당초
不把雕鞍鎖13)	그 말안장을 묶어두지 못했으니
向鷄窓14)	서재를 향하여
只與蠻箋象管15)	단지 종이와 붓만을 대 주고
拘束教吟課16)	시문 읊고 공부하도록 잡아 둘 것을
鎭相隨17)	종일 따라다니며

莫抛躲18)	내버려두지 말 것을
針線閑拈伴伊坐19)	바늘 실 한가로이 쥐고 그의 옆에 앉아서
和我	나와 함께
免使年少光陰虛過20)	젊은 날을 헛되이 보내지 말 것을

주 석

1) 참(慘): 애처로움, 비참함
   수(愁): 시름
2) 방심(芳心): 젊은 여자의 마음.
   시사가가(是事可可): 어떠한 일에 대하여도 관심이 없다.
3) 초(梢): 나무가지의 끝
4) 앵(鶯): 꾀꼬리
   천(穿): 뚫다
5) 유(猶): 여전히
   압(壓): 접근하다, 누르다
6) 난(暖): 따뜻하다.
   수(酥): 깨끗하고 매끄러움. 노곤하다. 바삭바삭하다. 크림.
   소(消): 사라지다.
7) 이(膩): 기름지다.
   운(雲): 구름같이 숱이 많고 검은
   타(嚲): 휘늘어 지다 '軃'로도 되어있다. 밑으로 늘어져 있는 모양.
8) 염염(厭厭): 편하고 고요한 모양, 왕성한 모양.
   권(倦): 게으르다
   소(梳): 머리를 빗다
   과(裹): 싸매다.
9) 나(那): 어찌, 어떻게 하랴
10) 박정(薄情): 무정하다 야박하다
11) 음서(音書): 편지,서안
    무개(無箇): 없다. 개(箇)는 조사.
12) 임마(恁摩): 이와 같이.

13) 파(把): 잡다.

   조(雕): 새기다.

   안(鞍): 안장

   쇄(鎖): 잠그다.

14) 계창(鷄窓): 진(晉)나라의 송처종(宋處宗)이 닭 한 마리를 사다가 창가에 매어 두었더니 말을 잘 하기에 더불어 종일토록 담론했던 바 그 뜻이 매우 깊어 하루종일 그치지 않았다는 고사(故事)에서 유래

15) 만전상관(蠻箋象管): 종이와 붓.

16) 음과(吟課): 시문을 읊고 공부함.

17) 진(鎭): 늘, 항상, 진정시키다. 누르다

   수(隨): 따르다, 쫓다

18) 포(抛): 내버리다

   타(躱): 피하다

19) 한(閑): 한가하다

   넘(拈): (손가락으로)집다

   반(伴): 짝

   타(伊): 저, 이, 그

20) 광음(光陰): 시간

99. 八聲甘州
팔성감주

유영(柳永)

對瀟瀟暮雨灑江天1)	저문날 세차게 멀리 강위의 하늘에 비 뿌려
一番洗淸秋	청명한 가을을 한 번 씻누나
漸霜風淒緊2)	서리 점점 더 내리고 바람은 싸늘해지니
關河冷落3)	쓸쓸한 변방의 산하여
殘照當樓4)	지는 햇빛은 누각을 비치네
是處紅衰翠減5)	곳곳마다 붉은 꽃 파란 잎 시들어
苒苒物華休6)	어느덧 경물의 번화함도 그치고 마는구나
惟有長江水	오직 장강(長江)의 물만이
無語東流	말없이 동쪽으로 흐르는구나
不忍登高臨遠7)	참지 못해 높이 올라 먼 곳 향하여
望故鄕渺邈8)	고향을 바라보니 멀고 아득하여도
歸思難收	돌아갈 생각 거두기 어렵구나
嘆年來踪迹	해마다 떠도는 발자취 탄식하면서
何事苦淹留9)	무슨 일로 머물러 괴로워하는가
想佳人	그리운 님은
妝樓顒望10)	경대에서 멍하게 바라보다
誤幾回	몇 번이나 잘못 알았을까
天際識歸舟11)	수평선 너머 돌아오는 배를
爭知我	어찌 내 마음 알아줄까

倚闌干處12)　　　　홀로 난간에 기대어

正恁凝愁13)　　　　바로 이렇게 근심 맺혀 있을 줄을

주 석

1) 소소(瀟瀟): 비바람이 세차게 치는 모양

　　쇄(灑): 뿌리다

2) 점(漸): 점점, 차차

　　처(凄): 싸늘하다

　　긴(緊): 오그라들다

3) 관하(關河): 함곡관(函谷關)과 황하(黃河)

4) 잔조(殘照): 석양, 저녁해

5) 시처홍쇠취감(是處紅衰翠減): 곳곳의 초목이 시들어 떨어지다.

6) 염염(苒苒): 시간이 점점 흘러가는 모양, 초목이 무성한 모양

　　화(華): 색채, 빛깔, 꽃

7) 임(臨): 내려다 보다

8) 묘(渺): 아득하다

　　막(邈): 멀다, 아득히 멀다

9) 엄(淹): 머무르다

10) 가인(佳人): 사모(思慕)하는 사람

　　옹망(顒望): 간절히 바라다. 멍청히 바라보다. 뚫어지게 보다

11) 오(誤): 그릇되다. 잘못하다

　　천제(天際): 하늘의 가, 하늘의 끝(=수평선)

12) 쟁(爭): 어찌, 어떻게

13) 임(恁): 이같이

　　응(凝): 엉기다, 엉겨붙다

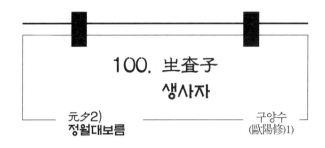

100. 生査子
생사자

元夕2)
정월대보름

구양수
(歐陽修)1)

去年元夜時	지난 해 정월 보름날 밤은
花市燈如畫	번화한 저자의 등불이 대낮 같았네
月上柳梢頭	달은 버드나무 가지 위에 걸렸는데
人約黃昏後	사람들은 황혼 이후를 약속하였다네

今年元夜時	올해 정월 보름날 밤
月與燈依舊	달과 등불은 옛날과 똑같은데
不見去年人	지난 해 사람은 보이지 않고
淚濕春衫袖3)	적삼소매만 눈물로 적시는구나

주석

1) 구양수(歐陽修): (1007-1072). 자(字)는 영숙(永叔). 호는 취옹(醉翁). 육일거사(六一居士). 여릉(廬陵)[지금의 강서성(江西省) 길안시(吉安市)]사람. 북송 고문 운동의 지도자이며 당송팔대가 중의 한 사람. 시풍은 물 흐르듯이 자연스러웠다. 시어가 부드럽고 아름다우며 남당(南唐)의 풍류를 이어받았다.

2) 원석(元夕): 원야(元夜)와 같다. 즉 음력 정월 15일의 보름달 밤.

3) 습(濕): 축축하다.

101. 南歌子
남가자

구양수
(歐陽修)

鳳髻金泥帶1)	봉황 모양의 머리 금가루 뿌린 띠로 묶고
龍紋玉掌梳	용 무늬 있는 손바닥 모양의 옥빗을 꽂았구나
走來窓下笑相扶2)	창밑으로 달려와 맞잡고 웃으며
愛道畫眉深淺入時無	애교로 말하길 "그린 눈썹 깊고 얕음 유행에 맞나요 아닌가요?"
弄筆偎人久3)	그리운 님 오랫동안 붓을 잡고 있다가
描花試手初	처음으로 직접 꽃을 그려 보려는구나
等閑妨了繡工夫4)	내키는대로 수 놓는 일 미루어 두고
笑問雙鴛鴦字怎生書	웃으며 묻기를 "원앙글자 어떻게 쓰는 것인가?"

주 석

1) 계(髻): 상투.
   금니(金泥): 즉 금가루. 금을 사용한 용품. 북송 때 굉장히 유행하였다.
2) 부(扶): 붙들다.
3) 농(弄): 놀다. 손에 가지고 놀다.
   농필(弄筆): 붓을 들다.
   외(偎): 가까이 하다. 사랑하다.
4) 등한(等閑): 마음에 두지 않음. 대수롭게 여기지 않음.
   방(妨): 거리끼다. 지장이 되다.

102. 臨江仙
임강선

안기도
(晏幾道)1)

夢後樓臺高鎖2)	꿈을 깨고 나니 누대 높이 잠겨
酒醒簾幕低垂3)	술이 깨이니 발과 막이 낮게 드리워졌다
去年春恨却來時	작년 봄 이별의 한 다시 솟구쳐 온 시절
落花人獨立	지는 꽃 앞에 사람은 홀로 섰으나
微雨燕雙飛4)	내리는 보슬비 속에 제비는 짝지어 나네

記得小蘋初見5)	기억난다, 소빈을 처음 보았을 때
兩重心字羅衣6)	두겹의 심자향을 쏘인 비단옷을 입고
琵琶絃上說相思	비파줄 위에 서로의 사모함을 말하였네
當時明月在	그때에 밝은 달이 떠 있어
曾照彩雲歸7)	아롱진 구름같은 그녀의 돌아섬을 비추었건만

주 석

1) 안기도(晏幾道): (약 1030 -- 1106), 자(字)는 숙원(叔原), 호는 소산 (小山), 임천(臨川) [지금의 강서성에 속함] 사람. 안수(晏殊)의 어 린 자식. 그의 사 풍격은 안수에 접근하여 이안(二晏)이라 일컫는 다. 애정에 정교하고, 연애생활과 가녀를 묘사하는데 중점을 두었 으며, 정조(情調)는 매우 감상적이다. ≪소산사 小山詞≫가 있다.

211　■ 中國古典愛情詩歌

2) 쇄(鎖): 자물쇠. 잠그다.

3) 염막(簾幕): 발과 막.

4) 미우(微雨): 이슬비. 가랑비. 보슬비.

5) 소빈(小蘋): 가녀(歌女)의 이름.

6) 심자나의(心字羅衣): 심자(心字) 모양의 향기를 쏘인 비단 옷. 여기서 "심자(心字)"는 서로 사모하는 정과 뜻이 쌍관관계가 있다.

7) 채운(彩雲): 빛이 고운 구름. 꽃구름.

103. 鷓鴣天
자고천

안기도
(晏幾道)

彩袖殷勤捧玉鍾1)	은근히 술잔을 받들어 권하던 채색 옷의 가녀
當年拚却醉顔紅2)	그 해엔 기꺼이 술 취해 얼굴 붉어졌네
舞低楊柳樓心月3)	버들가지에 걸린 달 누각 속으로 낮아지도록 춤추고
歌盡桃花扇底風	도화선 바람이 다하도록 노래를 불렀지
從別後	이별 후에
憶相逢	만났을 적 생각하면
幾回魂夢與君同4)	꿈속에서 그대와 함께 하기 몇 번이었던가
今宵賸把銀釭照5)	이 밤에는 연분홍 빛을 한껏 쪼여 보지만
猶恐相逢是夢中	오히려 만남이 꿈 속에서나 있지 않을까

주 석

1) 은근(殷勤): 친절함. 공손함.
   옥종(玉鍾): 옥으로 만들어진 술잔.
2) 반각(拚却): 기꺼이. 사양하지 않다. 손뼉치다.
   반(拚): 버리다. 손뼉치다(변)
   각(却): 사양하다. 어조사

3) 무저양류 (舞低楊柳) 두 시구: 밤을 즐기며 보내고, 노래 부르는 회수
   가 매우 많은 것을 가리킨다. 도화선(桃花扇)은 가무 때 쓰는 부채.
4) 기회(幾回): 몇 번. 몇 차례.
5) 소(宵): 밤.
   잉(賸): 한껏. 있는 대로. 남다. 한도 밖에 더 있음.

104. 江城子
강성자

소식
(蘇軾)1)

丁卯正月三十日夜記夢2) 정묘 정월 삼십일 밤에 꿈을 적음

十年生死兩茫茫3)　　　십년간의 삶과 죽음 둘 다 아득해졌구나
不思量　　　　　　　　생각하지 않으려 해도
自難忘　　　　　　　　스스로 잊기 어려워
千里孤墳4)　　　　　　천리 먼 곳에 외로운 묘
無處話凄凉　　　　　　처량함을 말할 곳 어디에도 없네
縱使相逢應不識　　　　설령 서로 만난다 해도 알아볼 수 없을 테지
塵滿面　　　　　　　　먼지만 얼굴에 가득하고
鬢如霜5)　　　　　　　귀밑머리 서리같기에

夜來幽夢忽還鄉6)　　　밤이 되어 아득한 꿈 속에 홀연 고향에 돌아가니
小軒窓　　　　　　　　작은 방 창가에
正梳粧7)　　　　　　　마침 화장을 하고 있었네
相顧無言　　　　　　　서로 말없이 돌아보다
惟有淚千行　　　　　　오직 천 줄기 눈물만이 하염없이 흐르네
料得年年腸斷處8)　　　생각하면 해마다 애끊는 곳은
明月夜　　　　　　　　달밝은 밤의
短松岡9)　　　　　　　작은 소나무 심어진 그 언덕이여

1) 소식(蘇軾) (1037-1101): 자(字)는 자첨(子瞻), 호는 동파거사(東坡居士), 북송 미산(北宋 眉山)[지금의 사천성(四川省) 미산현(眉山縣)] 사람.

정치적으로는 비록 구당파에 속하여 여러 번 좌천되었으나, 폐정을 개혁하는 요구도 있었다. 백성의 생활에 대해 큰 관심을 지녔다. 문장은 막힘이 없고 통달하게 썼으며, '당송팔대가'의 한 사람이 되었다. 또한 행서, 해서에 뛰어났고, 채양(蔡襄), 황정견(黃庭堅), 미불(米芾)과 더불어 '송사가'(宋四家)라 일컫는다. 그의 사는 호방(豪放) 일파를 개창했고, 필력이 웅건하여, 사의 영역을 확대했으며, 사의 의경을 끌어올렸다.

2) 을묘(乙卯): 송 신종(神宗) 희녕(熙寧) 8년(1075), 소식이 40세에 밀주(密州)[지금 산동성 (山東省) 제성현(諸城縣)]에서 태수를 맡았다.

3) 십년(十年) 사구: 소식이 이 사를 쓸 때, 그의 아내 왕불(王佛)이 세상을 떠난 지 10년이 되었다.

망망(茫茫): 넓고 멀어 아득하다.

4) 천리고분(千里孤墳): 작자 아내의 분묘는 사천성 팽산현(彭山縣)에 있었으므로 소식이 있는 밀주와는 거리가 몇천리가 된다.

5) 빈여상(鬢如霜): 빈(鬢)은 귀밑머리의 뜻으로 빈상(鬢霜), 빈설(鬢雪). 즉 '귀밑머리가 희어지다'라는 뜻이다.

6) 유(幽): 그윽하다

7) 정소장(正梳粧): 정(正)은 '마침'의 뜻. 소장(梳粧)은 머리빗고 화장하다라는 뜻.

8) 료득(料得): 추측하다. 헤아리다.

장단(腸斷): 창자가 끊어짐. 곧 매우 애통하다.

9) 단송강(短松岡): 여기서는 아내의 분묘를 가리킨다.

105. 少年游
소년유

소식(蘇軾)

潤州作,1) 代人寄遠 윤주에서 지어 누군가에게 멀리 부친다.

去年相送2)	지난해에 그대를 떠나 보낼 때
餘杭門外3)	여항문 밖에는
飛雪似楊花4)	흩날리는 눈이 버들개지와도 같았건만
今年春盡	금년 봄 다 지나가
楊花似雪	버들개지 눈과 같은 데
猶不見還家	아직도 볼 수 없네 그대 집으로 돌아옴을
對酒捲簾邀明月5)	술 마주하고 발 걷어 명월을 맞이하니
風露透窗紗6)	이슬 띤 바람결은 창문망사를 뚫어
恰似姮娥憐雙燕7)	마치 항아가 짝 지은 제비를 가련히 여긴 듯
分明照, 畫梁斜8)	뚜렷이 비추었네 채색한 기둥의 비껴 있는 곳에

주 석

1) 윤주작(潤州作): 윤주(潤州), 지금의 강소성(江蘇省) 진강시(鎭江市)
   이다. 이 때 소식이 항주통판(抗州通判)으로 부임하여, 일 때문에
   진강에 이르렀다.
2) 상(相): 동사앞에 쓰여 상대방에게 행해지는 일반적인 동작을 나타냄.

3) 여항문(餘杭門): 송나라 때 항주성 북쪽에 세 성문이 있었다. 그 중
   의 하나가 여항문인데 절서(浙西)와 강회(江淮)의 각지로 통한다.
4) 사(似): 같다
   양화(楊花): 버들개지. 버들가지의 꽃
5) 권(捲): 두루마리 같이 마는 것.
   렴(簾): 발
   요(遙): 맞이하다.
6) 투(透): 통과하다.
7) 흡사(恰似): 마치
   항아(姮娥): 항아(姮娥)는 남편이 비장(秘藏)한 불사약을 훔쳐 달로
   달아났다는 예(羿)의 아내. 달에 대한 이칭.
8) 량(梁): 들보, 다리.
   사(斜): 비스듬히.

106. 水調歌頭1)
수조가두

소식(蘇軾)

丙辰2)中秋, 歡飮達旦, 大醉, 作此篇, 兼懷子由3)
병진년 중추 밤새워 술 마시고 많이 취해서, 이 한편을 지으면서 아울러 자유
를 그리워한다.

明月幾時有	밝은 보름달은 언제부터 있었더냐
把酒問靑天	술잔 잡고 푸른 하늘 향해 묻노라
不知天上宮闕	모를레라 하늘 위 궁궐엔
今夕是何年	오늘 저녁이 어느 해인지
我欲乘風歸去	나 바람 타고 돌아가고파도
又恐瓊樓玉宇4)	다시 두려워라 옥으로 지은 선궁은
高處不勝寒	높은 곳이라 추위를 견디지 못할까 봐
起舞弄淸影	일어나 춤추며 맑은 그림자 희롱하니
何似在人間	어찌 같다 하리오 인간 세상과!
轉朱閣	붉은 누각을 돌아
低綺戶5)	무늬진 살창문 낮게 새어들어
照無眠	잠못 드는 이 비쳐주는가
不應有恨	달에게 그 무슨 원한 있으리오만
何事長向別時圓	어이해 항상 이별할 때만 둥글단 말인가?
人有悲歡离合	인간에겐 슬픔과 기쁨, 이별과 만남이 있고

月有陰晴圓缺　　달에겐 흐림과 개임, 둥금과 이지러짐이 있으니
此事古難全　　　이런 일 옛부터 온전하기는 어려웠다네
但願人長久　　　다만 바라노니 인간이 영원토록
千里共嬋娟6)　　천리 멀리서도 달빛 함께 누리길

107. 蝶戀花
접연화

소식(蘇軾)

花褪殘紅青杏小1)	붉은 꽃 시드니 작디작은 푸른 살구 열렸구나
燕子飛時	제비 날 때
綠水人家繞2)	푸른 물 따라 인가를 맴도네
枝上柳綿吹又少	가지 위 버들개지 바람 불어 적어지지만
天涯何處無芳草3)	하늘가 어느 곳엔들 예쁜 풀 없으리오
墙裏鞦韆墙外道4)	담장 안 그네, 담장 밖 길
墙外行人	담장밖에 지나가는 사람
墙裏佳人笑	담장 안의 아리따운 여인의 웃음소리
笑漸不聞聲漸悄	웃음소리 점점 사라져 들리지 않아
多情却被無情惱	다정함은 도리어 무정함에 괴로워하네

주 석

1) 퇴(褪): 시들어지다, 움츠려 넣다, 벗다
   잔(殘): 남은 것, 거의 끝나가는 것, 해치다. 멸망시킴.
2) 요(繞): 얽히다. 감기다. 둘러쌓다.
3) 천애(天涯): 하늘의 끝, 썩 먼 곳
   하처(何處): 어디, 어느 곳
   방초(芳草): 꽃다운 풀, 향기가 좋은 풀.
4) 장외(墙外): 담 바깥.
   추천(鞦韆): 그네. 고대 부녀자들은 봄 날에 주로 그네를 타고 논다.

108. 水龍吟
수룡음

소식(蘇軾)

次韻章質夫楊花詞　장질부의 양화사를 차운함

似花還似非花　　꽃인 듯 또 꽃이 아닌 듯
也無人惜從敎墜　　떨어지게 해도 아쉬워하는 사람 없구나
抛家傍路1)　　집 버려두고 길가에 뒹군다해도
思量却是2)　　생각해보니 도리어
無情有思　　무정하나 그리움이 있는 듯
縈損柔腸3)　　얽히고 상처 입은 연약한 마음이여
困酣嬌眼4)　　실컷 피로에 지친 예쁜 눈이여
欲開還閉　　뜨려고 하니 도리어 감기네
夢隨風萬里　　꿈속에서 바람 따라 만리를 날아
尋郎去處5)　　님이 간 곳 찾으려 했건만
又還被鶯呼起　　또 그만 꾀꼬리 울음소리에 깨고 말았네

不恨此花飛盡　　한스럽지 않노라 이 꽃 모두 날려도
恨西園　　한스러워 하노니 서쪽 동산에
落紅難綴6)　　떨어진 붉은 잎 꿰기 어려움을
曉來雨過　　새벽이 되어 비는 지나갔건만
遺踪何在　　남은 자취는 어디에 있는고
一池萍碎7)　　온 연못엔 부서진 부평초일세

春色三分	봄의 빛은 셋으로 나뉘어져
二分塵土	둘은 흙 먼지로 나뉘고
一分流水	하나는 흐르는 물로 나뉘었지
細看來	자세히 살펴보니
不是楊花	버들개지가 아니라
点点是離人淚	점점이 헤어진 사람들의 눈물인 것을

주 석

1) 포(抛): 버리다, 내버림. 던지다, 내던짐.

2) 사량(思量): 생각하여 헤아림.

3) 영(縈): 얽히다, 얼기설기 감김. 두르다, 위요함. 둘러 쌈.

　손(損): 상하다. 잔상함.

　유(柔): 부드럽다. 유연함. 약함.

　장(腸): 창자, 마음.

　영손유장(縈損柔腸): 버드나무 가지가 매우 가늘고 부드럽기 때문에 여기서는 부드러운 마음씨에 비유했다.

4) 감(酣): 즐기다, 술을 마시며 즐기다. 푹, 실컷, 한창, 사물의 힘이 가장 심하게 되어 아직 쇠퇴하지 않음.

　교안(嬌眼): 아름다운 눈. 옛 사람들의 시나 부 가운데서 버들잎을 버들눈이라고 많이 일컬었다.

5) 심(尋): 찾다. 탐색함, 방문함.

6) 철(綴): 꿰매다. 바늘로 얽어맴.

7) 평(萍): 개구리밥, 개구리과에 속하는 다년생 수초. 부평초(浮萍草)

　쇄(碎): 부수다, 여러 조각으로 깨뜨림.

　평쇄(萍碎): 원주(原注)에 의거한다: 버드나무 꽃잎이 물 위에 떨어졌으니 부평(浮萍)이라고 한다.

109. 賀新郎
하신랑

소식(蘇軾)

乳燕飛華屋	어린 제비가 화려한 집으로 날고
悄無人	고요히 사람도 없는데
桐陰轉午	오동나무 그늘은 오후로 옮겨 가고
晚凉新浴	늦으막에 상쾌하게 새로 목욕하네
手弄生綃白團扇	손으로 생사 깁의 둥글고 흰 부채를 부치는데
扇手一時似玉	부채와 손은 일시에 구슬과 같구나
漸困倚, 孤眠清熟	점차 졸려 기대고, 외로이 맑고 깊게 잠드네
簾外誰來推繡戶	발 너머 누가 와서 수 놓은 문을 밀고 들어와
枉教人夢斷瑤臺曲1)	헛되이 남의 꿈속의 요대곡을 깨게 하는가?
又却是	또 도리어
風敲竹	바람은 대나무를 두드리네
石榴半吐紅巾蹙2)	석류는 반쯤 토해내어 주름진 붉은 수건 같은데
待浮花浪蕊都盡3)	떠도는 헛꽃들이 모두 지기를 기다려
伴君幽獨	그대와 함께 그윽히 홀로 있으리
穠艷一枝細看取4)	농염한 가지 하나를 자세히 보니
芳心千重似束	향기로운 마음 천겹으로 묶여 있는 듯 하네
又恐被	또 두려워 하는 것은
西風驚綠5)	서풍에 놀라 푸른 잎만 남을까봐
若待得君來向此	만약 그대 여기에 오는 것을 기다릴 수 있다면

花前對酒不忍觸 　 꽃앞에서 술을 마주대하고도 차마 만지지 못하리
共粉淚 　 꽃가루와 눈물이 함께
兩簌簌6) 　 서로 주루룩 흘러내리겠지

주 석

1) 왕(枉): 헛되이
   요대(瑤臺): 옥의 집, 훌륭한 궁전. 신선이 사는 곳.
   요대곡(瑤臺曲): 요대(瑤臺)는 옥석으로 쌓아올려 만든 누대로서 이
   는 선경(仙境)을 가리킨다. 곡(曲)은 깊은 곳이다.
2) 축(蹙): 찡그리다. 얼굴에 주름을 지게 함.
3) 예(蕊): 꽃술, 암꽃과 수꽃 술의 총칭.
4) 농염(濃艶): 꽃이 한창 어우러져 피어서 아름다움.
5) 경(驚): 놀라다
   피서풍경록(被西風驚綠): 석류는 여름에 꽃이 피는데, 서풍(추풍)이
   불고나면, 석류 꽃은 더욱 시들어 떨어지고, 다만 한 잎의 푸른 잎
   만 남았다는 것이다.
6) 속속(簌簌): 눈물이 흐르는 모양

110. 鵲橋仙2)
작고선

진관
(秦觀)1)

纖雲弄巧3)　　가느다란 구름은 잔꾀를 부리고
飛星傳恨4)　　날으는 별들은 한스러움을 전하러
銀漢迢迢暗渡5)　까마득한 은하수 몰래 건넜네
金風玉露一相逢6)　가을 바람과 구슬 같은 이슬지나 서로 한번 만나지만
便勝却人間無數7)　도리어 인간세상의 무수한 만남보다 나은걸

柔情似水8)　　부드러운 애정은 물과 같고
佳期如夢9)　　감미로운 시간은 꿈과 같았으니
忍顧鵲橋歸路10)　오작교 귀로에서 차마 돌아볼손가
兩情若是久長時11)　둘이서 이처럼 오랜시절 정들었으니
又豈在朝朝暮暮12)　또 어찌 아침 저녁마다 함께 하겠는가

주 석

1) 진관(秦觀): (1049-1100) 자(字)는 소유(少遊). 양주 고우(揚州 高郵)
　[지금의 강소성(江蘇省)의 현(縣)이름]사람이다. 그는 소식문하의 4
　명의 학사중 하나이다. 당시 저명한 사가(詞家)였다. 풍격과 언어상
　에 있어서 대체로 경향이 유영(柳永)과 같았다. 그 사는 수려하고
　함축적인 점이 뛰어나고, 완약(婉約) 일파(一派)에 속한다. 남녀애
　정을 많이 지었고, 불행한 신세를 슬퍼하는 작품들도 상당히 많다.

2) 이 사는 진지하고도 충정한 애정을 노래하여, 우리들로 하여금
   예술을 향유하면서 아름다운 감화에 이르게 한다. 왕국유(王國維)
   가 말했다. "경계(境界)가 있으면 높은 품경을 저절로 이룬다."(인
   간사화 人間詞話) 견우, 직녀의 고사에 관해서는 <고시 · 초초견
   우성 古詩 · 迢迢牽牛星>을 참고 바람.
3) 섬(纖): 가늘다.
   농교(弄巧): 잔꾀를 쓰다.
4) 비성(飛星): 이것은 직녀성을 가리킨다. 고대신화에서 그것을 견
   우성과 함께 서로 사랑하는 직녀(織女)와 우랑(牛郎)이라고 말한
   다. 매년 7월초 7일(칠석), 직녀가 은하수를 건너서 우랑과 서로
   한번 만난다.
5) 은한(銀漢): 은하수
   초초(迢迢): 형상이 아득히 멀다.
   도(渡): 건너다. 건네다.
6) 금풍(金風): 가을바람. 금(金)은 오행설(五行說)에서 가을임. 추풍
   (秋風).
   옥로(玉露): 맑고 깨끗한 방울진 이슬
7) 각(却): 도리어.
8) 유(柔): 부드럽다.
9) 가기(佳期): 좋은 시절(時節). 미인(美人) 또는 애인과 만나는 때.
   혼인날.
10) 고(顧): 돌아보다.
    작교(鵲橋): 신화에 근거해서 말하면 직녀가 매년 은하수를 건널
    때 한 무리의 까치가 그녀가 강을 건너게끔 다리를 놓은 것.
11) 약시(若是): 이와같이, ～하다면, ～와 같다면.
    구장(久長): 오래고 깊. 지극히 오램. 구원(久遠).
12) 기(豈): 어찌
    조조모모(朝朝暮暮): 매일 아침과 매일 밤.

111. 滿庭芳1)
만정방

진관(秦觀)

山抹微雲2)	산에 옅은 구름을 칠하고
天黏衰草	하늘에 시든 풀을 붙였는데
畵角聲斷譙門3)	호각소리 망루 문에서 끊겼네
暫停征棹4)	노저어 떠나는 배를 잠시 멈춰
聊共引離尊5)	애오라지 이별의 술잔 함께 끌어 당겨
多少蓬萊舊事6)	봉래각의 여러 옛 일들
空回首7)	부질없이 돌이켜보니
烟靄紛紛8)	안개만이 풀풀 날리네
斜陽外9)	기우는 햇빛 저넘어에는
寒鴉數點10)	겨울 까마귀 점점이 날아가고
流水繞孤村11)	흐르는 물은 외로운 마을을 감도는구나
銷魂12)	슬픔에 넋을 잃은
當此際	바로 이 때에는
香囊暗解13)	향낭을 가만히 풀어주고
羅帶輕分14)	명주끈도 기꺼이 나누었지
謾贏得靑樓15)	헛되이 청루에서 얻은 거라고는
薄倖名存16)	불행한 이름만이 남아 있는 것
此去何時見也	이제 떠나가면 언제나 보려나
襟袖上17)	옷깃 소매 위에

空染啼痕18)　　　　부질없이 울었던 눈물 자국만 얼룩지네

傷情處19)　　　　　마음 상한 그 곳

高城望斷20)　　　　끝간 데 바라본 높은 성안에

燈火已黃昏21)　　　황혼속의 등불은 사그러졌네

주 석

1) 방(芳): 꽃다운 풀. 향기가 좋은 풀.

2) 말(抹): 지우다

3) 화각(畫角): 뿔로 만든 아름다운 피리. 호각.
   초문(譙門): 초루(譙樓)의 문. 초루는 성문(城門)위에 세운 망루(望樓)

4) 잠(暫): 잠깐
   정도(征棹): 노 저어 가다. 떠나가다.

5) 료(聊): 애오라지, 마음에 부족하나마 그대로
   준(尊): 술 그릇

6) 봉래(蓬萊): 즉 봉래각(蓬萊閣)을 말한다. 옛터가 지금의 절강성(浙江省) 소흥시(紹興市) 용산(龍山)에 있다.

7) 공(空): 헛되이
   회수(回首): 머리를 뒤로 돌림(=回頭). 회고하다.

8) 연애(烟靄): 연기와 아지랑이. 아지랑이. 운기(雲氣)
   분분(紛紛): 잇달아, 어수선하게 많다. 뒤숭숭하게 시끄러움.

9) 사양(斜陽): 지는 해. 석양(夕陽)

10) 한아(寒鴉): 갈가마귀.

11) 요(繞): 두르다.

12) 소혼(銷魂): 넋이 빠짐(=魂銷)

13) 향낭암해(香囊暗解):옛날 남자가 향주머니를 가지고 다니는 기풍이 있었다.

14) 나대경분(羅帶輕分):옛날 사람들이 띠를 묶어서 서로의 사랑하는 정을 상징하였다. 여기서는 명주실 패가 쉽게 풀어지는 것으로써 이별을 표시했다.

15) 만(謾): 함부로, 마구, 속이다.
    영득(贏得): 얻다. 획득하다. 이것만은 이득이다.

청루(靑樓): 옛날에 기녀와 가무녀가 거처하던 곳이다.
16) 박행(薄倖): 복이 적음. 불행(不幸)
17) 금(襟): 옷깃.
    수(袖): 소매
18) 염(染): 적시다. 물들다.
    제혼(啼痕): 울어서 눈물이 흐른 자국
19) 상정(傷情): 상심하다. 마음 아파하다.(=傷心)
20) 망단(望斷): 여기서는 멀리 눈 가는데 까지 바라봄. 바라던 일이
    실패로 돌아감.
21) 황혼(黃昏): 해가 지고 어둑어둑할 때. 어스레할 때.

112. 搗練子2)
도련자

하주
(賀鑄)1)

收錦字3)	비단에 새긴 시를 거두어 들여
下鴛機4)	원앙자구 수놓는 기계로 내려가
淨拂床砧夜捧衣5)	평상의 다듬잇돌을 정갈히 하고 밤이 되면 옷을 두드려야지
馬上少年今健否6)	말 위의 소년은 지금 몸이나 건강한지?
過瓜時見雁南歸7)	만기가 지났는데 보이는건 남쪽으로 돌아가는 기러기뿐

주 석

1) 하주(賀鑄): (1052 -1125) 자(字)는 방회(方回)이고, 위주(衛州), [지금의 하남성(河南省) 급현(汲縣)]사람이다. 그는 곧잘 옛날의 악보로 새로운 사(詞)를 써서 그 곡조 이름을 바꾸었는데, 그것을 '우성(寓聲)'이라고 한다. 그의 사는 정취가 잘 드러나며, 자구가 잘 다듬어 졌다. 또 항상 고악부와 당나라 사람들의 시구를 운용해서 사를 썼다. 내용은 대부분 규방 아낙의 심정과 이별의 그리움을 많이 묘사 했으며, 또한 공명이 성취되지 못한 것을 한탄하고, 술을 마구 마시고 분방했던 작품도 있다.

2) 도(搗): 찧다, 두드리다
  련(練): 누이다. 모시, 명주등을 잿물에 삶아서 부드럽게 하다.

3) 금자(錦字): 이백의 <오야제 (烏夜啼)>의 "織錦秦川女"주석을 참조. <오야제>는 당대의 문장가요 시인이었던 소혜(蘇惠)의 마음을 노래한 것이다. 그녀의 남편은 진천에서 지방장관으로 있다가 죄를 짓고 유사(流紗)로 유배를 당했다. 이때 소혜는 비단에 840자의 빙빙돌아 가면서 읽는 회문시(回文詩)를 무늬 놓아 짜서 남편에게 보냈던 것이다. 그 내용이 하도 애절해서 남편이 아내 소혜를 유형지로 불러 함께 살았다는 사연을 이백이 새롭게 지은 것이다.

4) 원(鴛): 원앙

5) 침(砧): 옷감을 다듬질하는 돌
   상(床): 옷감을 다듬질하는 돌을 지탱하는 대. 고대에 부녀가 대부분 가을에 옷을 빨아 추위를 막기 위해 원정 나간 사람에게 부쳤다.
   불(拂): 떨다, 떨어 없애다, 바로잡다
   도(擣): 찧다

6) 건(健): 튼튼하다

7) 과시(瓜時): 임기가 차서 교체하다. 즉 복역기간이 만기가 되어 사람을 바꾸어 교체한다는 뜻이다.
   안(雁): 기러기

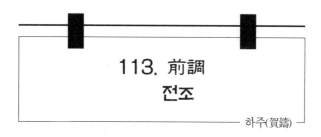

113. 前調
전조

하주(賀鑄)

斜月下1)   비낀 달은 아래로

北風前   북풍은 앞에서

萬杵千砧擣欲穿2) 다듬이 돌 방망이질 천만번에 두드려 꿰뚫려 하네

不爲擣衣勤不睡3) 옷 다듬질 아니라도 할 일 많아 잠 못자니

破除今夜夜如年4) 오늘 밤 보내면 이밤이 일년 같겠네

주 석

1) 사월(斜月): 서쪽으로 기운 달, 막 지려하는 달

2) 저(杵): 공이, 방망이, 다듬이

   침(砧): 다듬잇돌

   도(擣): 찧다

   천(穿): 뚫다, 해어지다

3) 도의(擣衣): 다듬이질 함.

4) 파제(破除): 타파하다, 배제하다

   파제금야(破除今夜): 오늘 밤을 지내다.

233   ■ 中國古典愛情詩歌

하주(賀鑄)

重過閶門萬事非2)	소주 서북문 다시 지나보니 만사가 다르네
同來何事不同歸	같이 왔었건만 어인 일로 같이 돌아가지 못하나
梧桐半死淸霜後3)	맑은 서리 내린 뒤 오동나무 반쪽이 죽고
頭白鴛鴦失伴飛4)	머리 하얗게 샌 원앙새 짝을 잃고 날아가는구나

原上草5)	언덕 위의 풀에
露初晞6)	이슬이 처음으로 마르고
舊棲新壠兩依依7)	옛집과 새무덤 둘 다 어른거리네
空床臥聽南窓雨	빈 침대에 누워 남쪽 창문의 비소리를 듣네
誰復挑燈夜補衣8)	밤이되면 누가 다시 등심지 돋고 옷 기우랴?

주 석

1) 자고(鷓鴣): 꿩과에 딸린 메추라기 비슷한 새
2) 창문(閶門): 소주(蘇州)의 성문의 하나로 여기서는 소주(蘇州)를 가리킨다.
3) 오동반사(梧桐半死): 오동(梧桐)은 교목으로서 여름에 꽃이 핀다. 암수가 같은 그루이기 때문에 합하여 오동(梧桐)이라 일컫는다. 여기서는 '짝을 잃다'는 뜻을 가리킨다.
4) 백(白): 머리가 희게 되다

반(伴): 짝

5) 원상초(原上草)의 두 시구: 사망을 비유한다.

6) 희(晞): 햇볕에 말리다. 건조하다.

7) 서(棲): 살다, 보금자리

　롱(瓏): 롱(壟)과 같다. 무덤.

　의의(依依): 아쉬워하는 모양. 사모하는 모양.

8) 도등(挑燈): 등불의 심지를 돋우다. 등을 높이 걸다.

　보의(補衣): 옷을 깁다.

115. 卜算子
복산자

이지의
(李之儀)1)

我住長江頭2)	나는 장강의 상류에 살고
君住長江尾3)	님은 장강의 하류에 사시네
日日思君不見君4)	날마다 님 생각해도 님은 볼 수 없는데
共飮長江水	장강의 물은 함께 마시고 있구나
此水幾時休	이 물이 언제면 멎으랴
此恨何時已	이 한이 언제면 그치랴
只願君心似我心5)	다만 임의 마음도 내 마음 처럼
定不負相思意6)	그리는 정 반드시 저버리지 않기를 바라네

주 석

1) 이지의(李之儀): 서기1080년 전후에 살았다. 자(字)는 단숙(端叔)이고, 스스로 호(號)를 고계거사(姑溪居士)라 불렀으며, 무체(無棣)[지금의 산동성(山東省) 현(縣)의 이름]사람이다. 송(宋) 신종(神宗) 때 진사(進士)를 지냈다.
2) 장강두(長江頭): 장강(長江)상류 사천성(四川省)일대 지방.
3) 장강미(長江尾): 장강(長江)하류 강소성(江蘇省)일대 지방.
4) 일일(日日): 날마다.
5) 원(願): 바라다.
6) 부(負): 저버리다.

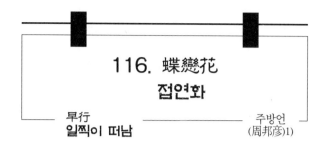

116. 蝶戀花
접연화

早行
일찍이 떠남

주방언
(周邦彦)1)

月皎驚烏棲不定	휘영청 달이 밝아 까마귀도 놀라 편히 깃들지 못하고
更漏將闌2)	물시계는 끝나가려 하는데
轆轤牽金井3)	우물에서 끌어올리는 도르래 소리
喚起兩眸淸炯炯4)	내 두 눈을 맑고 빛나게 하고
淚花落枕紅綿冷	눈물이 베개에 떨어져 붉은 베갯잇 차게 하네
執手霜風吹鬢影5)	손 잡으니 서리 바람에 불어 날리는 살쩍 그림자
去意徊徨6)	방황하다 주의하지 못하니
別語愁難聽	이별의 말은 근심되어 듣기 어렵네
樓上闌干橫斗炳7)	누대에는 북두성 빛이 가로질러 흩어지고
露寒人遠鷄相應	찬 이슬에 사람은 멀어지며 닭 우는 소리만 서로 호응하네

주 석

1) 주방언(周邦彦): (1056-1121) 자(字)는 미성(美成)이고, 전당(錢塘)[지금의 절강성(浙江省) 항주(杭州)] 사람. 송나라 시대 휘종(徽宗) 때 대성부(大晟府)[음악기관]의 제거(提擧)[주관자]를 지냈다. 그는 음률에 정통했으며, 일찍이 적지 않은 새로운 사조(詞調)를 창작했다. 작품으로는 규방의 사랑, 객지에서의 생활을 많이 썼으며, 또한 사물을 읊조린 작품도 있다. 격률(格律)이 엄밀하고, 바른 것을 추구했으며, 사구를 지나치게 수식하는 것으로 흘렀다.

후에 격률파(格律派) 사인의 시조가 되었다.

2) 루(漏): 물시계.

3) 록로(轆轤): 물을 길 때 쓰는 활차. 두레밧줄을 걸치는 도르레나 고리.

견(牽): 물을 긴는 두레박을 끌어당기는 것.

금정(金井): 조각하여 금빛으로 장식한 우물난간.

4) 환기(喚起): 불러일으킴.

형형(炯炯): 밝게 빛나는 모양.

5) 빈(鬢): 살쩍, 귀앞에 난 머리털.

6) 회황(徊徨): 어지러이 거닐다. 방황하다.

7) 란간(闌干): 종횡으로 어지럽게 흩어지는 모양. 빛이 고운 모양. 눈물이 많이 흐르는 모양.

두병(斗炳): 북두칠성의 제 5번째에서 7번째 별을 가리키는 것으로 모양이 국자와 같다.

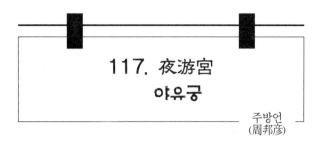

117. 夜游宮
야유궁

주방언
(周邦彦)

葉下斜陽照水	낙엽은 석양이 비치는 물에 떨어지고
捲輕浪沈沈千里1)	가벼이 휘감는 파도는 아득히 천리를 흐르네
橋上酸風射眸子2)	다리위에 찬 바람 간간히 눈동자를 쏘는구나
立多時	오래도록 서있으니
看黃昏3)	황혼이 보이고
燈火市	장터엔 등불이 밝아진다
古屋寒窓底	오래된 집의 차가운 창밑에는
聽幾片井桐飛墜4)	우물가 오동잎 몇잎 날려 떨어지는 소리가 들려
不戀單衾再三起	홀로 덮는 이불에 미련이 없어 일어나길 두세번
有誰知	누가 있어 알아주리오
爲蕭娘5)	그녀를 위해
書一紙	한 통의 사랑의 편지 쓰는 것을

주 석

1) 침침(沈沈): 정도가 깊은 모양, 어둡고 흐릿한 모양.
2) 모자(眸子): 눈동자.
3) 황혼(黃昏): 해가 져서 어둑어둑한 모양.

4) 비추(飛墜): 날려 떨어지다.

5) 위소랑(爲蕭娘) 두 시구: 양거원(楊巨源)의 <최랑 崔娘>시에 이렇게 적혀있다. "멋있는 재사가 춘정이 많아, 애끓는 그녀에게 편지 한통 쓰네.(風流才子多春思, 腸斷蕭娘一紙書)" 살펴보면 소랑은 여자에 대한 총칭이다.

118. 菩薩蠻
보살만

주방언
(周邦彦)

銀河宛轉三千曲1)	강물은 삼천굽이 이리저리 흐르고
浴鳧飛鷺澄波綠2)	목욕하는 물오리 날으는 해오라기 맑고 푸른 물결에 비친다
何處是歸舟	어디서 돌아오는 배인가?
夕陽江上樓	석양은 강가의 누각을 비추는데
天憎梅浪發3)	하늘은 만발한 매화를 미워하여
故下封枝雪4)	일부러 가지를 막으려고 눈을 뿌린다
深院捲簾看5)	깊숙한 안방에서 발 걷어올려 바라보니
應憐江上寒	강가의 추위에 가련할 수밖에

주 석

1) 은하(銀河): 은하수, 여기서는 인간세상의 흐르는 강을 가리킨다.
2) 부(鳧): 물오리. 오리과에 속하는 야생의 오리.
   로(鷺): 백로과에 속하는 물새. 해오라기.
3) 매랑발(梅浪發): 매화가 지나치게 핀 것을 가리킨다.
4) 봉(封): 막다. 쌓아 올리다.
5) 권렴(捲簾): 발을 걷어 올리다.

119. 虞美人
우미인

주방언
(周邦彦)

疏籬曲徑田家小1)　　작은 농가 굽은 샛길에 성긴 울타리
雲樹開淸曉2)　　　　맑은 아침 나무 위의 구름이 흩어지네
天寒山色有無中　　　차가운 날씨에 산 색깔은 있는 듯 없는 듯
野外一聲鐘起送孤篷3)　야외의 종소리 외로운 배를 떠나 보내네

添衣策馬尋亭堠4)　　옷을 껴입고 말을 채찍질하여 정보를 찾아드니
愁抱惟宜酒5)　　　　서린 근심엔 오직 술을 안아야만 하네
菰蒲睡鴨占陂塘6)　　물오리는 연못을 차지하여 풀 위에서 졸다가
縱被行人驚散又成雙7)　비록 행인에게 놀라 흩어졌다가도 다시 짝을 이루네

주 석

1) 소리(疏籬): 성긴 울타리.
　곡경(曲徑): 꼬불꼬불한 작은 길.
2) 청효(淸曉): 맑은 새벽.
3) 봉(篷): 거룻배. 작은 배.
4) 첨의(添衣): 옷을 더 입다. 옷을 새로 짓다. 옷가지를 늘리다.
　책(策): 채찍질하다
　심(尋): 찾다

정후(亭堠): 옛날의 정보(亭堡). 역참(驛站)에서는 술을 사서 마실 수 있었다. 후(堠)는 돈대 즉, 흙을 쌓아 만든 이정표나 보루
5) 포(抱): 안다, 품다
   의(宜): 옳다, 마땅하다
6) 고포(菰蒲): 수초.
   압(鴨): 물오리
   파당(陂塘): 저수지 둑을 나타냄.
   파(陂): 언덕, 방죽. 기울어지다(피)
7) 종(縱): 설사 …일지라도
   피(被): …당하다

120. 好事近
호사근

료세미
(廖世美)1)

落日水鎔金2)	석양은 쇠를 녹이듯 물에 비치고
天淡暮烟凝碧3)	맑은 하늘엔 저녁 연기 푸르게 뭉쳤네
樓上誰家紅袖4)	누각 위엔 뉘집 여인의 붉은 소매인가
靠欄杆無力5)	힘없이 난간에 기대어 있네
鴛鴦相對浴紅衣6)	원앙새 마주하여 붉은 깃털 씻는데
短棹弄長笛7)	작은 배에서 긴 피리를 부니
驚起一雙飛去	한 쌍이 놀라 날아가고
聽波聲拍拍8)	파도치는 소리만이 들려온다

주 석

1) 료세미(廖世美): 생애 업적이 분명하지 않다.
2) 낙일(落日): 지는 해. 석양.
3) 담(淡): 엷다
   응(凝): 엉기다
4) 홍수(紅袖): 부녀의 소매, 부녀자.
5) 고(靠): 기대다
   란(欄): 난간
6) 홍의(紅衣): 여러 가지 고운 빛깔이 있는 깃털.

7) 단도(短棹): 작은 배, 여기서는 유람선을 가리킨다.
8) 박박(拍拍): 파도가 치다. 날개를 푸두둥 푸두둥 치는 모양.

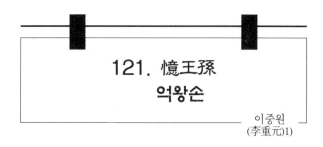

121. 憶王孫
억왕손

이중원
(李重元)1)

姜姜芳草憶王孫2)　무성한 방초에 귀공자 생각나고
柳外樓高空斷魂3)　버드나무 밖 누각은 높은데 텅비어 애통하구나
杜宇聲聲不忍聞4)　저 두견새 소리 소리 차마 듣지 못하겠네
欲黃昏5)　　　　황혼은 지려하는데
雨打梨花深閉門　비가 배꽃을 때려 문을 깊이 잠갔네

122. 菩薩蠻
보살만

증포처
(曾布妻)1)

溪山掩映斜陽裏3)　　석양 아래로 산과 시냇가 어우러져 돋보이고
樓臺影動鴛鴦起4)　　누대의 그림자가 움직임은 원앙새 날아오르는 것
隔岸兩三家5)　　　　언덕 넘어 두세 채의 집
出牆紅杏花6)　　　　담장 위로 빨간 살구꽃 나와있네

綠楊堤下路7)　　　　푸른 버들은 둑 아래 길에 널려
早晩溪邊去　　　　　아침저녁으로 시냇가로 가면
三見柳綿飛8)　　　　버들개지 날림은 세 번이나 보았건만
離人猶未歸9)　　　　떠난 사람은 아직도 돌아오지 않네

주 석

1) 증포처 위씨(曾布妻 魏氏): 양양(襄陽)[지금의 호북성(湖北省) 양번
   시(襄樊市)] 사람. 송(宋) 휘종(徽宗) 때 증포가 재상을 지냈는데 당
   시에 그녀를 위부인(魏夫人)이라고 일컬었다.
2) 이 작품은 순조롭고 부드러워 [風調諧婉] 한때 널리 입에서 입으로
   전해진 규방여인의 정감을 읊은 사이다.
3) 계(溪): 시내
   엄영(掩映): 두 사물이 서로 가리면서 어울려 돋보이다.
   사양(斜陽): 사일(斜日). 지는 해. 석양(夕陽).

4) 영(影): 그림자

5) 격(隔): 뜨다. 시간, 공간에 사이가 뜸.

6) 장(牆): 담장.

　행(杏): 살구나무

7) 제(堤): 둑

8) 면(綿): 솜

9) 리(離): 떠나다

　유(猶): 오히려, 아직도

123. 九張機1) 九首
구장기 구수

무명씨
(無名氏)

| 其一 | 첫째 시 |

一張機2)   첫 번째 베틀

采桑陌上試春衣3)   봄옷 입어보고 밭두둑 길에서 뽕을 따네
風晴日暖慵無力4)   바람은 맑고 날씨는 따뜻하니 게을러 힘이 없고
桃花枝上5)   복숭아꽃 가지위에
啼鶯言語6)   꾀꼬리 지저귀며
不肯放人歸7)   사람들 돌아가는 것 놓아주려 하지 않네

주 석

1) 구장기(九張機): 송 '전답 轉踏' 사의 이름이다. (일반 사조의 이름이 아니다.) 이것은 시와 사를 사용하여 합친 서사가곡이다. 내용은 부녀자가 실을 짤 때의 기분과 감정을 그린 것으로서 1장기부터 9장기까지이므로 이름지어진 것이다. 9수의 시 사이에 일정한 연관이 있다는 것을 제외하고는 이 장르의 성격이 일반적인 사와 근본적인 구별이 없다.
2) 기(機): 방직기
3) 채(采): 캐다.

상(桑): 뽕나무

맥(陌): 밭 사이의 작은 길.

시의(試衣): 옷을 입어보다.

4) 용(慵): 게으르다. 나태하다.

5) 도(桃): 복숭아 나무.

6) 제(啼): 울다.

앵(鶯): 꾀꼬리.

7) 불긍(不肯): ~ 하려 하지 않는다.

其二   둘째 시

兩張機   두 번째 베틀

行人立馬意遲遲1)   떠나는 이 말앞에 우두커니 서서
深心未忍輕分付2)   속 마음 차마 쉽게 꺼낼 수가 없네
回頭一笑   고개를 돌려 한번 웃고
花間歸去   꽃밭사이로 돌아가니
只恐被花知3)   꽃에 이 마음 알려질까 두려울 뿐이네

주 석

1) 행인(行人): 장차 떠나려고 하는 애인을 가리킨다.
지지(遲遲): 느릿느릿한 모양. 더딘 모양.
2) 인(忍): 차마 못하다.
분부(分付) : 나누어 줌. 분부하다.
3) 피(被): 피동. 입다.

其三   셋째 시

三張機   세 번째 베틀

吳蠶已老燕雛飛1)   오땅의 누에는 벌써 쇠하고 제비 새끼 날아가네
東風宴罷長洲苑2)   동풍 부는 장주원에 잔치 끝나니
輕綃催趁3)   가볍고 얇은 비단을 재촉하여 서두르네
館娃宮女4)   관왜궁의 궁녀들이
要換舞時衣   춤출 때 갈아 입어야 하니까

주석

1) 오잠(吳蠶): 오(吳)[지금의 강소성(江蘇省) 남부 일대]땅은 누에실이
   많이 나는 곳이다.
   잠(蠶): 누에.
   노(老): 쇠다. 늙다. 낡은.
   연(燕): 제비.
   추(雛): 병아리. 아이
2) 연(宴): 잔치.
   파(罷): 그치다.
   장주원(長洲苑): 춘추시대 오(吳)나라 국왕의 큰 화원. 소주시(蘇州
   市) 서남쪽에 있다.
3) 초(綃): 생사. (삶아서 익히지 않은 명주실.→초의(綃衣): 얇은 깁옷)
   최(催): 재촉하다.
   진(趁): 쫓다. 따르다.
4) 관왜궁(館娃宮): 오나라 왕 부차(夫差)의 비(妃) 자서시(子西施)가
   머물던 땅. 소주시 영암산(靈巖山)에 있다.

其四   넷째 시

四張機。   네 번째 베틀

咿啞聲裡暗眉1)   짤깍짤깍 소리에 은근히 눈살 찌푸려지고
回梭織朶垂蓮子2) 베틀 북 돌려 연꽃 드리운 수를 짜네
盤花易綰3)   휘감아 꽃무늬 만들어 매듭짓기 쉽지만
愁心難整4)   근심스런 마음은 정리하기 어려워
脉脉亂如絲5)   끊임없이 실처럼 엉키어 있구나

주 석

1) 이아(咿啞): 방직의 소리.
   암(暗): 몰래, 남이 알지 못하게
   빈(顰): 찡그리다.
   빈미(顰眉): 눈살을 찌푸리다.
2) 사(梭): 북
   직(織): 짜다.
   타(朶): 송이, 꽃봉오리
   수련자(垂蓮子): 아래로 늘어진 연꽃 무늬를 가리킨다. 여기서는 수
   련자(垂憐子: 당신을 사랑해)와 음이 같고 의미가 서로 연관된다.
   남조(南朝)악부에서는 항상 이러한 단어를 사용하였다.
3) 반(盤): 둘둘감다. 굽어지다. 쟁반
   관(綰): 매듭을 짓다, 감다. 걷어올리다.
4) 정(整): 가지런하다.
5) 맥맥(脉脉): 서로 보는 모양. 끊이지 않는 모양.
   난(亂): 어지럽다.

其五	다섯째 시

五張機	다섯 번째 베틀

橫紋織就沈郎詩1)	가로무늬 짠 것은 심랑의 시인데
中心一句無人會2)	시구의 깊은 의미를 아는 이 없구나
不言愁恨	수심과 한스러움 말하지 않고
不言憔悴3)	초췌함도 표현하지 않으며
只恁寄相思4)	단지 이처럼 그리움을 의탁할 뿐

주 석

1) 횡(橫): 가로
  문(紋): 무늬
  심랑(沈郎): 남조 양나라 때 시인 심약(沈約)이다.
2) 회(會): 깨닫다. 이해하다.
3) 초(憔): 파리하다. 시달리다.
  초췌(憔悴) : 고생이나 병으로 파리함. 시달림.
4)임(恁): 이처럼.
  기(寄) : 의탁하다.

其六	여섯째 시

六張機	여섯 번째 베틀

行行都是要花兒1)	한줄 한줄마다 모두 꽃을 수놓고
花間更有雙蝴蝶2)	꽃 사이에는 또 쌍쌍의 나비가 있네

停梭一晌3)	잠시 북 내려놓고
閑窗影裡4)	한가한 창가의 그림자 속에서
獨自看多時5)	홀로 여러 번 보고 또 본다.

주 석

1) 행행(行行): 한 줄 한 줄. 강건한 모양. 쉬지 않고 가는 모양.
2) 호접(胡蝶): 나비
3) 정(停): 멈추다.
   상(晌): 대체로 길지 않은 시간을 가리킨다..
4) 한(閑): 한가하다.
5) 다시(多時): 시간이 많이 경과함.

其七	일곱째 시
七張機	일곱 번째 베틀
鴛鴦織就又遲疑1)	원앙무늬 짜다가 또 머뭇거리네
只恐被人輕裁剪2)	단지 남들에게 쉽게 잘려질까 두려워
分飛兩處	두 곳으로 나뉘어 날리면
一場離恨	한바탕 이별의 한
何計再相隨3)	어찌 다시 서로 쫓길 헤아릴 수 있으리오

1) 지의(遲疑): 의심하여 망설임.
2) 재(裁): 자르다.
   전(剪) : 가위. 베다.
3) 계(計): 헤아리다.

其八   여덟째 시

八張機   여덟 번째 베틀

回文知是阿誰詩1) 이 회문체 누가 지은 시이던가?
織成一片凄凉意   처량한 뜻을 짜서 이루었는데
行行讀遍   한줄 한줄 다 읽으니
慵慵無語2)   안절부절 말도 못하고
不忍更尋思3)   차마 다시 곰곰이 생각할 수 없네

1) 회문(回文): 뒤집어 거꾸로도 읽을 수 있는 시.
2) 염(慵): 활기가 없음을 형용한다, 앓다.
   염염(慵慵): 지친 (쇠약한) 모양.
3) 심사(尋思): 곰곰이 생각하다.

其九   아홉째 시

九張機   아홉 번째 베틀

雙花雙葉又雙枝   한 쌍의 꽃과 잎, 그리고 가지 무늬로 짜는데
薄情自古多離別1) 박정한 임 예부터 이별은 다반사라
從頭到尾   처음부터 끝까지
將心縈系2)   이 마음을 촘촘히 짜서
穿過一條絲   한 가닥 실로 꿰어야지.

주 석

1) 자고(自古): 예로부터
2) 심(心): 꽃의 속과 사랑하는 마음은 서로 의미가 관련된다..
   영계(縈系): 얽매다. 연결하다.

124. 御街行1)
어가행

무명씨
(無名氏)

霜風漸緊寒侵被2)	바람서리 점차 드세져 이불 속에 추위가 스며들고
聽孤雁聲嘹唳3)	끼룩끼룩 외로운 기러기 우는 소리 들리는데
一聲聲送一聲悲	한마디 소리마다 한마디 슬픔 보내는구나
雲淡碧天如水4)	구름은 엷고 파란 하늘은 물처럼 보이네
披衣告語	옷을 걸치고 말하길
雁兒略住	"기러기야 잠시 머물러
廳我些兒事	내 사정 좀 들어주렴
塔兒南畔城兒裏5)	탑 남쪽에 있는 성안의
第三個橋兒外	세 번째 다리 바깥
瀕河西岸小紅樓6)	물가 서쪽 언덕에 작은 붉은 누각이 있고
門外梧桐雕砌7)	문밖에는 갈고 다듬은 오동나무가 있지
請敎且與	너에게 부탁하노니
低聲飛過	소리 낮춰 날으렴
那里有	그곳에 계신
人人無寐	내 님 잠못 이룰까 봐"

1) 御街(어가): 대궐로 통한 길. 대궐안의 길.

2) 漸(점): 점점, 점차

   緊(긴): 쉴새 없이, 연달아, 연이어

   侵(침): 차츰 가까워지다. 침략하다. 침투하다

3) 雁(안): 기러기

   嘹唳(료려): 기러기나 학이 우는 소리를 묘사한 것

4) 淡(담): 적다, 엷다

5) 畔(반): 두둑, 경계

   裏(리): 안, 안쪽의

6) 瀕(빈): 물가에 임박하다

   岸(안): 언덕

   紅樓(홍루): 부녀자가 거처하던 곳

7) 雕砌(조체): (시문의 자구 따위 등을) 갈고 다듬어 꾸미다

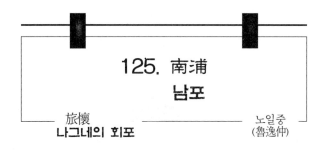

125. 南浦
남포

旅懷   노일중
나그네의 회포   (魯逸仲)

風悲畫角1)	바람결에 화각소리 구슬픈데
聽單于2)	선우곡 들리다가
三弄落譙門3)	세 번이나 성망루에 불어 떨어지는구나
投宿駸駸征騎4)	묵어가려 급히 말 몰아가니
飛雲滿孤村	눈 날려 외로운 마을을 가득 덮는다
酒市漸闌燈火5)	술 시장의 등불은 점점 가물거리고
正敲窓	마침 창을 두드리는 소리
亂葉舞紛紛6)	우수수 어지러이 춤추는 나뭇잎이로구나
送數聲驚雁	놀란 기러기는 몇마디 소리 보내더니
乍離烟水7)	언뜻 물안개 지나 떠나가고
嘹唳度寒雲	끼룩끼룩 차가운 구름을 건너오네
好在半朧溪月	마침 계곡을 반쯤 비추던 어슴프레한 달빛이
到如今	이제도록 이르니
無處不消魂8)	이별의 근심 사라질 곳이 없구나
故國梅花歸夢9)	고향의 '매화'노래 들으니 꿈에라도 돌아가고 파
愁損綠羅裙10)	근심이 푸른 비단 치마에 떨어지는구나
爲問暗香閒艶11)	향기롭고 어여쁜 이 물으니
也相思	또 다시 그대 그리워서
萬點付啼痕12)	만점이나 눈물 자국이 붙었네

算翠屛應是13)　　푸른병풍에 그사람 그대로 있겠지만

兩眉餘恨倚黃昏14)　양미간에 남은 한스러움 황혼에 기대겠지

1) 畵角(화각): 군대에서 쓰이는 호각. 채색이 있어 화각이라고 칭한다.

2) 單于(선우): 당나라 때 <대각곡 大角曲> 중에 있는 <대선우 大
   單于> <소선우 小單于> 등의 악곡.

3) 弄(롱): 희롱하다. 골목, 작은 거리
   譙門(초문): 초루의 문

4) 駸駸(침침): 말이 달리는 모양.진행이 빠른 모양.

5) 燈火(등화): 등불
   闌(란): 다하다, 깊어지다, 끝나가다, 함부로.

6) 紛紛(분분): 어지러운 모양. 뒤섞인 모양.

7) 烟水(연수): 멀리 아지랑이 또는 안개가 끼어 뿌옇게 보이는 물

8) 消魂(소혼): 근심하다. 실당하다. 낙담하다.

9) 梅花(매화): 즉 <매화락 梅花落>으로 쉽게 고향의 생각을 일으키
   는 곡조이다.

10) 損(손): 덜다
    裙(군): 치마

11) 暗香(암향): 어디서 나는지 알 수 없는 그윽한 향기.
    閒(한): 틈, 사이, 한가하다. 막다. 고요하다.
    艶(염): 곱다

12) 啼痕(제흔): 울어서 눈물이 흐른 자국

13) 翠(취): 비취색
    屛(병): 병풍

14) 倚(의): 의지하다, ~에 따라, ~에 맞추어.

126. 一剪梅
일전매

이청조
(李淸照)1)

紅藕香殘玉簟秋2)	붉은 연꽃 향 시들고 옥 대자리엔 가을이 왔네
輕解羅裳3)	살며시 비단 치마 벗고
獨上蘭舟	홀로 목란나무 배에 올랐다
雲中誰寄錦書來4)	누가 구름속에서 사랑의 편지 부쳐 왔는가?
雁字回時5)	기러기 떼 돌아갈 적에
月滿西樓	달빛이 서쪽 누각을 가득 비추네
花自飄零水自流6)	꽃은 바람에 나부끼어 물에 떨어져 흐른다
一種相思	서로 사모하고
兩處閒愁	두 곳에서 서로 고요히 시름겨워 하네
此情無計可消	이 심정 풀어버릴 방법 없어
才下眉頭	겨우 미간을 펼치면
却上心頭	또 다시 심장이 치미네

주 석

1) 이청조(李淸照) (1084-1151)

호는 이안거사(易安居士). 제남(濟南)[지금의 산동성에 속함]사람이다. 부친인 이격비(李格非)는 당시 저명한 학자이고 남편인 조명성(趙明誠)은 금석 고증가이다.

초기의 생활은 부유하여 그 작품은 귀부인 생활의 한정된 범위에 국한되었다. 후에 금나라 군사들이 중원을 침략해 송나라는 남쪽으로 옮기었고 그녀도 남쪽으로 임시로 살게 되었으나 남편이 병들어 죽자 형편이 외롭고 가난하게 되었다. 후기의 사는 신세 비탄이 많고 분위기는 감상적이고 중원에 대해 그리워하는 생각이 나오는 것도 있다. 그녀는 문학사상 걸출한 여류 사인이다. 백묘수법을 잘 이용했고 언어는 청려(淸麗)하여 별도로 한 전문 분야를 이뤄냈다.

2) 홍우(紅藕): 붉은 연꽃.
   옥점(玉簟): 앉고 누울 때 사용하는 대나무 자리.

3) 라상(羅裳): 비단치마.

4) 금서(錦書): 비단에 새긴 회문체의 편지. 여기서는 애인의 연애편지를 가리킴,

5) 안자(雁字): 기러기 무리가 날 때 一자 혹은 人자의 모양을 이루는 것을 가리킴.

6) 표령(飄零): 나뭇잎 같은 것이 바람에 나부끼어 떨어짐.

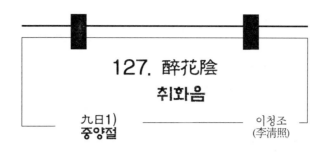

127. 醉花陰
취화음

九日1)
중양절

이청조
(李淸照)

薄霧濃雲愁永晝2)　엷은 안개 짙은 구름 종일토록 시름겹고
瑞腦銷金獸3)　금수 향로에 서뇌 향도 사그라들었네
佳節又重陽4)　좋은 명절 중양절 다시 찾아왔건만
玉枕紗櫥5)　옥베개 베고 비단 방장 쳤는데
半夜涼初透6)　한밤중에 싸늘함 막 스며드네

東籬把酒黃昏後7)　황혼녘 국화를 감상하며 술 마시는데
有暗香盈袖8)　그윽한 향기 옷소매에 가득하네
莫道不消魂9)　말하지 마소 슬픔에 넋 나가지 말라고
簾卷西風10)　가을 바람에 창문발 걷히는 이마적에
人比黃花瘦11)　사람은 노란 국화보다 더 여위었네

주석

1) 구일(九日): 음력 9월 9일 중양절
2) 영주(永晝): 온종일. 긴 낮
3) 서뇌(瑞腦): 향료의 일종.
　금수(金獸): 짐승 모양을 새긴 구리향로
4) 가절(佳節): 좋은 계절. 여기서는 명절로 쓰임.

263　■ 中國古典愛情詩歌

5) 사주(紗幮): 깁으로 만든 모기장. 파리나 쥐가 못 들어가도록 방충
   망을 친 찬장.
   여기서 '비단 모기장'은 사장(紗帳)의 뜻으로 쓰임.
6) 반야(半夜): 한밤중. 심야
7) 동리(東籬): 동쪽 울타리, 또는 국화의 다른 이름(東籬君子)
8) 암향(暗香): 흐릿한 향기. 그윽한 향기
9) 소혼(消魂): 너무 슬퍼서 넋이 나가다. 넋이 다하다.
10) 서풍(西風): 서쪽에서 부는 바람. 또는 가을바람(오행설에서 가을
    은 서(西)에 해당함.)
11) 황화(黃花): 국화의 다른 이름

이청조
(李淸照)

香冷金猊1)	사자모양 향로 안에 향 차가운데
被翻紅浪	붉은 물결 수놓은 이불 뒤집어 걷어내고
起來慵自梳頭2)	일어나 게을리 머리를 빗네
任寶奩塵滿	화려한 경대에는 먼지만 가득 쌓이게 두고
日上簾鉤3)	해가 뜨면 발 걷네
生怕離懷別苦	두려운 것은 이별의 괴로움
多少事	많은 지난 일들은
欲說還休	말하고 싶어도 차라리 그만두자
新來瘦4)	요사이 야위는 것은
非干病酒	술 때문에 병들어서도 아니고
不是悲秋5)	가을의 슬픔 때문도 아니다
休休	그만두자 그만둬
這回去也	이제 돌아가면
千萬遍陽關6)	천만번 양관 노래 불러도
也則難留	또한 머무를 수가 없구나
念武陵人遠7)	멀리 간 무릉 사람 생각나는데
煙銷秦樓8)	진루의 연기는 사라졌네
惟有樓前流水	오직 누대 앞의 물만 흐르는데

應念我	응당 날 생각하며
終日凝眸9)	하루종일 응시하겠지
凝眸處	응시하는 곳에
從今又添一段新愁	이제부터 일단의 새로운 애수가 또 보태지겠지

주 석

1) 금예(金猊): 사자형태의 동(銅)향료.

2) 소두(梳頭): 빗질. 빗질하다.

3) 염구(廉鉤): 발을 거는 갈고리.

4) 신래(新來): 근래, 요즘. (=近來)

5) 비추(悲秋): 구슬픈 가을. 가을이 되어 비애를 느낌.

6) 양관(陽關): 즉, <양관삼첩 陽關三疊> 이것은 송별의 노래이다. 왕
   유(王維)의 <송원이사안서 送元二使安西> 시에서 나왔다.

7) 무릉인원(武陵人遠): 도연명(陶淵明)의 <도화원기 桃花源記>로부터
   나왔다. 여기서는 사랑하는 사람이 먼 곳에 갔다는 것을 가리킨다.

8) 진루(秦樓): 즉, 봉대(鳳臺)이다. 전하는 바에 의하면 춘추시대(春秋
   時代)때 진목공(秦穆公)의 딸 농옥(弄玉)과 그녀의 애인 소사(蕭史)
   가 날아 올라가기 전에 있었던 곳이다. 여기서는 자기가 머물던 경
   대를 가리킴.

9) 응모(凝眸): 응시하다. 주시하다.

129. 聲聲慢
성성만

이청조
(李淸照)

尋尋覓覓	찾고 찾고 또 찾고 찾으니
冷冷淸淸	차갑고 맑고
悽悽慘慘戚戚1)	처량하고 참담하고 슬프도다
乍暖還寒時候	잠깐 따뜻하다 또 추워진 날씨에
最難將息2)	살기가 가장 어려워지네
三杯兩盞淡酒	두세잔 약한 술로
怎敵他	어이 감당하리오!
晚來風急	해질녘의 세찬 바람을
雁過也	기러기 지나가니
正傷心3)	더욱 마음 아픈 것을
却是舊時相識4)	도리어 옛날에 안면이 있었기에

滿地黃花堆積5)	뜰에는 노란 꽃이 가득 쌓였건만
憔悴損6)	초췌하게 시들었으니
如今有誰堪摘	이제 그 누가 따낼 수 있으리오?
守着窓兒	창가를 지키며
獨自怎生得黑7)	나홀로 어떡하나 어두워지려는데
梧桐更兼細雨8)	오동나무엔 다시 보슬비 마저 내리고
到黃昏	날 저물자
點點滴滴9)	점점 빗방울져 떨어지네

這次第怎一個愁字了得10)　이러한 시절을 어찌 수심이란 한 글자로 다하리오!

주 석

1) 처처(凄凄): 슬퍼하는 모양. 주리거나 병들어 야윈 모양
   참참(慘慘): 몹시 슬퍼하는 모양
   척척(戚戚): 근심하는 모양
2) 장식(將息): 양생(養生)함. 휴식하다. 휴양하다.
3) 상심(傷心): 마음이 상함. 애태움
4) 안과야(雁過也) 세 시구: 기러기 날아가니, 마침 편지를 가지고 전
   해 달라고 부탁하나 남편은 이미 죽었으므로 부질없이 마음만 상
   할 뿐이다. 또 이 기러기를 보니 원래 그녀를 대신해 편지를 가
   지고 갔던 '옛날에 서로 알던 사이'라서 이것이 바로 그녀로 하여
   금 더욱 견딜 수 없게 하는 것이다.
5) 퇴적(堆積): 많이 쌓임.
6) 초췌(憔悴): 고생이나 병에 시달려 파리함. 시달림.
7) 즘생(怎生): 어떠하냐. 어떻게. 어떠하다.
8) 세우(細雨): 가랑비. 이슬비
9) 적적(滴滴): 물이 떨어지는 모양
10) 저차제(這次第): 이러한 상황

130. 武陵春
무릉춘

이청조
(李淸照)

風住塵香花已盡	바람이 멎자 이미 다 진 꽃 흙에 향내 풍기고
日晩倦梳頭1)	해 저무는데 머리 빗질도 게을러지는데
物是人非事事休	사물은 옳아도 사람은 그르치고 일 모두 끝났으니
欲語淚先流	말하려 해도 눈물 먼저 흐르네
聞說雙溪春尙好2)	듣기에 쌍계의 봄은 여전히 좋다하여
也擬泛輕舟	작은 배 띄어 보려했네
只恐雙溪舴艋舟3)	단지 두려움은 쌍계의 이 작은 나룻배가
載不動許多愁	이 많은 근심 싣고 움직일 수 없음을

주 석

1) 소두(梳頭): 머리를 빗다. 빗질.
2) 쌍계(雙溪): 절강성(浙江省) 금화현(金華縣)의 강이름. 당송(唐宋) 때
   시인들이 읊었던 풍광(風光)지구였다.
3) 책맹(舴艋): 작은 배

131. 采桑子
채상자

別情
이별의 마음

여본중
(呂本中)1)

恨君不似江樓月	원망스럽구나 당신은 강가 누각 위의 달을 닮지 않았으니
南北東西	남북동서 어디라도
南北東西	남북동서 어디라도
只有相隨無別離2)	오직 서로 쫓아 헤어지지 않는데
恨君却似江樓月	원망스럽구나 당신은 도리어 강가 누각 위의 달을 닮았으니
暫滿還虧3)	잠깐 찼다가 또 이지러지고
暫滿還虧	잠깐 찼다가 또 이지러지고
得到團圓是幾時4)	둥글게 될 날은 언제인고

주 석

1) 여본중(呂本中 1084-1145): 자(字)는 거인(居仁), 호는 자미(紫微), 세상에서 일컫기를 동래선생(東萊先生)이라 하고, 수주(壽州) [지금의 안휘성(安 徽省) 수현(壽縣)]사람이다. 그의 시는 스스로 강서시파(江西詩派)를 전수 받았다고 말한다. 황정견(黃庭堅)·진사도(陳師道)의 영향을 매우 많이 받았다.

후에 시풍은 맑고 명확한 것을 향했고 장강(長江) 남쪽으로 수도를 옮긴 후에는 또한 슬프고 분개하는 시사적인 작품을 썼고 감정은 비교적 침통하다. 그가 쓴 소사(小詞)는 통속적이고 청신하여 민요의 기풍을 지니고 있다.

2) 수(隨): 따르다, 쫓다

3) 잠(暫): 잠깐, 잠시, (시간이)짧다

   휴(虧): 부족하다, 모자라다, 줄다, 기울다

4) 단원(團圓): 둥글다, 가족이 흩어졌다 다시 모이다

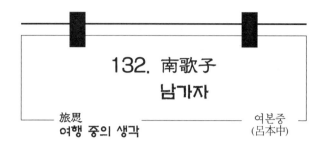

132. 南歌子
남가자

旅思
여행 중의 생각

여본중
(呂本中)

驛路侵斜月1)	역로에 기운 달 차츰 가까워지고
溪橋度曉霜2)	시냇가의 다리에 새벽 서리 건넜네
短籬殘菊一支黃3)	나지막한 울타리에 남은 노란 국화가지
正是亂山深處過重陽4)	바로 험한 산 깊은 곳에서 중양절을 보냈구나

旅枕元無夢	여관의 베개엔 원래 꿈결이 없으니
寒更每自長5)	가을 밤의 시계소리 매양 절로 길어지기만 하누나
只言江左好風光6)	다만 강동의 경치가 뛰어나다 말할 뿐
不道中原歸思轉凄凉7)	뜻밖에 중원고향 돌아갈 생각 못하니 더욱 처량하구나

주 석

1) 역로침사월(驛路侵斜月) 두 시구: 작자가 아침 저녁으로 겪는 여정
의 고달픔을 묘사한 것이다.
사(斜): 기울다, 비스듬하다
2) 계교(溪橋): 시내다리
효(曉): 새벽
3) 리(籬): 울타리
잔(殘): 남은, 잔여의

4) 난산(亂山): 여기저기 솟은 고저(高低)가 고르지 않은 산. 난봉(亂峯).

5) 한경(寒更): 가을 밤의 시계 소리.

6) 강좌(江左): 곧 강의 동쪽. 이는 일반적으로 남동 일대 지역을 가리킨다.

7) 부도(不道): 이치에 맞지 않다. 뜻밖에(不料)

133. 憶秦娥
억진아

범성대
(范成大)1)

樓陰缺	누각의 그늘은 이지러지고
欄杆影臥東廂月2)	동편 곁채를 비춘 달빛에 난간의 그림자는 누었네
東廂月	동편 곁채의 달빛이
一天風露	온 하늘의 바람과 이슬을 비추니
杏花如雪	살구꽃이 눈송이 같구나
隔煙催漏金虯咽3)	밤 안개 망망한데 금규는 오열하며 시간을 재촉하고
羅幃黯淡燈花結4)	규방은 어스레해져 등촉 심지엔 불똥이 맺히네
燈花結	등촉 심지에 불똥이 맺혀
片時春夢5)	잠깐 동안의 봄 꿈에서
江南天闊6)	강남의 하늘은 넓기만 하구나

주 석

1) 범성대(范成大): (1126-1193) 자는 치능(致能), 호는 석호거사(石湖居士), 오군(吳郡)[지금의 강소성 江蘇省 오현 吳縣] 사람. 그의 사는 음절이 조화롭고 아름다우며, 완약파(婉約派)와 같은 문체이다. 남송(南宋) 때의 사인(詞人) 겸 음악가인 강기증(姜夔曾)은 후배로서 그와 왕래하였고, 그의 사풍(詞風)에 영향을 받았다.

2) 상(廂): 곁채 정방(正房)의 앞 양쪽에 있는 건물로 동편을 동상(東廂), 서편을 서상(西廂)이라 함. 상옥(廂屋).

3) 격(隔): 막다, 사이에 두다, 간격을 두다
   연(烟): 안개.
   최(催): 독촉하다, 재촉하다, 빠르게 하다
   루(漏): 고대에 물을 떨어뜨려 시간을 재던 기구. 또한 '누각(漏刻)' 혹은 '각루(刻漏)'로 불린다.
   금규(金虯): 虯(虬)는 '뇨(虯)'의 이체자. 고대 전설중의 한 종류의 용. 금규는 곧, 동룡(銅龍)으로서 구리로 만든 용머리(물은 용아가리로부터 토해 나온다.)를 물시계 위에 장치하여 시간을 재는 데 사용된다.

4) 나위(羅幃): 나위는 얇고 가벼운 고급 천으로 만든 침대나 방안에 치는 휘장이다. 이는 규방(閨房)을 가리킨다.
   암(黯): 어두컴컴하다, 어두운 모양
   담(淡): 엷은, 빛 같은 것이 짙지 아니함
   등화결(燈火結): 곧 등촉의 심지가 타서 맺힌 불똥이다. 옛 풍속에서 전하길, 심지에 불똥이 맺히면 기쁜 소식이 있다고 한다.

5) 춘몽(春夢): 임과 꿈 속에서 서로 만남을 가리킴
   편시(片時): 잠깐, 잠시

6) 활(闊): (공간적으로)넓다, 광활하다, (시간적으로)멀다, 아득하다

134. 釵頭鳳2)
채두봉

육유
(陸游)1)

紅酥手3)	볼그스레 매끄러운 손으로
黃滕酒4)	황봉주를 따라 주었지만
滿城春色宮墻柳5)	봄빛 가득한 궁성 담장의 버들같네
東風惡6)	동풍은 모질고 매서워
歡情薄7)	부부 금슬 사그라지게 하니
一懷愁緒8)	온 가슴엔 근심만이 가득
幾年離索	몇 해나 떨어져 홀로 살았던고
錯, 錯, 錯!	오, 오, 오!

春如舊	봄날은 여전한데
人空瘦9)	사람은 헛되이 야위었고
淚痕紅浥鮫綃透10)	눈물이 연지를 적시고 비단 손수건에 스며드네
桃花落	복숭아 꽃 지고
閑池閣11)	연못가의 누각 버려져 있구나
山盟雖在12)	영원한 사랑의 다짐 있건만
錦書難托13)	비단에 쓴 서신 보내기가 어렵구나
莫, 莫, 莫!	아, 아, 아!

1) 육유(陸游)(1125-1210): 자(字)는 무관(務觀), 호는 방옹(放翁), 산음 (山陰)[지금의 절강성(浙江省) 소흥(紹興)] 사람이다. 태어난 때가 바로 북송이 멸망한 시기여서, 어렸을 때부터 애국사상의 영향을 받아 항금(抗金) 구국의 사상을 확립했다. 그는 중국 역사상 위대 한 애국시인중의 하나이다. 평생에 창작시가가 매우 많고 풍격이 웅장하고 힘차며 호방하여 국가가 통일이 되기를 갈망하는 강렬한 애국열정을 표현했다. 그가 쓴 사는 양신(楊愼)이 이르기를 '그 가 냘프고 아름다운 점은 진관(秦觀)과 같고 씩씩하고 분개하는 점은 소식 같다'고 하였다. 그는 당완(唐琬)과의 결혼 생활에서 금슬이 매우 좋았으나 어머니의 핍박으로 헤어졌다. 그 고통의 뜻을 <채 두봉 釵頭鳳>, <심원沈園>등의 시사에서 토로하여 아주 진지하 게 사람을 감동시킨다.

2) <채두봉 釵頭鳳>: 작자가 외종사촌 누이 당완(唐琬)과 혼인한 후 금슬이 매우 좋았으나, 모친이 핍박하여 이혼한 것을 적었다. 이후 당완은 개가했고, 육유 역시 다시 장가들었다. 서기 1155년 봄에 심원(沈園)[소흥시(紹興市)우적사(禹迹寺) 남쪽에 있다.]에서 유람 하다가 당완과 만났는데 그녀가 정성스럽게 술과 안주로 후하게 접대하자 육유는 매우 슬퍼하면서 심원의 벽에 한 수의 <금채봉 金釵鳳>을 적었다. 후에 당완이 보고 나서 역시 한 수의 사(詞)로 써 화답했다.

世情薄	세상물정 박하고
人情惡	인정 모지니
雨送黃昏花易落	비 내리는 황혼에 꽃은 쉬이 지려지네
曉風乾	새벽바람에 말려
淚痕殘	눈물자국만 남고
欲箋心事	심사를 적어 보내고자 하나
獨語斜欄	홀로 중얼거리며 난간에 기댈 뿐
難, 難, 難!	아, 아, 아!
人成各	사람은 제각기 되고
今非昨	오늘은 어제가 아니니
病魂長似鞦韆索①	괴로운 마음의 길이는 그네줄과 같네

角聲寒	나팔소리 차갑고
夜闌珊	밤이 쇠락해가니
怕人尋問	남이 물어올까 두려워
咽淚裝歡	눈물 삼키며 꾸미고 맞이하네
瞞, 瞞, 瞞!"	흑, 흑, 흑!

심원에서 만난 후 오래지 않아, 당완은 지나치게 상심했기 때문에 얼마 후 곧 병으로 죽었다. 40년 후에, 시인은 옛 장소로 다시 유람하다 슬퍼하면서 저명한 두 수의 시 <심원 沈園>을 지었다.

城上斜陽畫角哀	성 위의 해 기울고 화각소리 구슬픈데
沈園非復舊池臺	심원엔 다시는 옛 못 누대가 아니네
傷心橋下春波綠	마음이 아프구나 다리 아래 푸르른 봄 물결에
曾是驚鴻照影來"	일찍이 놀란 기러기 그림자 비추며 왔었으니

경홍(驚鴻)은 "날아갈 듯한 미인의 자태라는 의미로서 당완의 아름다운 자태를 가리킨 것이다. 조식(曹植)②은 <낙신부 洛神賦>에서 "놀란 기러기처럼 날으네 翩若驚鴻"라고 하였다.

夢斷香銷四十年	꿈 깨지고 향 사그라든지 어언 사십년
沈園柳老不吹綿	심원의 버들은 쇠어 버들솜도 날리지 못하네
此身行作稽山土③	이 몸도 혜산의 흙이 되려 가야겠지
猶弔遺踪一泫然④	여전히 남긴 자취에 마음 아파 눈물만 흐르네

'면(綿)'은 곧 버들솜, 버들개지이다.
이것은 그의 75세때의 작품이다. 당완이 죽은 지 이미 40년이 되어 자신도 곧 죽으리라는 것을 알고 육신이 장차 혜산(稽山)의 먼지로 변하길 원했다. 시인은 옛 정을 생각하니 눈물이 흐르는 것을 어쩔 수 없어 진실로 매우 침통하였다.

① 추천(鞦韆): 그네
② 조식(曹植): 삼국시대 위(魏)나라 문제(文帝) 조비(曹丕)의 아우. 자(字)는 자건(子建). 시문에 뛰어나며 조자건집(曹子建集) 10권이 있다.
③ 혜산(稽山): 하남성(河南省) 수무현(修武縣) 서북쪽에 있다

④ 현연(泫然): 눈물이 줄줄 흐르는 모양.

3) 소(酥): 부드럽고 윤이 나다

4) 황등주(黃謄酒): 황봉주(黃封酒)로서 일종의 관가에서 빚는 술이다.

5) 궁장류(宮墻柳): 버드나무로서 당완(唐琬)을 비유한 것이다. 왜냐
하면 당완이 이미 시집갔기 때문에, 이 때 만났어도 마치 궁 안의
수양버들 같아 바라볼 수는 있으나 가까이 갈 수는 없었다.

6) 동풍(東風): 육유의 어머니를 은유한 것이다. 당완과의 혼사에 있
어서 육유의 어머니가 방해했기 때문이다.[주동윤(朱東潤)의 설에
의함]

   악(惡): 흉악하다, 악하다, 나쁘다, 추악하다

7) 환정(歡情): 즐거운 감정, 남녀가 화합한 감정

   박(薄): 얇다, (인정이)메마르다, 싱겁다

8) 회(懷): 마음.

   수(愁): 근심하다.

   서(緖): 기분, 정서.

9) 공(空): 텅비다, 부질없이, 덧없이.

   수(瘦): 마르다, 여위다.

10) 흔(痕): 흔적.

   홍(紅): 얼굴 위의 연지.

   읍(浥): 축축하게 젖다.

   교소(鮫綃): 전설 속의 인어[鮫人]가 짠 얇고 가벼운 비단. 여기서
   는 비단 손수건.

   투(透): 스며들다, 침투하다.

11) 한(閑): (집, 기계 따위를) 놀려두다, 쓰지 않고 내버려두다, 한가하다.

   각(閣): 높다란 집, 누각.

12) 산맹(山盟): 영원히 서로 사랑한다는 맹세. 해서산맹(海誓山盟: 영
   원한 사랑을 굳게 맹세하다)과 같다.

13) 탁(托): 부탁하다, 맡기다.

135. 祝英臺近
축영대근

晚春 늦봄　　　　　　　　　　　　신기질
　　　　　　　　　　　　　　　　(辛棄疾)1)

寶釵分2)	금비녀 나눈
桃葉渡3)	도엽의 나루터
煙柳暗南浦4)	안개에 잠긴 버드나무 남포에 그늘 드리웠네
怕上層樓	두려워 누각 한층 더 오르니
十日九風雨	비바람 쉼 없이 몰아치네
斷腸片片飛紅5)	편편이 날리는 붉은 꽃에 애끓어져도
都無人管	아무도 아랑곳하지 않는데
更誰勸	또 누가 달래어
啼鶯聲住6)	저 앵무새 울음소리 멈추게 하려나

鬢邊覷7)	귓가에 꽂은 꽃을 살펴보며
試把花卜歸期8)	꽃잎 세어 님 돌아오실 그 날을 점치는데
才簪又重數	막 꽂았다가도 거듭 세어보네
羅帳燈昏	비단 휘장 안의 등불은 희미해지는데
哽咽夢中語9)	꿈속에 흐느끼며 말하네
是他春帶愁來	"이 봄이 근심 몰고 오더니
春歸何處	봄은 또 어디로 돌아가려는가?
却不解	도리어 이해 못하겠구나
帶將愁去	근심을 어디로 갖고 가려는지"

1) 신기질(辛棄疾): (1140-1207), 자(字)는 유안(幼安)이고, 호는 가헌(稼軒)이며, 역성(歷城) [지금의 산동성(山東省) 제남(濟南)] 사람이었다. 21살에 금(金)에 대항하는 의군(義軍)에 참가하여, 항금(抗金) 전투에 뛰어들었다. 그는 중국(中國) 역사상 위대한 애국(愛國) 사인(詞人)이었다. 사(詞)는 대부분 국가 통일을 극력 회복하고자 하는 애국 열정을 서사(抒寫)하였고, 웅대한 뜻을 품고서도 국은(國恩)에 보답하지 못하는 비분을 토로(吐露)하고 있으며, 남송(南宋) 통치자의 굴욕적인 투항에 대하여 폭로(暴露)와 비판(批判)을 가하였다. 또한 조국산하(祖國山河)를 읊은 작품이 적잖이 있다. 풍격(風格)은 호방(豪放)한 것을 위주로 했으며, 감정이 충만하였고, 제재(題材)가 광활(廣闊)하였다. 소식(蘇軾)과 함께 소신(蘇辛)으로 병칭(並稱)된다.

2) 보채분(寶釵分): 옛날 사람들은 비녀를 나누어서 이별의 기념으로 삼는 풍속이 있었다.

3) 도엽도(桃葉渡): 남경(南京) 진회하(秦淮河)와 청계(靑溪)에서 합류하는 곳이다. 여기서는 사랑하는 님과 송별(送別)하는 곳을 가리킨다.

4) 남포(南浦): 일반적으로 송별하는 곳을 가리킨다. 강엄(江淹)의 <별부 別賦>에서는 다음과 같이 되어 있다. "남포(南浦)에서 그대를 떠나 보내니, 그 아픔을 어찌하리요!(送君南浦, 傷如之何)"

5) 단장(斷腸): 애끊다. 매우 슬프다.

6) 권주(勸住): 타일러 그만두게 하다. 권고하여 제지시키다.
   제(啼) : 울다.
   앵(鶯): 꾀꼬리, 앵무새

7) 빈(鬢): 살쩍, 귀밑털
   처(覰): 자세히 보다, 흘겨보다.

8) 시파화복귀기(試把花卜歸期)시구: 옛날에는 꽃잎을 세어서 돌아오는 날짜를 정하는 풍속이 있었다.

9) 경열(哽咽): 흐느껴 울다. 목 매여 울다.

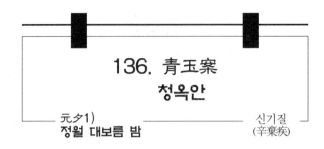

136. 青玉案
청옥안

元夕1)
정월 대보름 밤

신기질
(辛棄疾)

東風夜放花千樹	동풍부는 저녁 온갖 나무에 꽃등 치솟다가
更吹落,星如雨	별이 쏟아지듯 또 바람이 불어 떨어지네
寶馬雕車香滿路	아로새긴 꽃마차 길가에 향기 가득 흩뿌리고
風簫聲動2)	바람 같은 피리 소리 진동하는데
玉壺光轉3)	달빛 차츰 옮겨 기울적에
一夜魚龍舞4)	밤새껏 어등 용등 들고 춤추었네
蛾兒雪柳黃金縷5)	여인들의 형형색색 아름다운 머리 끈
笑語盈盈暗香去	웃음소리 나들어지고 그윽한 향내 스쳐가네
衆裏尋他千百度	무리 속에서 그녀 찾기를 천백 번
驀然回首6)	문득 돌아보니
那人却在	바로 그녀 외로이 서 있었네
燈火闌珊處7)	희미한 등불 아래

1) 원석(元夕): 정월 대보름날 밤. 등절(燈節)이라고도 부른다.

2) 풍소(風簫): 소(簫)의 미칭(美稱)이다.

3) 옥호(玉壺): 달빛을 가리킨다.

4) 용등(龍燈): 천이나 종이로 만든 등으로 서로 연결시켜 용 모양을 만들며 등 밑에는 막대기가 있음. 정월 대보름날 한 사람이 하나씩 등의 막대기를 잡고 동시에 춤을 추는 민간 무도의 도구.

5) 아아·설류·황금누(蛾兒·雪柳·黃金縷) : 이것들은 모두 당시 정월 대보름날에 부녀자들이 쓰는 머리 장식품이다.

6) 맥연(驀然): 갑자기, 별안간.

7) 난산(闌珊): 드문드문하다. 쇠퇴하고 영락하다. 이상(以上)의 두 구는 고금(古今)에 대사업(大事業)이나 대학문(大學文)을 이룩한 사람들의 제 3의 경지를 비유하는 것으로써 일찍이 ≪인간사화 人間詞話≫에 쓰였다. 제1경계는 안수의 <접련화> 주)3, 제2경계는 유영의 <접련화> 주)3 참고.

137. 鷓鴣天1)
자고천

신기질
(辛棄疾)

著意尋春懶便回	흥겨운 봄 놀이 다하고 피곤해져 돌아올 적에
何如信步兩三杯	발길 닿는 대로 마시는 두어 잔 술은 어떠랴
山才好處行還倦	산 경치 좋은 곳도 가다보면 물리기도 한데
詩未成時雨早催	시 한 수 다 읊기도 전에 이른 비 재촉하네
携竹杖	대지팡이 짚고
更芒鞋2)	짚신 신었는데
朱朱粉粉野蒿開3)	알록달록 들 쑥 널려 있네
誰家寒食歸寧女4)	한식 날 뉘 집 아낙 친정 가길래
笑語柔桑陌上來5)	어린 뽕밭 사잇길로 웃음소리 넘어오나

1) 자고(鷓鴣): 새 이름. 꿩과에 속하는 새. 메추라기 비슷하여, 맛이 좋은 엽조(獵鳥)임. 형체는 암탉을 닮았고, 머리는 메추라기를 닮았으며, 가슴에는 하얀 원점이 있어서 진주(眞珠)와 같다. 등털은 붉은 물결무늬가 있다.

2) 망혜(芒鞋): 즉 일종의 지푸라기라고 불리우는 식물을 사용하여 짠 짚신이다.

3) 주주분분(朱朱粉粉)의 시구: 주주분분(朱朱粉粉)은 울긋불긋하고 새하얀 것을 말한다.

   호(蒿): 풀이름으로, 곧 쑥을 말한다. 푸른 쑥·흰 쑥 등 여러 종류의 야생 초목식물(草木植物)이 있다.

4) 한식(寒食): 명절로서, 청명절(淸明節) 이틀 전에 있다.

   귀녕(歸寧) : 부녀자가 친정으로 돌아가는 것.

5) 유상맥상(柔桑陌上): 뽕나무밭에 난 작은 길.

暮春　　　　　　　　　　　　　　신기질
늦은 봄　　　　　　　　　　　　(辛棄疾)

家住江南	집은 강남에 있는데
又過了	또 지나갔구나
淸明寒食1)	청명과 한식날이
花徑裏2)	꽃밭의 작은 길에서
一番風雨3)	한번 비바람 스치니
一番狼藉4)	한바탕 어지러이 널렸네
紅粉暗隨流水去5)	붉은 꽃들은 몰래 흐르는 물 따라 가는 데
園林漸覺淸陰密6)	정원숲엔 점차 맑은 달빛만이 가득하네
算年年7)	한해 한해를 세는데
落盡刺桐花8)	자동나무 꽃 다 떨어지니
寒無力	찬기운에 힘이 없어지네

庭院靜9)	정원은 조용하니
空相憶10)	부질없이 님 그리네
無說處11)	하소연할 곳도 없으니
閑愁極12)	하릴없이 근심만 끝가네
怕流鶯乳燕13)	두렵구나 날으는 꾀꼬리와 제비 새끼가
得知消息14)	이 소식 알까봐
尺素如今何處也15)	이제 어디로 편지를 보내야 하나
綠雲依舊無蹤迹16)	푸른 구름은 의구하여 종적도 없어

謾教人17)　　　　공연히 사람으로 하여금
羞去上層樓18)　　난처하게 누대로 올라가게 하네
平蕪碧19)　　　　평야엔 무성한 초목들 뿐인데

1) 청명(淸明): 24절기의 하나. 춘분과 곡우의 사이로 양력 4월 5・6
   일경
   한식(寒食): 명절의 하나. 동지(冬至)에서 105일째 되는 날.
2) 경(徑): 지름길. 오솔길.
   리(裏): 속. 안. 내부.
3) 일번(一番): 한차례. 한바탕.
4) 낭자(狼藉): 뒤섞여 어지러움. 난잡하게 어질러지다.
5) 홍분(紅粉): 낙화를 가리킨다.
   암(暗): 남몰래. 어둡다.
   수(隨): 뒤따르다. 따르다.
6) 원림(園林): 공원이나 정원의 수풀.
   점(漸): 점점. 차츰.
   각(覺): 나타나다. 드러나다. 깨닫다.
   음밀(陰密): 숨어 나타나지 아니함. 으슥하게 그늘짐. 달빛.
7) 산(算): 셈하다.
8) 자동(刺桐): 일명 해동(海桐)이라고 하는데 모양이 오동나무와 비
   슷하고 가시가 있기 때문에 이름이 붙여졌다. 봄에 꽃이 피는데
   색이 매우 붉다.
9) 정(靜): 고요하다. 조용하다.
10) 공(空): 헛되다. 부질없다.
    억(憶): 생각하다. 기억하다.
11) 설처(說處): 하소연할 대상.
12) 한(閑): 한가하다.
    수(愁): 근심. 근심할.
    극(極): 다하다. 끝.

13) 앵(鶯): 꾀꼬리.

유(乳): 갓 태어나다.

연(燕): 제비.

14) 득지(得知): 알게 되다.

15) 척소(尺素): 편지.

처(處): 처분하다. 처리하다.

16) 녹운(綠雲): 그리워하는 사람을 가리킨다.

의구(依舊): 옛 모양과 변함 없음.

종(蹤): 자취.

적(迹): 자취.

17) 만(謾): 마구. 함부로. 헛되이.

18) 수(羞): 부끄러워하다. 난처하다.

층루(層樓) : 이층 이상의 건물.

19) 무(蕪): 잡초가 무성하다.

벽(碧): 초록색의. 푸른.

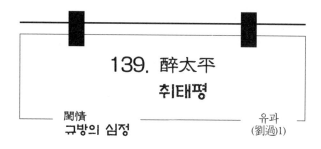

139. 醉太平
취태평

閨情
규방의 심정

유과
(劉過)1)

情高意眞	마음은 고상하고 뜻은 참되며
眉長鬢靑2)	눈썹은 길고 귀밑머리는 푸르네
小樓明月調箏3)	작은 누각에서 밝은 달빛아래 쟁을 타고
寫春風數聲4)	춘풍의 정을 소리 소리에 그려낸다
思君憶君5)	그대 그립고 그대 생각나
魂牽夢縈6)	혼이 끌리고 꿈이 얽매이네
翠綃香煖雲屛7)	푸른 휘장의 향불은 운석 병풍을 데우니
更那堪酒醒8)	어찌 또 술 깨는 것 견디리

주 석

1) 유과(劉過): (1154-1206). 자(字)는 개지(改之), 호는 용주도인(龍洲道
人), 길주(吉州) 태화(太和) [지금의 강서성(江西省) 태화현(泰和縣)]
사람. 강호에서 유랑하다가 일찍이 신기질(辛棄疾)을 따라 놀았다.
황승(黃升)이 그를 두고 이렇게 말했다. "사가 대부분 장엄한 말이
어서 아마도 가헌(稼軒)에게서 배운 사람일 것이다." (≪화암사선
花庵詞選≫) 금나라에 저항하는 포부를 밝힌 시사는 그 말의 의미
가 높고 빼어나며 풍격이 호방하다.

2) 빈(鬢): 귀밑머리

3) 쟁(箏): 현을 타는 악기. 전국시대 이미 진(秦) 나라에 유행하였기 때문에 진쟁(秦箏)이라고도 일컫는다.

4) 사(寫): 베끼다. 그리다.
   수(數): 수. 여러 번. 세다.

5) 억(憶): 생각하다.

6) 견(牽): 끌다. 끌어당기다.
   영(縈): 얽히다. 두르다.

7) 취소향난운병(翠綃香煖雲屛) : 취소(翠綃)는 바단으로 짠 휘장(모기장)이다. 난(煖)은 난(暖)과 같다. 운병(雲屛)은 운모석(雲母石)으로 만든 병풍이다.
   병(屛): 병풍

8) 감(堪): 견디다.
   성(醒): 술이 깨다.

140. 蝶戀花2)
접연화

주숙진
(朱淑眞)1)

樓外垂楊千萬縷3)	누각 밖의 수양버들 천만 실가지
欲系靑春4)	청춘을 매어 놓으려는데
少住春還去	잠깐 머문 봄은 또 다시 떠나가네
猶自風前飄柳絮5)	여전히 절로 바람 앞에 버들개지 날리니
隨春且看歸何處6)	봄을 따라가 어디로 돌아 가는지 보렴아
綠滿山川聞杜宇7)	녹음 가득한 산천에 두견새 소리 들리니
便做無情8)	무정하다 해도
莫也愁人意9)	아서라! 사람마음 수심에 차게 하니
把酒送春春不語10)	술로 봄을 보내려 하나 봄은 말이 없고
黃昏却下瀟瀟雨11)	황혼에 도리어 가랑비만 내리네

주 석

1) 주숙진(朱淑眞): 남송(南宋)의 여자 작가. 호는 빈서거사(幽棲居士).
전당(錢塘)[지금의 절강성(浙江省) 항주시(杭州市)]사람. 전하는 말
로는 혼사가 불만스러워 억울해서 죽었다고 한다. 그림에 능하였
고 음률에도 밝았다. 시사는 근심과 원망이 많아 감상에 흘렀다.
2) 접(蝶): 나비

291 ■ 中國古典愛情詩歌

런(戀): 그리워하다. 잊지 못하다. 아쉬워하다.
3) 수양(垂楊): 수양버들(垂柳)
   루(縷): 실
   천만루(千萬縷): 천가닥 만가닥의 실
4) 욕(欲): ~하고자 하다.
   계(系): 매다, 묶다.
5) 유(猶): 오히려
   표(飄): 바람에 나부끼다. 펄럭이다. 흩날리다. 날아 흩어지다.
   유서(柳絮): 버들개지
6) 수(隨): 따르다. 따라가다.
   차간(且看): 다음을 보기로 하자. 또 다음을 보자.
7) 두우(杜宇): 두견새
8) 편주(便做): 설사 ~일지라도. 설령 ~하더라도
9) 막(莫): ~하지 말라. ~해서는 안된다.
   야(也): 주의·명령의 어기를 나타냄.
   수(愁): 걱정스럽게 하다. 수심에 잠기게 하다.
   인의(人意): 사람의 기분, 사람의 생각
10) 파(把): 사역의 의미로 사용
11) 황혼(黃昏): 해질 무렵. 황혼
   각(却): 도리어
   소소(瀟瀟): 가랑비를 형용한다.

141. 踏莎行2)
답사행

강기
(姜夔)1)

自沔東來3), 丁未元日至金陵4), 江上感夢而作5)
면에서 동쪽으로 와, 정미년 설날에 금릉에 이르러, 강가에서 꿈속을
감상하며 지었다.

燕燕輕盈6)　　　　제비같이 날렵한 자태
鶯鶯嬌軟7)　　　　꾀꼬리 같은 아름다운 목소리
分明又向華胥見8)　분명히 전에 꿈속에서 보았거니
長夜爭得薄情知9)　긴 밤 지새움을 박정한 님 어찌 아시나요
春初早被相思染10)　초봄에 이미 상사병 걸렸는 걸

別後書辭11)　　　　이별 후에는 편지글을
別時針線12)　　　　이별 할 때는 바늘과 실을
離魂暗逐郎行遠13)　이별의 넋조차 멀리 님 계신 곳 몰래 쫓아가네
淮南皓月冷千山14)　회남의 밝은 달이 천산을 차갑게 비출 적에
冥冥歸去無人管15)　어둠 속에 돌아가니 상관하는 이 없네

주 석

1) 강기(姜夔) (1155?～1221?): 자(字)는 요장(堯章), 호는 백석도인(白石道人). 파양(鄱陽)[지금의 강서성(江西省)]사람.

일생동안 관직에 나가지 않았다.음악에 정통했고 사의 격률에 따라 사를 잘 지었다. 남송 후기 사단(詞壇)의 격률화에 거대한 영향을 주었다. 어구가 정련하고 음절이 조화롭고 아름답다. 사집 ≪백석도인가곡 白石道人歌曲≫ 중에는 그 자신이 작곡하고 주를 단 것이 있고 거문고 곡인 <고원 古怨> 중에서는 주를 병기하여 운지법에 대해 상세히 밝히고 있다. 이것이 현존하는 사와 악보의 합집이다.

2) 답(踏): (발로)밟다.

사(莎): 사초

3) 면(沔): 당, 송의 주(州) 이름. 지금 호북성(湖北省)의 한양(漢陽). 시인이 어렸을 때 이곳에서 기거했다.

4) 원일(元日): 정월 초하루. 설날.

지(至): 이르다. ~까지 도달하다.

금릉(金陵): 지금의 남경 부근의 지명

5) 이(而): 시간 또는 상태를 나타내는 말을 동시에 접속시킴. 이 경우이(而)는 대부분 접미사화함. (→상태를 나타냄.)

6) 연(燕): 제비, 애인을 비유함.

경영(輕盈): (여성의 동작이)유연하다. 나긋나긋하다. 경쾌하다. 가뿐하다.

7) 앵(鶯): 꾀꼬리, 애인을 비유함.

교(嬌): 아름답고 사랑스럽다. 아리땁다

연(軟): (바람·말·태도 따위가)부드럽다. 온화하다.

8) 화서(華胥): 꿈속 안심자득의 경지, 낮잠.

9) 쟁득(爭得): 어떻게

10) 상사(相思): (남녀가) 서로 사모하다. 그리워하다.

염(染): (병에) 감염되다. (나쁜 것에) 물들다.

11) 서(書): 서신, 편지

사(辭): 말, 글. 이별하다. 고별하다.

12) 침(針): 바늘, 봉침

선(線): 실. 선과 같이 가늘고 긴 것.

13) 리(離): 헤어지다. 떠나다.

혼(魂): 넋.

랑(郎): 낭군(옛날 남편이나 애인을 부르는 호칭)

항(行): 장소, 곳

낭항(郞行): 사랑하는 사람이 있는 곳.

14) 회남(淮南): 합비(合肥)를 지칭한다. 송대에는 회남로(淮南路)에 속
했다. 회수 이남·양자강 이북 지역으로 특히 안휘(安徽) 중부를
가리킴.

호월(皓月): 밝은 달

15) 명(冥): 어둡다.

관(管): 간섭하다. 참여하다. 관여하다.

142. 齊天樂
제천락

丙辰歲, 與張功父會飮張達可之堂.1) 聞屋壁間蟋蟀有聲,2) 功父約予同
賦,3) 以授歌者. 功父先成, 辭甚美.
予裵徊茉莉花間,4) 仰見秋月, 頓起幽思, 尋亦得此5) 蟋蟀, 中都呼爲促
織, 善鬪.6) 好事者或以 三二十萬錢致一枚,7) 鏤象齒爲樓觀以貯之.8)

병신년에 장공보와 더불어 장달가의 집에서 연회를 열었다. 집 벽사
이에 귀뚜라미 우는 소리를 듣고 공보가 나에게 함께 시를 지어서 가
수에게 주자고 약속했다. 공보가 먼저 완성했는데 가사가 아주 아름
다웠다.
나는 말리꽃 사이를 배회하다가 가을달을 쳐다보면서 문득 깊은 생각
이 들었는데 얼마 안 있다가 또한 이 같은 사를 지을 수 있었다. 귀뚜
라미를 중도(中都)에서는 촉직(促織)이라 하는데 싸움을 잘하였다.
호사가들 가운데 이삼십만전으로 한 매를 사들여 상아에 새겨넣고
높은 누각을 지어 그것을 쌓아 두었다.

庾郞先自吟愁賦	유랑이 먼저 <수부>편을 읊으니
凄凄更聞私語10)	처량하게도 또 속삭이는 말이 들리는구나
露濕銅鋪11)	이슬은 구리 문고리에까지 젖어있고
苔侵石井12)	이끼는 돌우물에 스며드는데
都是曾聽伊處13)	모두 그대 있는 곳에서 들렸네
哀音似訴14)	슬픈 음조로 하소연하는 것 같아

正思婦無眠15)	바로 그리움에 가득한 아낙이 잠 못 이루어
起尋機杼16)	일어나 베틀 북을 찾는다
曲曲屏山	여기저기 병풍 산인데
夜凉獨自甚情緒17)	싸늘한 밤 홀로만 정서가 깊은가?
西窓又吹暗雨	서쪽 창에 어두운 밤비는 불어 대는데
爲誰頻繼續18)	누굴 위해 그리도 자주 끊어졌다 이어져
相和砧杵19)	다듬이 방망이 소리와 화답하는가
候館迎秋20)	여관에서 가을을 맞이하고
離宮弔月21)	행궁에서 달을 대하니
別有傷心無數	또 다른 상심꺼리 무수하구나
豳詩漫與22)	<빈> 시처럼 넘쳐나는 이별의 정
笑籬落呼燈23)	웃음소리 울타리에 떨어지며 불 켜라 소리치는
世間兒女	세간의 아녀자들
寫入琴絲24)	한 곡 지어 거문고줄에 연주하니
一聲聲更苦	한마디 소리마다 더 고통스러워지네

6) 실솔, 중도(蟋蟀, 中都)시구: 남송의 서울 임안(臨安). [지금의 절강
   성(浙江省)의 항주시(杭州市)]. 남송 도성에는 귀뚜라미를 싸움시
   키는 풍속이 성행했다.
   호(呼): 부르다.
   촉직(促織): 귀뚜라미
   투(鬪): 싸움. 싸우다.
7) 호사자(好事者): 일을 벌여 놓기를 좋아하는 사람.
   매(枚): 매, 장, 개(주로 형체가 작고 동글 납작한 물건을 세는 양사)
8) 루(鏤): 새기다
   상치(象齒): 상아(象牙)
   저(貯): 쌓다.
9) 유랑(庾郞): 북조의 문학가 유신(庾信)을 지칭. <애강남부 哀江南
   賦>, <고수부 枯樹賦>, <상심부 傷心賦> 등 슬픔과 원망의 작
   품이 많다.
10) 처처(凄凄): 쓸쓸한 모양
   사어(私語): 비밀 이야기. 여기서는 귀뚜라미의 비명을 말함.
11) 습(濕): 축축하다.
   동포(銅鋪): 본뜻은 문 위에 장식하는 동으로 만든 문고리를 가리
   킨다.
12) 태(苔): 이끼
   침(侵): 엄습하다. 침노하다
13) 이(伊): 저, 그, 너, 이.
14) 사(似): 같다.
   소(訴): 하소연하다.
15) 면(眠): 잠자다.
16) 심(尋): 찾다.
   기저(機杼): 베틀의 직포북.
17) 량(涼): 서늘하다.
18) 빈(頻): 자주
19) 침저(砧杵): 옷을 두드리는 용구, 고대의 부녀자는 항상 밤에 의복
   을 빨아서 다림질하여 원정나간 사람에게 보냈다.
20) 후관(候館): 여관
   영(迎): 맞이하다.

21) 이궁(離宮): 임금의 유행(遊行)을 위하여 궁성에서 떨어진 데 지은 궁전.

조월(弔月): 달을 바라보다.

22) 빈시(豳詩): ≪시경 · 빈풍 詩經 · 豳風≫ 가운데 "시월에 귀뚜라미가 나의 침상 밑에 들어왔다."(十月蟋蟀入我床下)라는 구절이 있다.

만(漫): 넘치다.

23) 소리락호등(笑籬落呼燈) 두 구: 이 활용은 "무지(無知)한 아녀자의 즐거움으로써 유심(有心)한 사람의 고통을 반대편의 묘사로써 드러내는 것"과 관련이 있다. [진정작(陳廷焯)의 ≪백우재사화白雨齋詞話≫], 호운익(胡雲翼)의 ≪송사선 宋詞選≫으로부터 재인용.

리(籬): 울타리.

등(燈): 등, 등잔

24) 사(寫): 글을 짓다. 시를 짓다.

금(琴): 거문고

143. 唐多令2)
당다령

오문영
(吳文英)1)

何處合成愁3)	어디에서 우수가 만들어지는가?
離人心上秋4)	이별한 님 마음엔 가을인데
縱芭蕉不雨也颼颼5)	파초는 비 내리지 않아도 살랑대는구나
都道晚凉天氣好6)	모두가 서늘한 저녁 날씨 좋다고 말하고
有明月	밝은 달도 있지만
怕登樓	누각에 오르기 두려워라
年事夢中休7)	나이는 꿈속에서 끝나가고
花空煙水流8)	꽃은 텅비고 안개 자욱한 물만 흐르네
燕辭歸9)	제비는 떠나 돌아갔건만
客尙淹留10)	객은 아직도 머물렀네
垂柳不縈裙帶住11)	수양버들은 치마와 띠를 붙들어매지 못하니
漫長是12)	아득하고 지루한 마음
系行舟13)	떠나는 배에 얽매어 있네

주 석

1) 오문영(吳文英)(1200?～1260?): 자(字)는 군특(君特), 호(號)는 몽창
(夢窓), 각옹(覺翁). 사명(四明)[지금의 절강성(浙江省) 은현(鄞縣)]
사람. 음률에 밝았다. 사(詞) 또한 자구의 공려(工麗)와 음률의 조화
를 강구했다.

2) 당(唐): 糖 또는 饊으로도 되어 있다.

령(令): 사(詞)나 산곡(散曲)의 소령(小令)에 사용되는 곡조명.

3) 하처(何處): 어디. 어느 곳

수(愁): 근심. 수심

4) 심상추(心上秋): 심(心)에다가 추(秋)를 더하면 즉 수(愁)가 된다. 심상추(心上秋)는 근심, 우수의 뜻을 포함.

5) 수수(颼颼): 바람 솔솔 부는 소리.

6) 량(凉): 서늘하다.

7) 휴(休): 쉬다. 잠시 일을 중단함. 한가하게 지냄.

8) 연수(煙水): 멀리 아지랑이나 안개가 끼어 뿌옇게 보이는 물.

9) 연(燕): 제비

귀(歸): 돌아가다.

10) 상(尙): 아직

엄류(淹留): 오래 머무름.

11) 수류(垂柳): 수양(垂楊)

영(縈): 두르다. 둘러쌈.

군대(裙帶): 치마와 띠, 속옷과 띠. 여기서는 떠나가는 사람을 가리킨다.

주(住): 머무르다. 머묾. 머물러 삶.

12) 만(漫): 넓다. 아득하다. 만장(漫長)은 길다. 지루하다.

13) 계(系): 매이다.

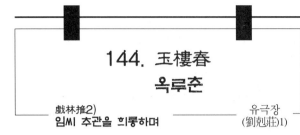

144. 玉樓春
옥루춘

戲林推2)
임씨 추관을 희롱하며

유극장
(劉剋莊)1)

年年躍馬長安市3)　해마다 장안으로 말을 몰아치니
客舍似家家似寄4)　객사가 집인듯 집이 여관살이인 듯
靑錢換酒日無何5)　매일 하릴없이 푸른 돈으로 술 바꿔마시고
紅燭呼盧宵不寐6)　붉은 양초 타는 노름판에 밤 지새운다

易挑錦婦機中字7)　아내가 비단에 짜 넣은 시구는 쉬 알아내어도
難得玉人心下事8)　기녀의 마음속에 결정한 일은 헤아리기 어렵네
男兒西北有神州9)　남아는 서북 중원 땅을 차지해야 하니
莫滴水西橋畔淚10)　기생 머물던 곳에 눈물 흘리지 마라

주 석

1) 유극장(劉剋莊): 자(字)는 잠부(潛夫). 호(號)는 후촌거사(後村居士).
포전(莆田)[지금의 복건성(福建省)]사람. 그는 관직에 있을 때 권세
가, 거부, 귀족을 두려워하지 않아 직설적으로 말하다가 일찍이 몇
차례 박해를 받았다.
남송 후기의 애국 시인이다. 시사(詩詞)에 시대의 일을 비분강개하
는 작품이 많다. 기개가 호방하고, 풍격은 신기질(辛棄疾)과 가깝다.
2) 희(戲): 희롱하다.

임추(林推): 성이 임씨(林氏)인 절도추관(節度推官). [송나라 시대 주군(州郡)의 보좌관]

3) 약(躍): 뛰다. 뛰게 하다.

장안(長安): 지금의 섬서성의 서안시. 한(漢), 당(唐) 두 조정의 수도. 여기서는 남송의 서울인 임안(臨安)[지금의 절강성(折江省) 항주(杭州)]

4) 사(似): 같다.

기(寄): 남에게 기대다. 몸을 의탁하다.

5) 청전(靑錢): 청동전을 말함.

무하(無何): 아무일도 없다.

6) 촉(燭): 양초

호로(呼盧): 노름판에서 큰 소리치고 우승을 다투는 소리. 로(盧)는 주사위를 던져서 승을 거두는 점수를 말함.

소(宵): 밤

매(寐): 자다.

7) 이(易): 쉽다.

도(挑): 찾아내다. 들추어내다.

금부(錦婦): 이백(李白)의 <조야제 鳥夜啼>의 '직금진천녀(織錦秦川女)'의 주(注)를 참고.

기(機): 베틀.

8) 옥인(玉人): 본 뜻은 미인을 자칭하지만 여기서는 기녀를 가리킨다.

9) 신주(神州): 중국. 금(金)나라에 침략 당하여 점령된 중원 지역을 말한다.

10) 막(莫): ~하지 말라.

적(滴): 한방울씩 떨어지다.

수서교(水西橋): 기녀가 살던 곳.

반(畔): 주위, 가장자리.

루(淚): 눈물

145. 卜算子
복산자

유극장
(劉剋莊)

片片蝶衣輕	편편이 가벼운 나비 날개
點點猩紅小1)	점점이 작고 붉은 색
道是天公不惜花2)	하느님은 꽃을 아끼지 않는다고 말들 하지만
百種千般巧3)	백종류 천가지 자태로 공교하게 하는구나
朝見樹頭繁4)	아침에 보니 나무에 꽃이 무성했는데
暮見枝頭少	저녁에 보니 가지에 꽃이 적어졌구나
道是天公果惜	하느님은 과연 꽃을 아낀다고 말들 하지만
雨洗風吹了	비에 씻기고 바람에 날리게 하였네

주 석

1) 성홍(猩紅): 붉은 색
2) 도(道): 말하다. 이르다
3) 교(巧): 공교, 정교하다.
4) 두(頭): 끝

146. 靑玉案
청옥안

무명씨
(無名氏)

年年社日停針線1)	해마다 사일날이면 바느질을 멈추곤 했지
怎忍見	어찌 차마 볼수 있으랴?
雙飛燕	쌍쌍이 나는 제비를
今日江城春已半	오늘 강성에는 이미 봄이 반이나 지나갔으나
一身猶在	이 한 몸은 여전히 남아 있고
亂山深處	험한 산 깊은 곳
寂寞溪橋畔	계곡 다리 주변엔 적막함이 깃드네
春衫著破誰針線2)	봄적삼은 헤어졌는데 누가 바느질을 해주랴?
點點行行淚痕滿	점점이 줄줄이 눈물 자욱 가득하네
落日解鞍芳草岸3)	해질녘 말안장을 방초 우거진 언덕에 풀어놓았어도
花無人戴	꽃 꽂아 줄 사람 없고
酒無人勸	술 권할 사람 없으니
醉也無人管	취해도 관여할 사람 없다네

1) 사일정침선(社日停針線): 사일이란 옛날에 봄, 가을 두 차례 땅의 신께 제사를 드리던 날로써 일반적으로 입춘, 입추 후 다섯 번째 무일, 정침선은 옛날에 사일이 되면 바느질과 베를 짜는 것을 꺼려서 짓지 않던 것을 말함.

2) 삼(衫): 적삼, 홑웃옷을 이름.
   저(著): 드러나다. 현저하다.

3) 방초(芳草): 꽃다운 풀.

147. 滿庭芳1)
만정방

서군옥처
(徐君玉妻)

漢上繁華2)	한수 가의 번화함
江南人物3)	장강 남쪽의 인물들
尙遺宣政風流4)	여전히 선화, 정화의 풍류는 남아 있네
綠窗朱戶	푸른 창과 붉은 문에는
十里爛銀鉤	십리토록 찬란한 은 갈고리
一旦刀兵齊擧5)	하루 아침에 군사들 일제히 들고 일어나
旌旗擁6)	깃발을 에워싸고
百萬貔貅7)	백만의 군대가
長驅入	멀리서 내달려 쳐들어오니
歌樓舞榭8)	노래하던 누대와 춤추던 정자는
風卷落花愁	바람에 휘감겨 떨어지는 꽃처럼 근심되네

淸平三百載9)	태평스러웠던 삼백년간
典章人物	제도와 인물
掃地都休	땅을 쓸어버려 모두 끝났네
幸此身未北	다행히도 이 몸은 아직 북에 있지 않고
猶客南州10)	여전히 남방에 객으로 있는데
破鑒徐郞何在11)	헤어져 버린 서씨 낭군 어디에 있을까?
空惆悵12)	헛되이 슬프기만 할 뿐
相見無由	서로 만날 도리가 없구나

從今後	이후로는
斷魂千里	넋을 잃고 천리길
夜夜岳陽樓	밤이면 밤마다 악양루로

주 석

1) 서군옥처(徐君玉妻): 악주(岳州), 지금의 호남성(湖南省) 악양현(岳陽縣) 사람. 자색이 뛰어났기 때문에 원나라 군사에게 포로가 되어 항주로 끌려갔다. 원나라 장수가 여러차례 욕을 보이려 했으나 계략으로 벗어날 수 있었다. 후에 향을 피우고 마음속으로 축원하며 남쪽을 향하여 울었다. 만정방(滿庭芳) 사를 벽에 지어놓고 바로 강에 몸을 던져 죽었다.
2) 한상(漢上): 일반적으로 한수(漢水)에서 양자강에 이르기까지 일대의 번화한 지역을 가리킨다.
3) 강남(江南): 남송(南宋)을 가리킨다.
4) 선정(宣政): 선화(宣和), 정화(政和)는 모두 송나라 휘종(徽宗)의 연호. 당시 금나라 군사들이 아직 남침하기 전에 잠시 겉으로만 번영했었다.
5) 도병제거(刀兵齊擧): 원나라 군사들이 남침한 것을 가리킨다.
6) 정기(旌旗): 깃발의 총칭. 여기에선 군대의 기치를 뜻함.
   옹(擁): 둘러싸다.
7) 비휴(貔貅): 고서 중에 나오는 일종의 맹수. 후에 용맹한 군대의 별칭을 나타냄.
8) 사(榭): 높은 토대 위에 지은 넓은 정자.
9) 청평(淸平): 세상이 잘 다스려짐.
   삼백재(三百載): 송조(宋朝) 서기 960년부터 1279년까지 삼백여 년을 가리킨다.
10) 남주(南州): 남방
11) 파감(破鑒): 즉 파경. 사랑하는 사람과 전란 중에 헤어지게 된 것을 가리킨다.
12) 추창(惆悵): 실심하며 슬퍼함.

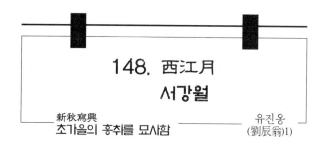

148. 西江月
서강월

新秋寫興
초가을의 흥취를 묘사함

유진옹
(劉辰翁)1)

天上低昻似舊2)　　천상세계 성쇠는 의구한데
人間兒女成狂3)　　인간세상 여아들은 열광하네
夜來處處試新妝4)　　밤이 되어 곳곳마다 새 옷 입으니
却是人間天上　　도리어 인간세상이 천상세계로다

不覺新凉似水5)　　초가을의 서늘함 느끼지 못해 물과 같고
相思兩鬢如霜6)　　그리움에 양 귀밑머리는 서리같네
夢從海底跨枯桑7)　　꿈에선 바다밑에서 마른 뽕나무로 뛰어넘고
閱盡銀河風浪8)　　은하수의 풍랑을 두루 겪었네

주 석

1) 유진옹(劉辰翁): (1232-1297), 자(字)는 회맹(會孟), 호는 수계(須溪)
　이고 여릉(廬陵) [지금의 강서성(江西省) 길안시(吉安市)]사람이다.
　일찍이 염계서원(濂溪書院)의 산장을 지냈다. 원(元)나라에서는 벼
　슬을 하지 못했다. 그의 사(詞)는 신기질(辛棄疾)의 일파를 계승하
　였다. 송이 망할 때를 전후해서는 시국에 대한 감상적인 작품이
　많았고, 지은 사(詞)에서 반영한 애국사상은 꽤 강렬한 것이었다.
2) 저앙(低昻): 기복(起伏). 성쇠. 낮았다 높았다함, 내려갔다 올라갔다 함.
　사(似): 같다

3) 아녀(兒女): 사내아이와 계집아이, 아이들
　　단지 계집아이의 뜻으로도 쓰임
4) 야래처처시신장(夜來處處試新妝): 옛날 칠석날 밤에, 여자아이가
　　있는 집에는 빈부를 따지지 않고 모두 새 옷으로 갈아 입혔다.
　　장(妝): 단장하다, 화장하다
5) 신량(新涼): 초가을의 서늘한 기운.
　　각(覺): 느끼다
6) 상사(相思): 서로 그리워하다
　　빈(鬢): 귀밑에 난 머리털
7) 몽종해저과고상(夢從海底跨枯桑)두 시구 : 윗구는 ≪신선전 神仙
　　傳≫에 푸른 바다가 뽕나무밭으로 변한다는 고사를 인용한 것이
　　고, 아랫구는 견우와 직녀가 칠석날 은하수를 건너 서로 만난다는
　　고사이다. 모두 세상사의 변천과 인생사의 풍파를 가리키고 있다.
　　호운익(胡雲翼) ≪송사선 宋詞選≫ 주(注).
　　과(跨): 넘다
　　고(枯): 마르다
8) 열(閱): 겪다, 지내다
　　진(盡): 모든, 모두
　　풍랑(風浪): 위험한 일, 풍파.

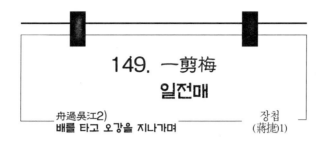

149. 一剪梅
일전매

舟過吳江2)
배를 타고 오강을 지나가며

장첩
(蔣捷1)

一片春愁待酒澆3)　　한 조각 봄시름 달랠 술 간절한데
江上舟搖4)　　　　　강위의 배는 흔들리고
樓上簾招5)　　　　　누각 위 주막집 깃발은 손짓하네
秋娘渡與泰娘橋6)　　추랑도와 태랑교 지나니
風又飄飄7)　　　　　바람도 표표히 불고
雨又蕭蕭　　　　　　비도 소소히 내리는구나

何日歸家洗客袍?8)　언제나 집에 돌아가 나그네 옷 씻어볼까?
銀字笙調9)　　　　　은자피리 곡조에 맞추어
心字香燒10)　　　　　심자향 타오르는구나
流光容易把人抛11)　흐르는 세월은 사람을 쉽사리 내던지고
紅了櫻桃12)　　　　　앵두도 붉게 물들이고
綠了芭蕉13)　　　　　파초도 푸르게 만들었구나

주 석

1) 장첩(蔣捷: 태어난 해와 죽은 해가 상세하지 않다. 자(字)는 승욕
(勝欲), 호는 죽산(竹山), 양선(陽羨)[지금의 강소성(江蘇省) 의흥현
(宜興縣)] 사람이다. 송(宋)이 망하자 죽산에 은거하며 벼슬을 하지
않았다.

사(詞)는 옛날을 애석히 여기고 지금을 상심하는 작품이 많다. 상 상력이 풍부하고, 격률형식(格律形式)의 운용이 자유로우며, 풍격 은 신기질(辛棄疾) 일파에 가깝다.

2) 오강(吳江): 강소현(江蘇縣)의 이름

3) 편(片): 조각
 요(澆): 풀다. 물을 줌, 물을 댐

4) 요(搖): 흔들리다

5) 렴(簾): 술집에 단 깃발

6) 추낭도여태낭교(秋娘渡與泰娘橋): 모두 오강의 지명이다.

7) 표표(飄飄): 바람에 가볍게 날리는 모양

8) 포(袍): 웃옷, 겉에 입는 옷, 도포따위

9) 은자생(銀字笙): 생황, 피리같은 종류의 악기

10) 심자향(心字香): 꽃으로 만드는 향인데, 마음[心]자 모양으로 만들 어 태운다.

11) 유광(流光): 유수처럼 빨리 지나가는 세월(流水光陰), 물결에 비치 는 달.
 포(抛) : 던지다, 내던지다, 버려두다

12) 앵도(櫻桃): 앵두

13) 파초(芭蕉): 파초과에 속하는 열대산(熱帶産)의 다년초로, 잎은크 고 타원형이며 꽃은 황백색임.

150. 虞美人1)
우미인

장첩(蔣捷)

少年聽雨歌樓上2)	소년시절 가루에서 빗소리 들을 적에
紅燭昏羅帳3)	붉은 촛불이 비단휘장에 어른거렸네
壯年聽雨客舟中4)	장년시절 객주에서 빗소리 들을 적에는
江闊雲低5)	강은 드넓고 구름은 낮은데
斷雁叫西風6)	외로운 기러기 가을 바람 속에 울어대네
而今聽雨僧廬下7)	그런데 지금 승방 아래서 빗소리 들으니
鬢已星星也8)	귀밑머리는 벌써 백발이 성성하구나
悲歡離合總無情9)	슬픔과 기쁨, 이별과 만남은 언제나 무정한 것
一任階前点滴到天明10)	섬돌 앞에 빗방울 동틀 때까지 멋대로 떨어지려무나

주석

1) 우미인(虞美人): 초(楚)나라 항우(項羽)의 총희(寵姬)였던 우희(虞姬)
   의 미칭(美稱).
2) 가루(歌樓): 기생집
3) 촉(燭): 촛불
   혼(昏): 어둡다, 희미하다
   라(羅): 얇은 비단
   장(帳): 휘장, 장막
4) 장년(壯年): 혈기왕성한 삼사십 세의 나이

객주(客舟): 객선(客船)

5) 활(闊): 넓다

6) 단안(斷雁): 무리를 잃어버린 외로운 기러기

　서풍(西風): 가을바람.

7) 승려(僧廬): 중이 거처하는 암자

8) 성성(星星): 흰머리가 아주 많음을 묘사한다

9) 비환리합(悲歡離合) : 슬픔과 기쁨, 이별과 만남; 세상일이 변하기
쉬워 덧없음을 가리킨다.

　총(總) : 모두

10) 일임(一任): 전적으로 맡기다

　점적(点滴): 처마에서 떨어지는 물방울, 낙숫물

人影窓紗2)	창 사위에 사람 그림자 어른거리니
是誰來折花3)	이 누가 와서 꽃을 꺾는 것인가?
折則從他折去4)	꺾으려거든 다른 곳으로 가서 꺾을일이지
知折去	알겠는가 꺾으러 가는 것이
向誰家	누구 집으로 향할지를
檐牙枝最佳5)	처마 근처 꽃가지 가장 예쁜데
折時高折些6)	꺾을 적엔 좀 높이 올라 꺾어야겠지
說與折花人道7)	꽃을 꺾는 사람에게 말 전해준다
須揷向8)	"꽃을 꽂을 적엔 꼭
鬢邊斜9)	귀밑머리 가에 비스듬하게"

주 석

1) 상천(霜天): 추운 하늘, 추운 날씨(주로 늦가을이나 겨울의 날씨를 말함.)
   효각(曉角): 새벽에 들리는 각적(角笛) 소리
   각(角): 쇠뿔로 만든 피리
2) 창사(窓紗): 창문에 치는 엷은 비단. (창에 다는 엷은 망사나 가는 철사망 따위)

3) 수(誰): 누구

절(折): (가늘고 긴 물건이) 끊어지다. 꺾어지다. 부러지다.

4) 즉(則): 만일 ~하다면

타(他): 다른 곳, 다른 데.

5) 첨(檐): 집처마

첨아(檐牙): 처마, 처마의 장식물(이빨처럼 돌출해 있음)

지(枝): 초목의 가지

가(佳): 좋다, 훌륭하다, 아름답다

6) 사(些): 조금, 얼마쯤 (형용사 뒤에 놓여서 '약간'의 뜻을 나타냄)

7) 여(與): ~에게

도(道): 말하다. 방향, 방법, 도리

8) 수(須): 반드시, 틀림없이

삽(揷): 끼우다. 삽입하다. 찌르다

9)빈(鬢): 살쩍(귀 앞에 난 머리털)

변(邊): 가장자리

사(斜): 기울이다. 비스듬하다. 비뚤다.

● 역 자 후 기 ●

본서는 한나라 말엽(A.D 200년경)에서 송나라 말, 원나라 초(A.D 1300년경)에 이르기까지 약 1000여 년간에 걸친 기간에 창작된 중국의 전통 애정시 가운데 83인의 151편 253수의 시와 사를 가려 뽑은 주대총(朱代璁)의 ≪고전애정시가선역 古典愛情詩歌選譯≫ (사천성 사회과학원, 1987)을 완역하고 여기에 역자의 주석을 추가한 것이다.

본서에는 한대 악부고시로부터 이백, 두보, 백거이를 거쳐 송말, 원초의 시가에 이르기까지 다양한 작자층의 사랑을 주제로 한 주옥같은 애정시가 선별되었다.

중국의 첫 번째 시집이자 유가 경전의 핵심인 ≪시경≫의 첫 작품이 <관저 關雎>라는 애정시로 장식되었듯이 애정시는 중국문학의 오랜 전통으로서 수 천년간 면면이 이어져 내려오고 있다. 이 애정시 선집에서도 바로 그 같은 전통 속에서 살아 숨쉬는 숭고한 정서와 질박한 순결을 확인할 수 있을 것이다.

그것은 사랑을 주제로 하는 서정시야말로 인간 내면의 정서를 가장 순결하고 자연스럽게 드러낼 수 있는 인간 생활의 영원한 미적 가치를 함유하고 있기 때문일 것이다.

애정시는 혼전·혼후를 막론하고 인간으로서 피할 수 없는, 영원한 예술적 제제인 사랑을 중심으로 얽히고 파생되는 희로애락애오욕(喜怒哀樂愛惡慾)의 정서를 미적으로 승화시킨 문학작품이다.

이를 좀 더 광의로 확대하면 이웃과 나라에 대한 사랑의 자세에서 비롯되는, 같은 유형의 시적 승화에 대해서도 애정시라고 정의할 수 있다. 본서에 수록된 작품 가운데는 후자의 그 같은 광의의 범주에 속하는 시도 일부 포함되어 있다.

작품과 독자의 만남은 직접적일수록 좋은 것이지만 언어의 장벽 때문에 불가피하게 중간 매체를 거쳐서 만나게 되는 경우가 있다. 이럴 때에 중간 전달자인 역자의 역량에 따라 독자가 접하는 간접 경험이라는 제약에서 겪을 수밖에 없는 부족함을 메울 수도, 넘침을 퍼낼 수도 있을 것이기에 역자로서의 책무는 버거울 수밖에 없다.

주옥같은 중국 고전 애정시가 역자에 의해 훼손되지 않을까 저어하면서 독자들의 편달을 바랄 뿐이다.

2006. 8

박 종 혁

┌─────── ▶ 역자 소개 ───────┐
박종혁: 현재 국민대 중문과 교수로 재직중이며,
저서로『해학 이기의 사상과 문학』, 역서
로『중국학 입문』, 『자치통감 경세요결
백선』, 『도덕경에 대한 두 권의 강의』,
『중국시가예술연구 상·하(공역)』 등이
있다.
└──────────────────────┘

中國古典愛情詩歌

ⓒ HAKGOBANG Press Inc., 2006, Printed in Korea.

발행인/하운근
편 저/朱代瓏
역 자/朴鍾赫
발행처/도서출판 학고방
편집·교정/박선주

첫 번째 펴낸 날/2006년 08월 30일
두 번째 펴낸 날/2013년 09월 12일

등록번호/제8-134호
서울시 은평구 대조동 213-5 우편번호 122-843
대표(02)353-9907 편집부(02)356-9903 팩시밀리 (02)386-8308
ISBN: 89-91593-96-8   93820

http://www.hakgobang.co.kr
E·mail: hakgobang@chol.com

값: 13,000원

파본은 교환해 드립니다.